LA FORGE AU LOUP

Françoise Bourdon

LA FORGE AU LOUP

Roman

Production Jeannine Balland
Romans Terres de France

PRESSES DE LA CITÉ

ISBN 2-258-05451-6

A ma fille, Caroline

1

Comme chaque jour, Mathilde Lecœur s'immobilisa quelques instants avant de pénétrer à l'intérieur de la Forge au Loup. Le vallon, situé en bordure de Meuse et encastré entre deux collines sombres, était gris et triste, mais c'était *son* domaine. Là où, jour après jour, elle s'était battue pour sauver la boulonnerie Lecœur et la développer.

L'air, en ce début de matinée, était piquant. Les brumes de Meuse venaient à peine de se dissiper. Des écharpes légères flottaient encore au-dessus du fleuve. Le bourg tout entier sentait le café, dont les ouvriers et, surtout, les ouvrières, faisaient un usage immodéré.

Lorsqu'elle était arrivée pour la première fois dans les Ardennes, venant de sa Champagne natale, la jeune Mathilde avait été surprise par l'importance que les gens de Brohant accordaient au café. Tout le monde déjeunait de café, un café au lait le plus souvent, bu dans un grand bol de terre à anses, dans lequel on émiettait du pain rassis. On buvait du café, à midi, pour « tenir », comme disaient les femmes, et encore du café à l'usine, transporté dans un pot de camp, un pot en fer étamé et ventru, muni d'un couvercle et d'une anse en fil de fer, allongé de chicorée pour adoucir le gosier irrité par le feu de la forge. Sous l'influence de son époux, Frédéric Lecœur, Mathilde avait fini par apprécier cette boisson qui gardait un arrière-goût d'amertume.

« L'Ardenne, c'est la forêt, le fer et le café », lui avait énoncé doctement son beau-père le jour de son arrivée à Brohant. Mathilde aimait bien Albert Lecœur. Travailleur infatigable, il avait quitté l'école de Brohant à onze ans pour assister son père, cloutier de son état. A dix-huit ans, comprenant que la concurrence de l'Angleterre condamnait à plus ou moins brève échéance la clouterie à la main, il avait résolu de créer une petite forge en utilisant la chute d'eau d'un ruisseau et ouvert la première boulonnerie, nommée la Forge au Loup. Mathilde prenait plaisir à l'entendre raconter que la clouterie était fille d'Ardenne à cause de la présence de minerai de fer, d'eau et de bois en abondance : « Nous, les Lecœur, sommes des "hommes du fer", petite. Rien d'autre. Nous avons ça dans le sang. »

Frédéric était de la même trempe. Leur union, décidée par leurs pères respectifs, qui s'étaient connus à la foire de Rethel, s'était révélée harmonieuse. Mathilde, élevée au couvent, avait éprouvé un sentiment de liberté en découvrant son nouveau cadre de vie. Elle était aussitôt tombée sous le charme de la forêt d'Ardenne. En compagnie de son époux, elle avait arpenté les sentiers menant à la Croix-Scaille, le point culminant du massif, appris à aimer les hivers rudes et le soleil lourd d'août, qui transformait l'atelier en fournaise.

A sa demande, Albert lui avait expliqué les différentes étapes de la fabrication des boulons. Elle avait souvent pensé à lui, après la mort brutale de Frédéric. Si elle n'avait pas déjà possédé quelques notions du travail du fer, elle n'aurait jamais osé se lancer dans une telle aventure. Elle avait repris les rênes de la Forge au Loup pour son fils, sans se douter que Séverin ne s'intéresserait pas à la boulonnerie.

Séverin... Elle fronça les sourcils, serra les lèvres. Elle ne pardonnait pas à son fils de l'avoir autant déçue. Si Thomas avait survécu, tout aurait été différent.

Charles Regniard, son homme de confiance, qui dirigeait la fabrique, s'avança à sa rencontre. Ils échangèrent une solide poignée de main. Regniard, natif de Hautes-Rivières, avait lui aussi, comme Albert, comme Frédéric, d'abord été cloutier dans la « boutique » familiale. Son père lui avait appris tous les secrets transmis par son propre père. A dix ans, Regniard maniait le marteau de dix livres quinze heures par jour. Une étroite complicité l'unissait à Beauseigneur, le grand chien noir qui actionnait le soufflet de la forge. Son père l'avait également initié à la fabrication des outils. Quand Frédéric Lecœur avait fait l'acquisition d'une rabatteuse, en 1865, il avait fait appel à Regniard pour le seconder. Le cloutier, alors âgé de dix-sept ans, était déjà réputé dans la vallée pour son savoir-faire. A la mort de son mari, Mathilde s'était appuyée sur le contremaître. Sans lui, elle n'aurait jamais pu s'imposer dans ce monde d'hommes.

— On parle encore du syndicat, lui souffla Regniard, en s'effaçant pour la laisser pénétrer la première dans le bureau vitré d'où elle pouvait voir les différents ateliers.

Mathilde soupira. Pour elle, les syndicats, c'était le diable. Elle ne se faisait pas trop de souci, cependant. Les ouvriers de la Forge au Loup aimaient leur travail. A la différence des ardoisiers qui peinaient sous terre, dans l'eau, le froid, à peine éclairés par une lampe à pétrole, les boulonniers travaillaient debout, sur des machines qu'ils tentaient toujours de perfectionner. C'était là le secret de la fabrique Lecœur. Albert et Frédéric Lecœur, Charles Regniard avaient été des ouvriers. Ils connaissaient toutes les étapes de la production. Tout comme Mathilde, ils savaient que le coke utilisé dans l'atelier de boulonnerie ne laissait pas de résidus, même s'il dégageait beaucoup de chaleur et de gaz carbonique. Ils maîtrisaient la technique de la découpe à froid, du cisaillage et de la presse à friction. A tout moment, ils pouvaient remplacer un ouvrier défaillant. Séverin, lui, en était incapable.

Mathilde Lecœur enveloppa les ateliers d'un regard empreint de désarroi. Qu'adviendrait-il de la Forge au Loup lorsqu'elle n'aurait plus la force de la diriger ? Cette incertitude la minait.

Regniard lui tendit les livres comptables. Au fil des

années, il avait appris à respecter cette femme, fille de vigneron, qui n'avait pas voulu laisser péricliter l'entreprise familiale.

— Vous avez rendez-vous avec monsieur Villière en début d'après-midi, lui rappela-t-il.

Elle n'avait pas le droit de se poser de questions. Elle devait avancer, sauvegarder le travail des femmes et des hommes qui dépendaient d'elle. Au fil des années, elle s'était endurcie, raidie. Elle était devenue une « femme du fer », rude à la peine, comme les ouvrières de Brohant qui menaient de front leur travail à la fabrique et leurs charges de mère de famille. Au fond d'elle-même, elle comprenait leurs doutes et leurs angoisses. Même si elle prenait sur elle pour ne pas le laisser voir.

Le bureau de Mathilde, à La Lombarde, la maison de maître édifiée sur une hauteur, permettait d'entrevoir l'ensemble des bâtiments de la fabrique. Cette disposition des lieux avait toujours irrité Séverin Lecœur. Comme si la boulonnerie lui avait volé sa mère.

Séverin avait toujours détesté le vallon. Ses ambitions d'esthète se heurtaient à la noirceur du site industriel. Il rêvait de vivre de sa plume et se trouvait confronté aux exigences de sa mère. Pourquoi Mathilde s'obstinait-elle à le comparer sans cesse à son frère, Thomas, trop tôt disparu, qui aurait su, lui, ce qu'il convenait de faire en toutes circonstances ? Séverin, lui-même souffrant de la fièvre typhoïde, avait gardé un souvenir confus de ce terrible été 1868. Il se rappelait le parfum du genévrier brûlé en permanence dans la maison, dans le but de purifier l'atmosphère. Il se souvenait des chuchotements comme des infusions au goût amer qu'on lui faisait absorber malgré ses protestations.

Il avait encore en mémoire le visage crucifié de sa mère lorsqu'elle était venue lui apprendre que Thomas, son aîné de quatre ans, était mort dans la nuit. Il y avait eu ce jour-là un terrible échange de regards. Séverin avait eu la certitude que, si elle avait dû donner son avis, Mathilde aurait choisi de sauver son fils aîné. Depuis, le fossé n'avait cessé de se creuser entre la mère et le cadet.

Mathilde se retourna vers Séverin.

— Il faudrait que tu ailles faire un tour à l'usine. On parle de la visite prochaine de Clément dans les Ardennes. Tu sais, ce communard qui va prêchant soi-disant la bonne parole et sème le désordre à Paris comme en province.

Un sifflement narquois s'éleva dans la pièce. Séverin et Mathilde se tournèrent avec un bel ensemble vers un quadragénaire qui avait gardé le silence jusqu'à présent.

— Peste, mon oncle, tu connais tes classiques ! ironisa Séverin, qui avait identifié les notes du *Temps des cerises*.

Fabrice Marchal était venu vivre auprès de sa sœur cinq ans auparavant après avoir connu quelques déboires financiers. C'était un homme affable et indolent. Il menait une existence douillette à La Lombarde, et s'accordait une ou deux escapades annuelles. Sous prétexte d'aller prendre les eaux, il s'adonnait alors à sa passion pour le jeu, loin des conseils de prudence de Mathilde.

Il enveloppa la silhouette majestueuse de sa sœur, toute vêtue de noir, d'un regard tendrement moqueur.

— Je suis bien tranquille, énonça-t-il d'une voix paisible. Jean-Baptiste Clément lui-même ne pourra rien contre toi. Tu es... indestructible.

— Je n'en demandais pas tant, répliqua Mathilde.

De nouveau, une tristesse sourde s'emparait d'elle. Vingt années avaient passé, mais elle pleurait toujours Thomas, son fils préféré, qui ressemblait tant à son père. Elle observa Séverin à la dérobée. Il était bel homme, avec sa haute taille, son épaisse chevelure châtain clair. Les costumes taillés à ses mesures à Paris accentuaient sa carrure d'homme bien portant pratiquant nombre de sports. Un jeune dandy, qui rêvait de mener la grande vie à Paris et qu'elle retenait à Brohant en gardant serrés les cordons de sa bourse.

Elle réprima le soupir qui lui montait aux lèvres. Elle espérait toujours que son fils finirait par éprouver un déclic et s'intéresserait un jour à l'entreprise familiale, mais elle devait se rendre à l'évidence : Séverin tenait plus de Fabrice que de Frédéric ou d'elle-même. A quoi bon se bercer d'illusions ? Séverin Lecœur, pour sa part, se moquait bien des inquiétudes maternelles. Il songeait à cette jeune fille entrevue deux jours auparavant dans le square de la Gare de Charleville.

Il était tombé sous le charme d'une beauté blonde aux yeux couleur d'ambre, vêtue de soie lilas.

Quelques minutes lui avaient suffi pour apprendre qu'elle se nommait Hermine Pratte et venait d'arriver, flanquée de sa mère, au moulin à couleurs de son oncle et sa tante, Paul et Marie Pratte, situé près de Mézières.

Sans même prêter attention aux propos de Mathilde qui ne pensait qu'à la fabrique, Séverin se surprenait à rêver. Avec une épouse comme Hermine Pratte, il aurait peut-être le courage de s'opposer à sa mère, de fuir Brohant, où il périssait d'ennui.

Peut-être...

2

Raphaël Pratte se pencha et, du bout de l'index, préleva une petite quantité de poudre couleur terre de Sienne brûlée dans un bac. Il l'appliqua sur la paume de sa main avant de se retourner vers sa cousine, Hermine. Depuis le jour où il l'avait aperçue sur le quai de la gare de Charleville, il avait senti monter en lui le besoin instinctif de la protéger.

Hermine et sa mère étaient venues dans les Ardennes après le décès, dans des circonstances tragiques, d'Eugène Pratte au Tonkin. Hermine ne lui avait rien raconté mais, lorsque son regard se voilait d'ombre, il savait qu'elle songeait aux Pavillons-Noirs, ces sinistres bandes armées de soldats irréguliers chinois qui tenaient le haut Tonkin sous leur coupe et avaient assassiné son père.

L'arrivée des deux femmes avait fait souffler comme un vent d'exotisme sur le moulin à couleurs. Par un curieux phénomène, Raphaël avait soudain eu l'impression de poser un autre regard sur ses parents, sur sa sœur, Marion, sur le moulin, même, qui constituait jusqu'alors son univers.

Les Pratte avaient dû se reconvertir à la fin des années 1860. La minoterie familiale était condamnée par l'irrésistible ascension des grands moulins s'implantant à proximité des zones céréalières. Paul Pratte, le père de Raphaël, avait alors décidé de fabriquer des couleurs en mélangeant des poudres obtenues à partir de matières végétales, animales ou minérales.

Les mines à ciel ouvert situées dans les environs procuraient des terres colorantes essentiellement de couleur ocre. Pour diversifier leur production, ils devaient donc acheter des couleurs à Apt, du minerai de fer en Angleterre et des bruns Van Dyck en Bohême.

L'ancien moulin à farine avait gardé sa roue à aubes. Le bâtiment, chapeauté d'ardoises, était situé au bord d'un ruisseau qui alimentait un canal de dérivation. Le cadre avait tout de suite séduit Hermine, sensible à son charme paisible. L'intérieur était plus austère. La brique recouvrant les murs était teintée par la poussière des ocres calcinés. L'ensemble, comprenant hangars de stockage, séchoir, calcinateurs et deux paires de meules, était impressionnant.

La jeune fille sourit à son cousin. Chacun des gestes de Raphaël était calme et mesuré, ce qui le faisait paraître plus âgé que ses vingt ans. Les deux jeunes gens échangèrent un regard complice. L'entente entre eux avait été immédiate. L'adaptation d'Elodie, la mère d'Hermine, à sa nouvelle vie se révélait plus difficile. Elodie Pratte avait toujours été une femme capricieuse, sujette à des sautes d'humeur et à de terribles migraines qui la clouaient dans l'obscurité des journées entières.

« Ta pauvre mère a mal à l'âme », avait un jour soupiré Eugène Pratte, et l'expression avait frappé Hermine par sa justesse. Depuis son arrivée au moulin, et ce malgré l'accueil chaleureux de sa famille, Elodie arborait une moue maussade. Elle ne reprenait des couleurs que pour entraîner Hermine au concert hebdomadaire donné le jeudi dans le square de la Gare à Charleville, et à la promenade de la « pente Lolot », dans les jardins du Mont-Olympe, fréquentée chaque dimanche.

« Nous avons tout perdu dans ce maudit Tonkin, il est vital que tu fasses un beau mariage », répétait-elle à sa fille. Un beau mariage... cette seule idée donnait la nausée à Hermine. Elle, elle rêvait simplement de bonheur.

Elle croisa à nouveau au square, le dimanche suivant, le chemin du séduisant inconnu dont le regard insistant l'avait troublée.

Il faisait très beau, ce jour-là, au Mont-Olympe. Du gracieux belvédère nommé « tour Lolot » (un nom assez laid qui ne lui rendait pas justice !), Hermine et ses cousins admiraient la silhouette majestueuse du moulin de Charleville. Il était presque trop beau, ce moulin, d'ailleurs, et sous son toit d'ardoises, il ressemblait aux pavillons de la place Ducale, jumelle de la place des Vosges.

— Toi qui t'intéresses au poète Rimbaud, indiqua

Raphaël, sache qu'il a fréquenté la pension Rossat, puis le collège, place du Sépulcre. Suis mon doigt...

Le regard d'Hermine survola la Meuse, large et paisible, se fixa à peine au-dessus de l'élégant moulin déjà admiré pour distinguer enfin une place à l'aspect sévère ornée d'un clocheton. Elle se détourna, vaguement déçue. Elle cherchait autre chose. Ou, plutôt, quelqu'un d'autre.

Une foule élégante se pressait dans les jardins du Mont-Olympe. La pente Lolot et ses ombrages offraient une fraîcheur appréciable après la chaleur du trajet. Les saules pleureurs s'inclinaient avec grâce au-dessus de la Meuse, dans laquelle leurs silhouettes se reflétaient de façon floue. Une île s'étirait au milieu du fleuve. Des colonies de foulques s'envolaient à intervalles réguliers au-dessus des fourrés. Raphaël et Marion saluaient les personnes qu'ils croisaient, s'arrêtaient parfois.

« Vous ne connaissez peut-être pas encore notre cousine Hermine », disait alors Raphaël de sa voix bien timbrée.

Hermine souriait, murmurait quelques mots. C'était épuisant. Et puis, brusquement, elle se retrouva nez à nez avec le jeune homme du square.

Il la contemplait d'un air ébloui. Elle le trouva juvénile et attendrissant avec ses cheveux décoiffés et son trouble évident.

— Faisons quelques pas, voulez-vous, suggéra-t-il, après avoir enfin salué comme il se devait Raphaël et Marion et sacrifié au rituel des présentations.

S'il fronça les sourcils, Raphaël n'émit cependant

aucune objection. Séverin entraîna Hermine vers un labyrinthe de verdure. Il lui expliqua alors que sa famille possédait une fabrique, la Forge au Loup, dans la vallée de la Meuse.

— Les boulons Lecœur, précisa-t-il d'un ton indéfinissable.

Il parla aussi de La Lombarde, la maison familiale, et ce nom fit aussitôt rêver Hermine.

— Je vous y attends, enchaîna Séverin. Vous verrez... la vallée possède un charme mystérieux. On la disait terre de sortilèges, autrefois.

Elle se sentait flattée par son insistance et, en même temps, elle avait un peu peur de ce sentiment inconnu que le regard de Séverin faisait monter en elle.

Elodie attendait sa fille au pied du belvédère. Son teint était animé, ses yeux plus brillants. Hermine salua Séverin d'une brève inclinaison de tête avant de rejoindre sa mère.

— J'ai pris mes renseignements, c'est l'un des meilleurs partis de la région, lança celle-ci d'une voix triomphante à la jeune fille.

Hermine, son élan brisé net, se détourna avec lassitude.

A cet instant, elle détesta sa mère.

Elodie jeta un regard exaspéré à Hermine. Le nez en l'air, celle-ci contemplait le ciel, bas et gris. Depuis deux semaines, Elodie ne décolérait pas. Elle n'avait pas de mots assez cruels pour stigmatiser l'attitude de sa fille. Avait-on idée, en effet, de se comporter de cette manière, de refuser de sortir en ville ? A croire que l'éducation d'Hermine avait été négligée...

Et de renchérir sur l'inconséquence de sa fille. Hermine avait à portée de main l'occasion de faire un beau mariage, inespéré vu leur situation, et elle se calfeutrait au moulin. C'était... tout simplement inconcevable.

— Il fallait pousser ton avantage, répétait-elle. J'ai bien peur, de toute manière, que sa mère ne lui ouvre les yeux sur ce mariage par trop inégal. Tu n'as pas de dot, Hermine, et nous avons perdu la plus grande partie de ton trousseau là-bas.

— Je ne l'ai pas oublié, répliqua Hermine, les dents serrées.

Comment l'aurait-elle pu ? Depuis deux ans, sa mère ruminait les mêmes lamentations. Ils n'auraient jamais dû partir pour l'Indochine, Eugène n'aurait pas dû s'engager dans la vie politique ni, surtout, participer à cette expédition sur le fleuve Rouge alors que la région, malgré le traité de T'ien-Tsin, signé en 1885, demeurait infestée de soldats irréguliers chinois.

Chaque fois qu'elle y songeait, Hermine revivait les longues semaines d'angoisse partagées avec sa mère, jusqu'à ce jour horrible où elles avaient appris d'un rescapé la mort du cadet des Pratte, dans une embuscade tendue par les Pavillons-Noirs. Ce jour-là, Elodie avait décidé de vendre le magasin comme les entrepôts et de rentrer en France. Le terrible incendie qui avait ravagé leurs avoirs, moins d'une semaine plus tard, les avait ruinées.

— Je ne te comprends pas, lâcha enfin Elodie d'une voix lasse. Tu avais la possibilité de retrouver une position, une...

— Tais-toi, maman, je t'en prie.

Hermine, le visage blême, recula d'un pas. Pourquoi sa mère ne cessait-elle de la harceler, refusant d'admettre que, d'une certaine manière, la moindre promesse de bonheur lui faisait peur ? Elle désirait avoir un peu de temps pour s'habituer à l'idée que Séverin l'aimait. L'aimait-il, d'ailleurs ? Il lui avait dit, au cours d'une troisième rencontre, dans les salons de la préfecture : « Vous êtes faite pour moi. » Et puis, aussi : « Je veux vous épouser. » Mais elle ne parvenait pas à se rappeler s'il lui avait parlé d'amour. Tout se brouillait dans sa tête...

Elodie haussa les épaules d'un air excédé.

— A ta guise, ma fille. Tu ne viendras pas pleurer, ensuite, si tu as laissé passer ta chance.

Séverin Lecœur représentait-il sa chance ? Décidément, Elodie et elle avaient bien peu de chose en commun.

D'un geste familier, Raphaël passa ses doigts écartés dans ses cheveux.

— Raconte-nous, s'impatienta Marion, dont le ravissant minois rosissait.

Le fils du « farinier à couleurs » revenait de Paris, où il s'était rendu pour rencontrer un nouveau client. Il avait profité de l'occasion pour se rendre sur le chantier de la tour de monsieur Eiffel. Encore sous le coup de l'émotion éprouvée la veille, Raphaël expliqua aux jeunes filles combien le Champ-de-Mars était impressionnant. Les deux piles du côté de l'Ecole militaire avaient été fondées sur un lit de béton de deux mètres d'épaisseur. Les deux piles du côté de la Seine étaient fondées, elles, sur des assises situées au-dessous du lit de la rivière. On avait dû recourir à des caissons métalliques étanches pour que les ouvriers puissent travailler sous le niveau de l'eau. Monsieur Eiffel maîtrisait bien ce procédé, déjà expérimenté pour construire le pont de Bordeaux. Chaque arête de chaque pilier avait ses propres fondations. Le montage, qui avait commencé le 1er juillet 1887, avait d'abord porté sur la fixation de sabots en fonte d'acier sur les massifs de maçonnerie. Il avait nécessité pour ce faire des boulons d'ancrage de sept mètres quatre-vingts de longueur. Chaque arête recevait à son pied une pression de huit cent soixante-quinze tonnes.

Tous ces détails donnaient le vertige à Hermine. Elle se demandait comment les ouvriers réussissaient à œuvrer dans ces conditions pour le moins acrobatiques.

Elle se retourna vers son cousin.

— Est-ce là tout ce que tu as admiré ?

Raphaël secoua la tête.

— Bien sûr que non. Chaque fois que je me rends à Paris, je retourne au Louvre. Pour le plaisir.

Il était allé rêver devant *Les Bergers d'Arcadie*, exposé dans le salon Carré du Louvre, en pensant qu'il aurait aimé être un artiste.

De son propre aveu, le jeune homme était amoureux des couleurs. « Toutes ! » précisait-il d'un air gourmand. Hermine lui enviait parfois sa bonne humeur. Elle se sentait tiraillée entre des aspirations contradictoires. Séverin ne lui avait pas donné signe de vie. Et elle était, de son côté, beaucoup trop orgueilleuse pour le relancer.

Raphaël jeta un coup d'œil à sa montre-gousset. Il contempla sa cousine à la dérobée en se disant qu'il détestait l'idée de la voir épouser Séverin Lecœur. Après tout, la redoutable Mathilde parviendrait peut-être à persuader son fils de renoncer à ce projet insensé. Tout Charleville était en émoi. Le bruit de l'idylle naissante entre l'héritier Lecœur et la nièce du minotier s'était répandu en ville, on ne savait comment. Raphaël se demandait même si ce n'était pas Séverin qui en portait la responsabilité, dans l'espoir de forcer la main à sa mère. Il en était fort capable. Raphaël, qui avait suivi comme le fils Lecœur les cours de la pension Rossat, se souvenait d'un condisciple désireux de briller en toutes circonstances, comme s'il avait eu quelque obscure revanche à prendre sur le destin. Il ne l'aimait guère, c'était un fait. Peut-être parce qu'il le jalousait.

De nouveau, Raphaël observa discrètement sa cousine. Il aurait voulu se tourner vers elle, la secouer aux épaules en lui criant : « Regarde-moi ! J'existe, moi aussi, et je t'aime. Certainement mieux que ce maudit Lecœur dont tu t'es entichée. » Il savait, cependant, qu'il ne le ferait pas. Il était trop jeune pour Hermine. Elle recherchait l'inaccessible amour. Quelle ironie ! se dit-il. Séverin Lecœur ne la rendrait pas heureuse, il était beaucoup trop égocentrique.

Mais allez convaincre une femme amoureuse qu'elle fait fausse route. Autant chercher à arrêter la pluie qui continuait de tomber, avec une régularité morne et désespérante.

Novembre s'achevait ainsi, dans le brouillard et sous la pluie. L'humidité s'insinuait partout et l'on en appréciait d'autant mieux la douce chaleur régnant à l'intérieur du logis Pratte.

— Emilienne nous a préparé des gaufres, confia Hermine, les yeux brillants, à son cousin.

Elle avait découvert la spécialité de la cuisinière, des gaufres parfaites, tendres et craquantes à la fois, dès les premiers frimas. Elles avaient pour elle une saveur proche du bonheur. Le bonheur perdu de l'enfance.

3

Il se présenta au moulin en fin de matinée, alors que la pluie venait de cesser. Son chapeau à la main, Séverin Lecœur s'inclina devant Hermine. Il avait conscience de jouer une partie décisive et se montra maladroit en lui disant à quel point elle lui avait manqué. Sans répondre, Hermine le convia à pénétrer plus avant dans le petit salon du moulin. Marion, qui s'amusait à jouer le final particulièrement entraînant d'*Orphée aux Enfers*, s'arrêta net.

— Continuez, je vous en prie, mademoiselle Pratte.

Séverin la salua aimablement avant d'entraîner Hermine vers l'une des fenêtres ouvrant sur le jardin. Décembre était particulièrement humide et Hermine avait l'impression que le soleil ne reviendrait jamais. Des voiles de brume conféraient au jardin une atmosphère fantastique, accentuée par les silhouettes dénudées des peupliers et des saules.

La jeune fille leva un visage frémissant vers Séverin.

— Vous m'avez manqué, vous aussi, jeta-t-elle. Il

aurait fallu que je parte, que je m'efforce de réfléchir à ce que j'éprouvais. Loin de vous, et même loin d'ici, conclut-elle avec une franchise désarmante.

Elle secoua la tête avant de poursuivre d'une voix durcie :

— Je n'ai pas de dot. Je ne crois pas constituer un parti intéressant. Votre mère...

Il sut à cet instant qu'il devait essayer de lui expliquer ce qu'il ressentait. Il parla, d'une voix vibrante, de sa famille. Son grand-père s'était installé comme cloutier vers 1830. Il avait peiné dans une boutique sombre et enfumée jusqu'à ce qu'il maîtrise parfaitement toutes les techniques de fabrication. Ensuite, il avait fait son balluchon et était parti pour Paris afin de présenter sa production dans une hotte en osier. A pied, bien entendu, il ne pouvait s'offrir le voyage en diligence. Son père, Frédéric, avait su se reconvertir et bénéficier de l'essor formidable apporté par le chemin de fer. « L'ère du fer... » : c'était le thème favori à la table familiale. Sa mère avait repris le flambeau, avec le talent que tout le monde s'accordait à lui reconnaître, et lui...

Séverin s'interrompit, passa la main dans ses cheveux.

— Moi, je n'ai rien fait pour mériter cette fortune qui est la nôtre, reprit-il d'une voix assourdie. A la limite, elle me paralyse.

Hermine recula d'un pas. Jamais plus, lui semblait-il, Séverin ne se livrerait à elle avec cette sincérité presque impudique.

Il lui saisit les mains.

— Je me moque bien d'une dot, s'écria-t-il avec force. C'est vous que je désire, Hermine.

Le cancan endiablé d'Offenbach emplissait la pièce. A croire que Marion tapait comme une damnée sur les touches du piano pour ne pas leur donner l'impression de chercher à écouter leur conversation. « J'ai envie que vous me courtisiez, envie de faire durer le temps », songea Hermine. Comment expliquer ce qu'elle éprouvait à Séverin alors qu'elle ne parvenait pas à voir clair en elle-même ni à déterminer si elle l'aimait ?

Il lut son angoisse sur son visage, se pencha vers la jeune fille.

— Faites-moi confiance, Hermine, je vous en prie.

— Je ne sais pas, souffla-t-elle.

Elle rougit, confuse. Elle avait besoin de passion, pour se sentir revivre, enfin. Or, si elle se mariait, il lui semblait qu'elle se retrouverait très vite prise au piège d'une existence terne.

Le piano s'était tu, d'un coup. Marion les rejoignit dans l'embrasure de la fenêtre. Elle invita Séverin à partager leur déjeuner, comme si cela allait de soi.

Brusquement, Hermine n'y put tenir.

— Excusez-moi, balbutia-t-elle.

Elle s'élança hors de la pièce, sous le regard éberlué de Séverin. Elle avait déjà éprouvé cette sensation plusieurs années auparavant. Elle s'en souvenait avec une netteté troublante. Man Lai, sa servante annamite, l'avait emmenée sur le marché aux oiseaux de Da Nang. Hermine avait alors ressenti une horrible impression d'étouffement, comme si elle avait été prisonnière d'une des dizaines de cages en osier. Elle s'était enfuie.

Séverin l'attirait, la troublait, même. En même temps, elle ne pouvait se défendre d'éprouver une crainte diffuse. Elle courait, à perdre le souffle. Elle remonta la côte menant au moulin médian, où l'on broyait les couleurs, bifurqua devant le bâtiment et coupa à travers champs. La terre gorgée d'eau ralentissait sa course. Ses cheveux se défirent. Elle les rejeta en arrière d'un mouvement de la tête. Fuir...

— Hermine !

Elle continua à courir, poussée par le désir de s'enfuir, de retrouver la terre de son enfance, les parfums d'ambre et d'encens, la lumière si particulière, douce et dorée à la fois, baignant la baie de Da Nang. Jamais encore elle ne s'était sentie exilée à ce point. Et seule.

Quelqu'un courait derrière elle. Elle ne se retourna pas.

— Hermine, attends-moi, cria Raphaël.

Cette fois, elle s'immobilisa, fit demi-tour. Lentement.

Les larmes inondaient son visage. Elle était belle et vulnérable. Une veine s'affolait sur son cou. Raphaël tendit la main. Il aurait voulu poser le doigt sur cette veine, jusqu'à ce que son cœur batte au même rythme que le cœur d'Hermine. Il ôta sa veste, la posa sur les épaules de la jeune fille.

— Tu vas attraper la mort. Tu n'es pas habituée à la rudesse de notre climat.

— Je m'y ferai, répondit-elle vivement.

Il esquissa un sourire.

— Je te fais confiance. Tu es courageuse.

Il plongea son regard dans les yeux dorés.

— Ça va ?

Elle fit « oui » de la tête, en s'essuyant les yeux du revers de la main. Il fourragea dans ses poches, lui tendit un mouchoir dont elle s'empara avec reconnaissance.

— Je ne sais pas ce qui m'arrive, murmura-t-elle d'une voix étranglée.

Elle amorça un geste inachevé des deux mains, comme si elle avait désiré saisir le monde et le retenir, ne fût-ce que quelques instants.

Il la contempla. Gravement.

— Suis ton chemin, Hermine.

Elle eut un haussement d'épaules.

— Où est-il, mon chemin ? Je rêve d'art et de poésie, mais je ne possède pas le moindre talent. Séverin... commença-t-elle avant de s'interrompre et de rejeter la tête en arrière, j'ai peur de me retrouver prisonnière. L'entreprise, le château, sa mère, autant de chaînes qu'il désire partager avec moi.

Sa lucidité soudaine l'inquiétait, c'était visible. Raphaël fit deux pas vers elle.

— Epouse-moi.

Elle lui dédia un sourire empreint de mélancolie.

— Tu es mon meilleur ami. Ce serait tout gâcher entre nous.

Ils rentrèrent bras dessus, bras dessous. Le fait d'avoir réussi à exprimer ses craintes avait allégé le poids opprimant le cœur d'Hermine.

Raphaël s'arrêta à la hauteur du moulin médian.

— Sais-tu ce que m'a appris mon père, cet après-midi ? On l'a appelé un jour l'« homme du moulin d'arc-en-ciel ».

— Un beau nom, amplement mérité.

— Ne l'oublie pas, lorsqu'il t'arrivera de penser à moi.

Le regard dont il l'enveloppait était chargé d'amour. Hermine songea, de façon fugitive, qu'elle aurait souhaité pouvoir aimer Raphaël. Dommage, elle s'était éprise de Séverin, dont l'admiration, les compliments la troublaient. Elle serra fortement la main de son cousin. Elle n'avait pas besoin d'autres mots, d'autres gestes, pour le remercier de l'avoir écoutée.

Là-haut, sur le seuil du grand moulin, sa mère et Séverin les attendaient. Hermine eut un élan vers Séverin.

— Va vite, dit Raphaël, lui lâchant la main.

Il s'arrêta devant le moulin à couleurs. Il n'avait pas la force de saluer Lecœur et ne tenait pas à se montrer aux siens avec ce visage à l'envers.

Parvenue en haut de la côte, Hermine ne se retourna pas. Raphaël préférait qu'il en fût ainsi.

Les joues en feu, Hermine repoussa le coffret, un chef-d'œuvre d'ébénisterie, en bois de rose et marqueterie, contenant un fouillis de dentelles, de châles de cachemire, d'éventails et de bijoux.

— Marion, appela-t-elle d'une voix étranglée. Viens voir.

Un valet de La Lombarde venait de livrer le coffret au moulin Pratte. Ce matin-là, il avait gelé blanc et la route menant au moulin à couleurs était poudrée de frimas. Un soleil pâle s'élevait au-dessus de la cime des arbres. Marion s'immobilisa sur le seuil de la chambre.

— Monsieur Lecœur ne s'est pas moqué de toi, lança-t-elle gaiement.

Elle ne parvenait pas à l'appeler autrement, et ces deux mots guindés, « monsieur Lecœur », jetaient comme une ombre sur leurs relations.

Hermine lui décocha un coup d'œil furieux.

— Moi, j'ai plutôt l'impression d'avoir été achetée.

Elle venait de cracher sa dernière phrase. Marion ne put réprimer un sourire. Elle prit une longue inspiration avant d'expliquer à Hermine qu'il s'agissait de la corbeille. Un usage auquel le fiancé ne saurait en aucun cas déroger. Le jour de la signature du contrat, celui-ci devait faire livrer chez sa fiancée les cadeaux constituant la corbeille de mariage. Au début du siècle, on l'appelait le « sultan ». Elle avait pris de plus en plus d'importance et...

— Regarde, l'interrompit Hermine qui l'avait à peine écoutée.

Elle venait d'éparpiller sur le lit Empire les châles et les dentelles. Une parure de perles avait subi le même traitement. Elle sortait à présent du coffret une bourse pleine de louis d'or et suffoquait presque d'indignation.

— Regarde, répéta-t-elle. Quand je te disais que j'avais le sentiment d'être achetée.

Cette fois, Marion ne put retenir un sourire.

— La tradition, toujours. Cette bourse n'est rien d'autre qu'un souvenir de l'époque où les Francs achetaient leur femme et payaient une dot.

— Je n'en veux pas, de ces louis d'or, protesta Hermine. Je les rendrai à Séverin dès ce soir, avec ma bague.

La bague en question, un rubis entouré de diamants, avait suscité une réprobation quasi générale. « Auriez-vous perdu l'entendement, mon cher Séverin ? avait grondé Elodie. On n'offre pas de pierre de couleur à une jeune fille. » Seul Paul Pratte n'avait pas émis d'objection. « Le feu appelle le feu, s'était-il borné à commenter. Hermine n'est pas une jeune fille ordinaire et c'est bien pour cette raison que le jeune Lecœur a jeté son dévolu sur elle. »

Cette fois, Marion rit franchement.

— Mais, ma chère cousine, malgré ta réputation d'excentricité, Séverin serait le premier à être choqué si tu gardais ces louis d'or par-devers toi. L'usage, en effet, veut que tu en fasses don aux pauvres de la paroisse.

— Tout de même, approuva Hermine, rassérénée.

Il y avait autre chose au fond du coffret. Un ouvrage relié. Il s'agissait de la réédition des œuvres des « poètes maudits », Marceline Desbordes-Valmore, Villiers de L'Isle-Adam et Verlaine, ainsi que des trois « poètes absolus », Corbière, Rimbaud et Mallarmé. « Je sais que vous attacherez plus de prix à cette édition des poèmes de Rimbaud qu'aux autres babioles », avait écrit Séverin sur un bristol. Il avait ajouté : « C'est peut-être pour cette raison que je vous aime. »

Hermine serra le livre contre elle. A cet instant, elle n'éprouvait plus le moindre doute. Seulement la certitude d'être aimée comme elle aimait. Pourtant, elle ne se faisait pas d'illusions : Séverin avait dû batailler ferme pour imposer son choix à sa mère. L'ambiance lors du dîner de fiançailles, offert au moulin par Paul et Marie, s'en était ressentie. Tout au long du repas, Mathilde Lecœur avait marqué sa réprobation en desserrant à peine les dents. Hermine portait ce jour-là une toilette couleur bois de rose achetée chez Doucet. A deux reprises, les doigts des jeunes gens s'étaient effleurés et Hermine s'était sentie apaisée. La détermination de son fiancé la confortait dans le bien-fondé de son choix. Choix largement influencé par les arguments de sa mère. « Crois-tu qu'une seconde chance s'offrira à toi ? » lui avait-elle lancé, avec cette dureté dont elle savait faire preuve lorsqu'elle voulait imposer ses décisions.

Une chance, le mot aurait fait sourire Hermine en toute autre circonstance. Le mariage représentait autre chose pour elle. De son côté, Séverin l'avait gratifiée d'une moue narquoise lorsqu'elle lui avait exposé ses idées sur la question. « Je veux bien que vous me parliez d'union, de respect et d'amour mutuels, à partir du moment où vous acceptez de m'épouser, Hermine. »

Séverin rayonnait. Chaque matin, Hermine recevait un bouquet en provenance des serres de La Lombarde. Elodie avait expliqué à sa fille que son fiancé se conformait en tous points à la tradition. A partir du jour où sa demande avait été agréée, le futur époux avait le droit de faire sa cour en envoyant chaque jour des fleurs, un bouquet, une gerbe, une corbeille, il avait l'embarras du choix. Ces fleurs devaient d'abord être entièrement blanches, avait précisé Elodie, en considérant d'un œil critique les cattleyas rouge foncé qui venaient d'être apportés au moulin. « C'est parce qu'il m'aime », avait répliqué Hermine avec une belle insouciance. Le regard d'Elodie s'était fait scrutateur. « L'amour peut être un terrible leurre », avait-elle murmuré, comme à regret. Hermine se refusait à écouter sa mère lorsqu'elle se laissait submerger par l'amertume. Elle avait l'impression qu'Elodie était cernée par des zones d'ombre et que celles-ci s'étaient accentuées depuis leur retour en France. Ce sentiment suscitait en elle une angoisse diffuse.

Un soleil pâle éclairait la façade de l'église de Charleville. Hermine marqua une hésitation avant de gravir les marches recouvertes d'un tapis rouge. Mathilde Lecœur avait bien fait les choses : à voir le faste déployé pour célébrer dignement le mariage de son fils, personne ne pouvait mettre en doute sa satisfaction.

— Il est encore temps de renoncer, si tu veux, lui proposa Raphaël.

Elle sentit qu'il parlait sérieusement, sous couvert de la plaisanterie. Elle lui sourit.

— Merci, ça va aller.

C'était Paul qui devait la conduire à l'autel. Le sort avait voulu qu'il glissât dans la salle du moulin à couleurs. La jambe brisée, il avait souffert mille maux et dû se résigner à céder sa place à Raphaël. Un murmure flatteur accompagna la remontée de la nef. Monsieur Worth s'était surpassé. La robe confectionnée pour Hermine, en soie façonnée, taillée près du corps, mettait en valeur la perfection de son buste. La jupe, plus évasée, s'ouvrait sur un panneau en dentelle d'Alençon, assortie au voile qui couvrait les cheveux dorés, relevés en chignon de boucles et maintenus par des peignes d'écaille blonde. Hermine tenait un bouquet d'orchidées roses et blanches.

— Une beauté, vraiment, chuchotait-on sur son passage.

— Etrangère ? Non, voyons, c'est la nièce de monsieur Pratte, du moulin.

— Elle sera maîtresse chez elle : c'est elle qui a signé le contrat la première.

— Chez elle ? Elle ne sera jamais chez elle, cette belle enfant, mais plutôt chez la Veuve.

Hermine entendit la dernière phrase, se raidit. Raphaël lui pressa discrètement la main. Elle aperçut quelques visages familiers, perdus dans une assistance qui l'observait avec curiosité et intérêt. Elle reçut le regard admiratif de Séverin, chassa toute autre pensée de son esprit. L'organiste achevait une fugue de Bach. De chaque côté de la nef, Elodie et Mathilde gardaient les yeux fixés devant elles.

Raphaël s'arrêta à la hauteur de Séverin, déposa un baiser sur les doigts d'Hermine avant de tourner les talons. Au moment de prononcer le « oui » qui la lierait pour la vie à Séverin Lecœur, Hermine ne se retourna pas vers sa mère, ainsi que l'exigeaient les usages. Elle ne voulait pas laisser voir à quel point elle était émue.

A cet instant, elle sut qu'elle serait heureuse. Même si le visage de la Veuve demeurait obstinément fermé.

4

Un soleil insolent baignait la vallée lorsque Séverin et Hermine rentrèrent à Brohant. La jeune femme était impatiente de revoir sa famille, tout en redoutant le moment où elle se retrouverait face à Mathilde. Même s'il devinait ce qu'elle ressentait, Séverin gardait le silence sur ce sujet.

— Tu ne connais pas la rue de la fabrique, lui dit-il à leur descente du train. Hector, le cocher du coupé, un personnage corpulent aux favoris impressionnants, inclina la tête lorsque Séverin lui demanda de passer par l'usine. Hermine portait un costume de voyage en drap bleu roi, au tomber impeccable, tout droit sorti des ateliers de Doucet, rue de la Paix. Son chapeau, orné d'une voilette en point d'esprit, était d'une coûteuse simplicité. Si la jeune femme était inquiète, rien dans son attitude ne le laissait paraître.

Le coupé n'obliqua pas à droite. Il descendit au fond de la vallée. Au fur et à mesure de sa progression, Hermine avait le sentiment que le ciel s'obscurcissait.

Les collines se refermaient sur le vallon, faisant naître en elle une irrésistible sensation d'oppression.

— Chaque fois que je reviens ici, je ne puis m'empêcher de me sentir pris au piège, déclara Séverin d'un ton amer.

Au fond de la vallée, la fabrique semblait prise en tenaille entre le fleuve et les rochers schisteux. Hermine entrevit un entassement de bâtiments disparates, sombres et sales, surmontés par les cheminées d'usine.

Séverin égrenait ses souvenirs d'enfance. Il évoquait son père, un homme particulièrement dur à la tâche. Maîtrisant parfaitement toutes les étapes de la production, celui-ci était capable de remplacer n'importe quel ouvrier au pied levé. Certains d'entre eux, d'ailleurs, l'appelaient par son prénom, car ils avaient joué ensemble sur les bords de la Meuse étant enfants. Le jour où sa mère avait exigé son château – il y avait cette fois beaucoup de dérision dans la voix de Séverin –, quelque chose s'était brisé. Le lien magique entre Frédéric Lecœur et ses ouvriers n'existait plus.

Les Lecœur habitaient auparavant une maison bourgeoise située à l'entrée de Brohant. La construction de La Lombarde, sur une hauteur, avait creusé un fossé entre les ouvriers et eux. C'était Mathilde, aussi, qui avait eu l'idée de faire bâtir ces misérables bicoques, des maisons sans couleur, toutes semblables, alignées le long d'une rue étroite. De cette façon, les ouvriers seraient doublement dépendants du patron. Par le biais du salaire qu'ils touchaient et du logement qu'ils occupaient.

— On peut toujours changer les choses, lança Hermine avec son impétuosité habituelle.

Son mari lui décocha un coup d'œil aigu.

— Impossible. La Veuve tient solidement la fabrique et les cordons de la bourse, et elle n'est pas près de lâcher prise, crois-moi.

La Veuve... Hermine détestait l'entendre nommer ainsi sa propre mère. Elle le lui dit. Il secoua la tête, avant de se rencogner contre la portière d'un air las.

— Ma pauvre amie. Tu ne peux pas savoir, se borna-t-il à répondre.

Ils avaient atteint le fond du vallon. Le soleil avait disparu. Hermine, le cœur lourd, demanda à Hector de faire demi-tour.

— A la maison, lui dit-elle.

En se demandant si La Lombarde serait jamais sa maison.

La route, de construction récente, grimpait à l'assaut d'une colline boisée. En contrebas, le ruban de la Meuse était couleur d'étain. Le château était bâti à l'écart du bourg et dominait une boucle du fleuve. Les jardins, clos d'un mur d'enceinte, semblèrent immenses à Hermine. Une allée double de peupliers s'inclina sur leur passage. Séverin paraissait tendu. Hermine aperçut un pavillon qui devait être la maison du jardinier, avant que la voiture ne s'arrête devant une imposante demeure en pierre de taille à la façade ornée de moulures et de pilastres, un peu trop chargée à son goût.

Le hall de La Lombarde était écrasant. Vaste, trop lourdement agrémenté de marbres polychromes et de stucs. Hermine préférait, et de loin, la sobriété rustique du moulin à couleurs.

— Ma mère a certainement fait servir le thé dans la véranda, expliqua Séverin, tandis que deux femmes de chambre s'offraient à débarrasser les visiteurs de leur paletot.

Hermine saisit son reflet au vol dans un miroir de Venise. Elle paraissait, elle aussi, tendue, sur la défensive. Impression qui se confirma quelques instants plus tard, alors qu'elle affrontait le regard chargé de défiance de la maîtresse de maison. Mathilde Lecœur avait dû être belle. A cinquante-cinq ans, celle que tous, à Brohant, nommaient la Veuve avec un mélange de crainte et de respect, avait un teint étonnamment lisse et des yeux très noirs, semblables à ceux de son fils.

— Bienvenue à La Lombarde, lança-t-elle en guise de salutation.

Debout dans la vaste véranda ouvrant sur les jardins, la mère de Séverin évoquait une reine solitaire portant le deuil pour l'éternité. L'image frappa Hermine. Elle éprouva le désir irraisonné de s'enfuir. Sous prétexte d'aller faire un brin de toilette, elle se détourna pour regagner le hall. Une jeune bonne s'avança vers elle.

— Bonjour, madame. Permettez-moi, je vais vous conduire à votre chambre.

Elle grimpa à la suite de la bonne un escalier majestueux. Des tableaux représentant des personnages au visage sévère ornaient les murs de la montée d'escalier. « Il y a fort peu de chance pour que je figure un jour dans cette galerie de portraits », se dit Hermine, amusée.

Elle souriait encore lorsqu'elle pénétra dans l'immense chambre tendue de perse vert et or.

— Les appartements de monsieur Séverin, précisa la petite bonne.

Hermine se précipita à la fenêtre. Depuis son retour d'Indochine, le contact avec la nature lui manquait. Elle supportait mal la sensation d'être enfermée, où que ce soit. La chambre donnait sur les jardins à l'anglaise. Elle aperçut au-delà les collines boisées qui enserraient Brohant ainsi que le ruban argenté de la Meuse. Déjà, elle se sentait mieux. Elle se retourna vers la bonne.

— Merci. Quel est votre nom ?

— Amélie. Tout le monde m'appelle Mélie. Il faut me tutoyer, madame.

— J'essaierai, promit Hermine.

Il lui était difficile de pratiquer le tutoiement. Même avec Séverin, cette privauté l'avait gênée, comme une intrusion dans son monde bien à elle. La nuit passée dans les bras de son mari lui avait laissé un goût amer. Elle aimait, pourtant, les baisers de Séverin, elle avait attendu avec une impatience grandissante le moment où ils seraient enfin seuls. Elle avait imaginé une escapade follement romanesque, dans le train, des baisers de plus en plus troublants. Ensuite, il y avait comme un vide. Elodie s'était dispensée de lui délivrer les conseils traditionnels. « Je te souhaite simplement d'être heureuse avec ton époux », lui avait-elle déclaré avant de se détourner et, de nouveau, Hermine s'était demandé si ses parents avaient formé un couple réellement uni. Pour chasser aussitôt cette idée. Elle ne doutait pas de l'amour de Séverin.

Pourtant, c'était Séverin, l'homme qu'elle aimait, qui avait déchiré de ses mains impatientes sa robe et ses dessous avant de la prendre, sans le moindre égard. Elle n'avait pas pleuré mais, d'une certaine manière, c'était pire. Quelque chose était mort en elle au cours de cette nuit-là. Elle avait eu l'impression d'être devenue la propriété de Séverin Lecœur. Son mari avait imprimé sa marque sur elle. En toute légalité. Ce n'était pas cela l'amour entre un homme et une femme, ce ne pouvait pas être cela !

Chassant ses idées sombres, elle se retourna vers Mélie qui esquissait un mouvement de retrait vers la double porte.

— J'aimerais prendre un bain.

La bonne l'entraîna vers le fond de la chambre.

— Vous avez toutes les commodités ici, précisa-t-elle en ouvrant la porte d'une grande salle de bains. Madame Lecœur a veillé à ce que La Lombarde ait le confort moderne.

La façon dont elle prononçait ces deux mots, « madame Lecœur », laissait clairement entendre à Hermine que Mathilde était la seule et l'unique. Privilège qu'Hermine n'avait pas l'intention de lui contester. Elle avait besoin d'un peu de temps pour s'accoutumer à cette grande maison. Elle avait besoin, aussi, de la présence de Séverin à ses côtés pour l'aider à s'installer dans son nouveau rôle d'épouse.

— Quelle toilette souhaitez-vous porter pour le dîner, madame Séverin ? reprit Mélie. Il faut que je vous la défroisse.

Hermine répondit distraitement que n'importe quelle robe ferait l'affaire. Elle passa une main lasse sur son front. Une migraine torturait sa tempe. Brusquement, sa mère lui manqua. Elle avait envie de retourner au moulin. Elle s'y sentait beaucoup plus chez elle que dans cette grande bâtisse plus moderne mais manquant d'âme.

La porte se referma doucement sur Mélie. Hermine l'imaginait descendant faire son rapport à l'office. « Elle a dit ça..., elle est... » Qu'était-elle au juste ? se demanda-t-elle en se rapprochant de la psyché. Depuis plusieurs semaines, elle fuyait les miroirs, comme si elle avait craint de se retrouver face à face avec elle-même. Elle savait trop bien pour quelle raison elle s'était livrée à une frénésie d'achats à Paris. Toilettes, chapeaux et plumes tentaient d'atténuer le manque dont elle souffrait. Elle avait rêvé de l'amour passion, de l'amour fusion, et elle se retrouvait les mains vides. Séverin l'aimait peut-être, à sa manière, sans mesurer à quel point elle aspirait à une autre relation.

Les joues en feu, Hermine scruta son reflet. Une flamme impétueuse faisait briller ses yeux ambrés, même s'ils étaient désormais voilés de mélancolie. « A nous deux, madame Lecœur », se dit-elle.

La salle à manger de La Lombarde, immense, manquait de chaleur. Trônant à table dans sa robe immuablement noire, au col haut fermé par un camée, la maîtresse de maison était particulièrement imposante. Hermine s'immobilisa sur le seuil de la pièce. Le mobilier Napoléon III, en poirier noirci, s'accordait à la profusion de velours carmin et de passementeries. L'ensemble était écrasant et Hermine crispa sa main sur le bras de son mari.

Il lui sourit, l'air de dire : « Ce n'est rien », mais elle le sentait aussi tendu qu'elle. Mal à l'aise.

— Le dîner est toujours servi à huit heures précises, indiqua Mathilde Lecœur.

Elle avait à sa droite un curieux personnage qui s'empressa de se lever à l'entrée d'Hermine et de Séverin dans la pièce. Grand mais voûté, il avait une tête d'échassier, accentuée par des lorgnons placés en équilibre sur son nez, qui lui conféraient un air perpétuellement étonné.

— Ma chère enfant, comme je suis heureux de faire votre connaissance, s'écria-t-il en serrant Hermine contre lui.

Hermine jeta un coup d'œil perplexe à son mari.

— C'est vrai, tu ne connais pas mon oncle Fabrice, fit Séverin d'une voix ennuyée.

— Je prenais les eaux à Aix-les-Bains lorsque vous vous êtes mariés. J'y ai d'ailleurs rencontré un personnage des plus intéressants : ce monsieur Verlaine dont tu fais grand cas, mon garçon.

Séverin sursauta.

— Paul Verlaine ? Un escogriffe vêtu d'un mauvais

pardessus et affligé de troubles multiples ? Je pensais qu'il fréquentait plus volontiers la déesse aux yeux verts que les villes de cure.

— La déesse aux yeux verts... répéta Hermine, intriguée. De quoi s'agit-il donc ?

— De l'absinthe, répondit Mathilde Lecœur. Du poison à l'état brut. Les ouvriers par ici s'enivrent plus volontiers à coups de genièvre. Pour se décrasser la gorge, prétendent-ils.

— Le résultat est le même, coupa Séverin. L'absinthe a au moins eu le mérite de ne pas briser l'élan poétique de Verlaine.

— Quel est le rapport avec les ouvriers de la fabrique ? risqua Hermine.

La mère de Séverin plissa les lèvres.

— L'alcool est le lien commun, lâcha-t-elle sombrement. Le cabaret attire la plupart des hommes après leur journée de travail. Ils y trouvent l'illusion d'un monde plus chaleureux, mais ce n'est, précisément, qu'une illusion. Il faudrait fermer tous ces lieux de perdition.

— Nous prenons peut-être le problème à l'envers, reprit Hermine. Ne vaudrait-il pas mieux rendre les ateliers plus chaleureux ?

Un silence glacial s'abattit sur la table. Mathilde tourna lentement la tête vers Hermine.

— Professeriez-vous des idées... révolutionnaires, ma chère ? questionna-t-elle.

Dans sa bouche, le mot « révolutionnaire » ressemblait à une insulte ou encore à une tare rédhibitoire. Hermine ne baissa pas les yeux.

— Je n'ai aucune idée de ce que vous entendez par là, madame. J'énonce simplement ce que je pense.

— Si nous buvions à notre retour ? coupa Séverin, dans le but évident de faire diversion.

Fabrice Marchal se pencha vers Hermine et lui tapota la main.

— Je suis certain que nous allons très bien nous entendre, vous et moi.

— Deux idéalistes qui n'ont pas le moindre sens des réalités, railla Mathilde. Comment croyez-vous que la fabrique tourne ? Je ne puis me permettre le luxe de ce genre d'idées généreuses.

« Dès le premier jour, les rôles sont distribués », se dit Hermine, songeuse. Mathilde et elle allaient se livrer une lutte acharnée. Lutte à laquelle Séverin ne comptait pas participer. Il se contenterait de l'observer, sans prendre parti. Peut-être même en tirerait-il quelque secrète jouissance.

Si elle en était profondément déçue, Hermine avait bien l'intention de ne pas le laisser voir. Elle commençait à comprendre que son mari entretenait des relations complexes avec sa mère. Un mélange de haine, de fascination et d'amour perdu. Elle devrait elle-même être forte pour parvenir à résister face à la mère et au fils. Elle n'avait plus peur. Elle se demandait seulement si l'amour qu'elle éprouvait pour Séverin y survivrait.

5

Hermine eut l'impression de mieux respirer dès qu'elle aperçut la silhouette trapue du moulin Pratte. Elle demanda au conducteur de la voiture, louée à la sortie de la gare de Charleville, de l'arrêter un peu au-dessus du domaine. Elle régla rapidement le montant de la course et, prenant son élan du sommet de la côte, courut en direction du logis principal. Raphaël, qui sortait du moulin médian, la reçut contre lui.

— Quelle bonne surprise, s'écria-t-il, visiblement ravi. Tu aurais dû prévenir, ajouta-t-il, je serais allé te chercher à la gare.

— Je me suis décidée à la dernière minute. Tout le monde est là ?

— Tout le monde, confirma-t-il. Viens que je t'admire.

Rieuse, elle tourbillonna sur elle-même. Elle portait une robe de tussor ivoire ceinturée de rouge. Il marqua une hésitation avant de lui demander si tout allait bien.

— On ne peut mieux, affirma-t-elle avec une assurance feinte.

Cela faisait plusieurs jours qu'elle souhaitait venir rendre visite à sa famille, mais Séverin, qui devait la conduire au moulin, avait sans cesse des obligations imprévues. L'atelier nommé Marengo s'était brusquement mis en grève, ce qui avait provoqué une réaction violente de la part de Mathilde : « Juste au moment où je dois honorer cette commande de l'Angleterre ! » Comme d'habitude, elle rêvait d'un monde entièrement soumis à ses désirs. Séverin avait tenté de lui faire comprendre qu'il était inutile, et même dangereux, de camper sur ses positions. En vain.

Raphaël enveloppa sa cousine d'un regard pensif.

— Les dames s'activent sous la tonnelle. On se croirait dans un ouvroir.

S'il éprouvait le besoin de plaisanter, c'était dans le but de chasser la mélancolie qui voilait le regard ambré d'Hermine. Il était opposé à ce maudit mariage, il l'avait répété à plusieurs reprises à ses parents. Sa mère avait soupiré : « Hermine s'est laissé éblouir. Et Elodie n'a rien fait pour lui dessiller les yeux. Elle considère cette union comme une revanche que la vie lui devait. » Marie avait toujours fait preuve d'une grande finesse d'analyse. Elle avait tendrement souri à son fils avant de lui rappeler que rien ne viendrait jamais altérer l'affection et la complicité qui les liaient, Hermine et lui.

Raphaël posa la main sur l'épaule de sa cousine.

— Regarde, on dirait un tableau de monsieur Renoir.

En contrebas du moulin, le jardin dévalait vers la Meuse. Paul avait bâti lui-même, avec l'aide de Raphaël adolescent, une gracieuse tonnelle. Là, à l'ombre de la charmille, sous la glycine et les premières roses, Marie, Elodie et Marion brodaient tout en devisant.

Leurs robes claires formaient un contraste charmant avec le vert vif des pelouses. Le jardin du moulin, désordonné et un peu échevelé, séduisait Hermine. Au-delà de la tonnelle, un chemin bordé d'œillets de poète et de gaillardes serpentait vers le fleuve. Hermine avait parfois de la peine à croire que la Meuse puisse offrir des aspects aussi différents.

Levant la tête, Marion fut la première à apercevoir sa cousine.

— Hermine, s'écria-t-elle.

Repoussant son fauteuil en osier, elle s'élança vers elle. Les deux cousines s'étreignirent. Marie embrassa sa nièce avec chaleur. De son côté, Elodie fronça les sourcils avant de demander à sa fille pourquoi Séverin ne l'accompagnait pas.

Hermine expliqua que son mari n'avait pu venir avec elle à cause d'un problème de dernière minute, à la Forge au Loup.

— Où est donc oncle Paul ? enchaîna-t-elle.

Marie esquissa un sourire indulgent.

— Au moulin à couleurs, bien sûr.

Raphaël glissa dans la conversation qu'il avait réussi à lui dénicher une canne-siège, ce qui lui permettait de reposer un peu sa jambe. Personne n'était dupe, mais l'honneur de son père était sauf. Ils avaient reçu des commandes importantes, ces derniers temps. Pas question pour Paul de rester immobilisé dans son fauteuil.

— Je vais aller l'embrasser, décida aussitôt Hermine.

— Le trio inséparable, murmura Marie d'une voix rêveuse, en suivant du regard son fils et sa fille qui encadraient sa nièce.

Elodie cassa son fil, soupira.

— Madame Lecœur ne doit pas être facile à vivre.

Marie posa son ouvrage sur la table et soutint froidement le regard d'Elodie.

— Il est un peu tard pour vous en préoccuper.

Sa belle-sœur se cabra sous le reproche à peine voilé. Marie ne pouvait comprendre. Elodie craignait tant que la même histoire ne se répète. Si son secret avait été découvert, sa fille aurait vu son avenir compromis et aurait dû se résigner à contracter un mariage de raison. Comme elle. Elle avait envie d'être seule. Un afflux de souvenirs dérangeants la bouleversait. Elodie avait perdu jusqu'au goût du bonheur depuis le jour où elle avait reçu la lettre de Matthieu. Matthieu... Elle ferma à demi les yeux. Qu'était-il devenu ? Il devait avoir fêté ses cinquante ans. Pensait-il encore à elle de temps à autre ?

Elle se piqua le bout du doigt. Une larme de sang tomba sur le mouchoir. Elodie le froissa d'un geste rageur. Ne plus songer à lui. N'était-ce pas ce qu'elle s'était efforcée de faire depuis un peu moins de vingt-cinq ans ? En vain.

Assis dans la grande salle du moulin médian, Paul Pratte palpait la couleur, scrutait la régularité de son grain à l'aide d'un long couteau à lame très souple.

Il salua l'arrivée de sa nièce d'un large sourire.

— Bienvenue au moulin, fillette !

— Vous m'avez tous tant manqué, avoua Hermine d'une voix émue. Et le moulin aussi. C'est... différent à La Lombarde.

Déjà, elle se reprenait. Pas question, en effet, de se plaindre, de confier qu'elle se sentait une étrangère dans le château Lecœur. Paul Pratte expliqua, en l'examinant à l'aide de sa spatule, que cette poudre devait être exemplaire. Il en appréciait le soyeux, le velours, comme disait le vieil Emile qui lui avait appris son métier, parce que cette couleur-ci était destinée à un fabricant de papiers peints. Il fallait que la couleur soit constante et parfaitement homogène. En effet, le moindre grain provoquerait des traînées qui gâcheraient tout le rouleau.

— Je n'aurais jamais songé à pareil détail, murmura Hermine, admirative.

Elle ne voyait plus la poussière ni les taches noires maculant les pierres du moulin. Elle regardait ces deux hommes, son oncle et son cousin, passionnés par leur métier, qui cherchaient à faire chanter les couleurs, toujours plus. Elle était sereine.

Paul lui expliqua alors que le serrage de la meule était aussi déterminant que le choix des terres. Plus un grain était écrasé, plus la poudre était fine, plus la couleur serait éclatante. C'était tout un art.

— Je dirais plutôt un défi, nuança Raphaël.

Hermine comprenait ce langage-là. Elle éprouva le désir fugitif de croquer la scène à coups nerveux de fusain. Elle songea soudain que c'était certainement ce qui manquait le plus à Séverin. La passion, le goût du défi à relever, à dépasser.

Une ombre passa sur son visage. Elle se pencha, examina avec attention les échantillons de fabrication, prélevés à la sortie des meules.

— Comment, oncle Paul, parvenez-vous à fabriquer des couleurs constantes ? questionna-t-elle.

Le « farinier à couleurs » sourit. Un sourire mêlé de nostalgie.

— Je ne sais pas, Hermine. Ou, plutôt, je n'ai pas de recette miracle. Ainsi que tu peux t'en rendre compte, la matière première, les terres, n'a pas de teinte ni de consistance régulières. De même, la calcination se fait au jugé, tout comme le broyage des couleurs. C'est donc plus une question de savoir-faire, d'expérience, que de véritables connaissances. Le vieil Emile, qui m'a appris beaucoup de choses, m'interdisait de siffloter à l'intérieur du moulin. Il me recommandait : « Ecoute les meules, petit. Si tu es vraiment attentif, elles te confieront leur secret. »

Le visage de Raphaël se fit soudain grave.

— C'est pour cette raison, je crois, que j'ai choisi de rester au moulin. Pour connaître le secret des meules.

Trop émue pour prononcer le moindre mot,

Hermine se borna à hocher la tête. Les confidences de son oncle et de son cousin lui ouvraient la voie. Il fallait qu'elle se rende à la Forge au Loup, la fabrique Lecœur, qu'elle découvre ses secrets. A ce prix, Séverin parviendrait peut-être à s'y intéresser.

6

Séverin attendait Hermine sur le quai de la gare de Brohant. Il remarqua son visage radieux et en prit aussitôt ombrage.

Elle salua Hector avec courtoisie. Le visage du cocher s'épanouit.

— Ce fut une journée assez pénible, mais instructive à bien des égards, expliqua Séverin avec peine. Je me demande pour quelle raison je suis resté à Brohant au lieu de t'accompagner. Ma mère et Regniard ont mené les négociations de main de maître.

— Regniard ? répéta Hermine.

— Oui, le chef de fabrication, jeta Séverin d'une voix impatiente, comme si la jeune femme avait dû connaître cette information. Une dizaine d'ouvriers de l'atelier Marengo avait décidé de se syndiquer, comme la loi Waldeck-Rousseau de 1884 le permet.

— L'atelier Marengo ? Pardonne-moi mais j'ai vraiment l'impression de ne rien comprendre.

— C'était une idée de mon père. Bonapartiste convaincu, il a donné à chaque atelier de la fabrique le nom d'une victoire napoléonienne. Après sa mort, ma mère et Regniard ont poursuivi la tradition. Ces deux-là travaillent toujours de concert. Et moi...

Séverin se détourna. Hermine posa la main sur son genou. Il lui pressa les doigts.

— Tu disais que des ouvriers de l'atelier Marengo désiraient être syndiqués, relança-t-elle avec douceur.

— En effet, opina Séverin. Je ne sais pas si tu peux imaginer la réaction de la Veuve. Pour ma mère, les syndicats s'apparentent au diable. Ils réclament toujours de meilleures conditions de travail pour les ouvriers. Et qui dit meilleures conditions de travail sous-entend automatiquement augmentation des coûts.

— Et toi, qu'en penses-tu ? questionna Hermine.

De nouveau, Séverin soupira.

— Je me sens partagé. Et, par-dessus tout, je n'ai plus envie de m'en mêler. Quoi que je fasse, c'est la Veuve qui aura le dernier mot.

— Tu sais que je n'aime pas que tu désignes ta mère sous ce vocable. C'est sinistre.

— Elle est sinistre, jeta Séverin avec force. Je te choque ?

Elle hésita avant de répondre.

— C'est plus complexe que ça. Je ne me sens pas à l'aise à La Lombarde.

— Quoi d'étonnant à cela ? grinça-t-il. Cette bâtisse est l'œuvre de ma mère. Elle a supervisé chaque plan de l'architecte, veillé à ce que des essences rares, celles qu'elle avait choisies, soient plantées dans le parc. Ce n'est pas une femme mais un général.

Hermine sourit.

— Nous sommes deux pour affronter ce général. Tant que nous nous aimons.

Séverin lui pressa la main sans répondre. Il était là, assis à côté d'elle, mais, en même temps, réfugié dans un monde où il n'y avait pas de place pour elle.

Charles Regniard gratifia Hermine d'une brève inclinaison de tête.

— Madame, la salua-t-il froidement.

D'emblée, il lui déplut. De taille moyenne, trapu, il avait une façon particulière de se camper, pieds solidement ancrés au sol, face à son interlocuteur, l'air de dire : « A nous deux, mon gaillard ! »

— Mon épouse désire visiter la fabrique.

Séverin esquissa un sourire narquois qui exaspéra Hermine.

— J'ai peur que la chaleur et la poussière ne la découragent très vite, ajouta-t-il.

Elle serra les mâchoires en se promettant de tenir bon, quoi qu'il arrive. Ces deux hommes, avec leurs airs supérieurs, croyaient donc qu'elle cherchait simplement à satisfaire un caprice ?

Elle jeta un coup d'œil à l'enchevêtrement des ateliers bâtis dans le vallon, surmontés par des cheminées coniques, avant de suivre son mari à l'intérieur du bâtiment le plus vétuste.

— Tout a commencé ici, dans ce petit atelier, lui expliqua Séverin. Mon grand-père, Albert Lecœur, avait une clouterie. C'était, de l'avis unanime, un excellent ouvrier cloutier. Il s'intéressa à la production d'un ouvrier venu de La Rochelle qui fabriquait des boulons et eut l'idée d'acheter une usine de cuivre. Le mouvement était lancé. Il baptisa la fabrique la Forge au Loup. Il y avait encore des loups au début du siècle dans les Ardennes puisque le préfet Frain avait lancé une campagne d'extermination de ces bêtes. A onze ans, mon père travaillait ici. Il fabriquait des boulons avec des barres de fer rondes, découpées à l'aide d'une cisaille. Il prenait ensuite un morceau de fer, le faisait rougir au feu de forge avant de le façonner sur une enclume.

— Désormais, précisa fièrement Regniard, nous sommes équipés de fours à boulons et de rabatteuses.

— Ce qui devrait permettre de supprimer le travail des enfants, répliqua Hermine, glaciale.

Elle désigna d'un mouvement de tête les silhouettes graciles courbées sur les pièces à chauffer.

— Je croyais que la loi interdisait d'embaucher des enfants âgés de moins de douze ans, insista-t-elle.

Séverin posa la main sur son bras, comme pour la mettre en garde. Elle l'ignora. L'air suffisant de Regniard s'accentua.

— Ce sont leurs parents qui insistent pour que nous donnions du travail à ces gamins. Tout salaire est bon à prendre dans la vallée.

— Leur croissance n'est-elle pas en danger ? reprit-elle. Il fait très chaud ici, et l'atmosphère est étouffante.

— Vous êtes incommodée, peut-être ? s'enquit Regniard avec une onctuosité insupportable.

Voulez-vous reporter le reste de la visite à un autre jour ?

Hermine soutint son regard.

— Poursuivons, s'il vous plaît.

« Elle a du cran, pensa Regniard avec une pointe de regret. Autant que la Veuve. » Celle que l'on nommait déjà l'« étrangère » dans la vallée, à cause de quelques confidences distillées avec une perfidie calculée par Mathilde Lecœur, ne se laisserait pas aisément décourager. Et ce constat contrariait le chef de fabrication.

Il ouvrit la porte d'un atelier beaucoup plus vaste.

— Austerlitz, annonça-t-il. C'est là qu'ont été fabriqués les rivets destinés à la tour Eiffel.

L'atelier suivant, Iéna, ne comptait que des ouvrières. Femmes sans couleur, vêtues du même sarrau sombre, à qui il était difficile de donner un âge. Leurs gestes étaient rapides, d'une précision mécanique, sur les machines qui leur étaient réservées, les taraudeuses et les ébarbeuses.

— Elles sont payées un franc cinquante par jour, expliqua Regniard.

Il s'interrompit pour s'élancer, avec une rapidité surprenante pour sa corpulence, vers le fond de l'atelier, où une ouvrière venait d'abandonner son poste de travail.

— Qu'est-ce qui te prend, Andresi ? aboya-t-il.

Hermine et Séverin rejoignirent Regniard. Le silence s'était fait dans l'atelier. L'ouvrière devait être séduisante, pensa Hermine. Pour l'instant, avec ses traits creusés et son ventre rond que la blouse ne parvenait pas à dissimuler, elle était surtout pitoyable. Appuyée contre le mur de l'atelier, elle paraissait prête à s'évanouir. Cependant, quand Regniard, ayant marché sur elle, l'apostropha de nouveau, elle ne baissa pas les yeux.

— Eh bien ? Je te parle, Andresi !

Hermine n'y put tenir.

— Vous pourriez le faire avec plus d'humanité et de courtoisie, monsieur Regniard, jeta-t-elle avec un souverain mépris. Vous êtes à même de constater, tout comme nous, que cette jeune femme est souffrante. Accrochez-vous à mon bras, madame, reprit-elle à l'adresse de l'ouvrière. Y a-t-il une infirmerie ici ?

Séverin et Regniard échangèrent un coup d'œil interloqué.

— Je l'emmène, trancha Hermine. Séverin, je prends la voiture. Je vous renverrai Hector.

Elle se refusait à tutoyer son mari devant le chef de fabrication. Séverin fronça les sourcils.

— Je ne sais pas si tu te rends compte, Hermine. Il y a des règles à ne pas outrepasser.

— Laissez-moi passer, monsieur Regniard, ordonna Hermine sans prendre la peine de répondre à Séverin.

L'ouvrière, de plus en plus pâle, se cramponnait à elle. Les deux femmes sortirent de l'atelier sous les regards médusés des ouvrières et des deux hommes.

— Hector, venez nous aider, s'il vous plaît, appela Hermine.

Ils hissèrent la jeune femme dans le cabriolet. Un attroupement s'était formé dans la cour.

— Où habitez-vous ? s'enquit Hermine, sans se préoccuper des murmures et des chuchotements qui s'élevaient sur leur passage.

— Rue Vert-Bois.

Un rire sans joie secoua le corps frêle, déformé par le ventre rond.

— Il n'y a plus de bois et la rue est sombre, sans soleil, mais qu'importe. On aime les noms ronflants par ici. Les noms qui ne veulent rien dire.

Elle s'exprimait dans un français châtié, avec une pointe d'accent chantant qui rappelait à Hermine celui des femmes de chambre de l'hôtel, lorsque sa mère et elle étaient arrivées à Marseille.

— Que s'est-il passé ? reprit Hermine.

De nouveau, l'ouvrière rit. Un rire proche des larmes.

— Je crois bien que le bébé s'annonce. J'ai perdu les eaux, tout à l'heure. J'espérais tenir jusqu'à la pause de midi et demi, mais...

Elle s'interrompit, pliée en deux par une contraction plus forte que les précédentes. Hermine se mordit les lèvres pour ne pas céder à la panique.

— Ça va aller. Serrez ma main très fort.

— Quel numéro de la rue Vert-Bois, madame Séverin ? s'enquit Hector.

— Le 3, souffla l'ouvrière Andresi, blanche jusqu'aux lèvres.

Pétrifiée à l'idée que le bébé pouvait naître d'un instant à l'autre, Hermine entrevit une longue file de bâtiments uniformément sombres et tristes. Hector arrêta l'attelage devant le numéro 3 et vint porter secours à Hermine.

— Je vous ramène tout de suite au château, madame, suggéra-t-il après qu'Hermine eut aidé la jeune femme à gravir les marches de son perron.

Elle réprima mal un haut-le-corps.

— Alors que cette jeune femme va accoucher ? Essayez plutôt de trouver un médecin.

L'ouvrière cramponna le bras d'Hermine avec une force étonnante.

— Pas de docteur, souffla-t-elle. La vieille Ida. Elle va m'aider.

— Votre mari ?

— A l'usine. Il ne sait pas ce qui m'arrive.

— Il ne va pas tarder à l'apprendre, en tout cas, grommela Hector, visiblement courroucé. Avoir dérangé madame Séverin.

— Je vous dispense de ce genre de commentaire, Hector, coupa sévèrement Hermine. Allez plutôt chercher cette Ida et envoyez-nous une voisine pour aider madame Andresi. Vous retournerez ensuite attendre monsieur Séverin dans la cour de la fabrique. Je me débrouillerai pour rentrer.

— Il y a bien trois quarts de lieue, protesta le cocher.

— Je me débrouillerai, vous dis-je. A nous deux, poursuivit-elle en se retournant vers sa protégée dès qu'Hector eut refermé la porte sur lui. Je vais vous aider à vous dévêtir et à vous coucher et je resterai auprès de vous jusqu'à l'arrivée de la sage-femme. Ça va ?

— C'est de plus en plus fort, murmura la parturiente. Je ne sais pas…

Elle poussa un grand cri qui alla cogner contre les murs de la pièce étroite. Elle enfonça ses ongles dans la main d'Hermine sans même en avoir conscience. Hermine jeta un regard éperdu autour d'elle. L'intérieur de la maison criait misère. Quelques meubles en bois blanc, un fourneau sur lequel trônait une vieille cafetière en émail composaient le seul mobilier. Hermine enregistra ces détails, tira une chaise sur laquelle elle poussa presque la jeune femme qui gémissait sourdement.

— J'ignore à peu près tout des choses de l'enfantement, avoua-t-elle.

La porte s'ouvrit dans son dos.

— Que se passe-t-il donc ici ? grogna une voix bourrue.

Hermine, s'étant retournée, se trouva face à une vieille femme au visage buriné, chiffonné, à la silhouette voûtée. Une paire d'yeux étonnamment vifs la scruta.

— Eh ! la nouvelle dame du château, à ce qu'il paraît ! Il est rare de voir les gens d'en haut par chez nous.

— Peu importe. Madame Andresi a besoin de vous.

— Son p'tiot choisit l'heure. Comment va, Anna-Maria ? Tu as l'air bien pâlotte.

Hermine s'attendait au pire, mais la vieille semblait

propre. Elle jaugea l'ouvrière d'un simple coup d'œil et décida qu'elles avaient le temps de l'aider à monter dans sa chambre.

L'escalier, raide et étroit comme une échelle de meunier, ouvrait directement sur une petite pièce éclairée par une mansarde. Le lit – un simple lit en fer – était recouvert d'une paillasse faite de feuilles de hêtre et garni de draps de fil.

— Enlève tes cottes, ma fille, et passe une vieille chemise, recommanda la sage-femme. Il sera bien temps d'en changer tantôt, quand notre affaire sera terminée.

— Allez-vous-en maintenant, madame Lecœur, pria l'ouvrière. Vous en avez déjà assez fait pour moi.

— Il me tarde de voir naître votre enfant.

— Allez faire chauffer de l'eau. Rendez-vous donc utile pendant que j'examine Anna-Maria, ordonna Ida.

Sans se formaliser du ton rude de la sage-femme, Hermine alla puiser de l'eau à la fontaine de la rue à l'aide du seau en bois trouvé près de l'évier et la fit chauffer dans une bassine en fer.

A l'étage, Anna-Maria venait de pousser un hurlement. Hermine courut dans l'escalier. La vieille Ida, assise sous la lucarne, tricotait un bas de laine. Hermine s'étrangla presque d'indignation.

— Vous la laissez souffrir sans rien faire ?

La vieille plissa les yeux.

— La nature fait son œuvre, ma belle. Rien ne sert de vouloir la bousculer. N'est-il pas écrit : « Tu enfanteras dans la douleur » ?

— C'est si… injuste.

Hermine avait envie de se boucher les oreilles. Peut-être portait-elle un enfant, elle aussi. Le spectacle d'Anna-Maria, le visage en sueur, les yeux révulsés, lui donnait la nausée.

— Je lui ai fait boire un petit verre de goutte, précisa Ida.

— Cela ne semble pas lui faire beaucoup d'effet.

La vieille femme émit un « tsst, tsst » réprobateur.

— Vous êtes plus impatiente qu'une chevrette. Comment croyez-vous faire lorsque votre tour viendra ? Et pourquoi vous obstinez-vous à rester dans cette maison ? Votre place n'est pas ici.

Le visage d'Hermine s'assombrit.

— Vous n'êtes pas la seule à le penser. Peu m'importe. Quelque part au fond de moi je me sens responsable de cette jeune femme et de son enfant.

— Ida ! hurla Anna-Maria.

La sage-femme se leva pesamment. Elle tendit son tricot à Hermine, alla se laver les mains dans la cuvette en émail préparée sur le meuble de toilette avant d'examiner l'ouvrière.

— On dirait que cette fois, ça vient… marmonna-t-elle. Allez chercher des linges propres. Et montez un broc d'eau bouillie.

Dans la cuisine, Hermine eut la surprise de découvrir un grand gaillard très brun, au regard triste, qui avait l'air aussi perdu qu'elle.

Il ôta sa casquette, qu'il retourna en tous sens.

— On vient de me dire, pour Anna-Maria. Merci, madame Lecœur.

Son accent étranger était plus prononcé que celui de son épouse. Elle lui tendit le broc.

— Puisque vous êtes de retour, je vous laisse vous occuper de votre femme. Vous lui direz... Oh, je pense qu'elle comprendra.

Elle chercha du regard son chapeau, qu'elle avait retiré un peu au hasard en pénétrant dans la maison.

La tête d'Ida apparut dans l'escalier.

— Anna-Maria vous demande. Vous la première, ma belle. Il faut que je les rende un peu plus présentables, le bébé et elle. Tu as un beau garçon, Angelo.

Hermine se sentit bizarrement émue en découvrant le bébé rouge. Ida était en train de le laver avec une grande douceur avant de l'emmailloter. La mère, accotée aux oreillers, paraissait épuisée, mais elle adressa un faible sourire à Hermine.

— Je voulais vous remercier, dit-elle en lui prenant la main. Sans vous... commença-t-elle avant d'être secouée d'un frisson. M'imaginez-vous accouchant dans l'atelier ?

— Ce doit être interdit par le règlement, s'écria Hermine en riant.

Les deux jeunes femmes échangèrent un sourire complice.

— Merci, répéta Anna-Maria. Accepteriez-vous d'être la marraine de notre fils ?

— Avec plaisir, répondit Hermine sans prendre le temps de réfléchir. A condition que votre mari le souhaite également, ajouta-t-elle.

Cela faisait-il partie des règles à ne pas contourner ? Pour l'instant, elle préférait ne pas le savoir.

— Je reviendrai, promit-elle.

La rue lui parut encore plus sombre qu'à son arrivée. Un amoncellement de pots brisés et de ferrailles jonchait les usoirs. Séverin lui avait expliqué que ces « pavés » ou « devants d'huche », dont la largeur variait de trois à cinq mètres, servaient à remiser le bois. Des enfants au regard triste, aux membres chétifs, jouaient sur les pas des portes aux marches usées en leur milieu. Elle remonta à pas pressés, tenta de s'orienter. Elle devait traverser la Meuse pour retrouver la route menant à La Lombarde.

Le bruit des sabots résonnant sur les pavés la fit tressaillir. Un attelage lancé au galop fonçait vers elle. Elle fit un bond de côté, se plaqua contre le talus. La voiture, un tonneau verni, s'immobilisa à sa hauteur.

— Monte ! lui intima Séverin d'une voix mate.

Il était blême. Se penchant, il l'attira vers lui. Ses doigts s'imprimèrent dans sa chair.

— Ne recommence jamais à m'humilier ainsi, grinça-t-il. Sinon... Dieu me pardonne, je serais capable de te tuer.

Elle prit une longue inspiration pour maîtriser le tremblement qui s'emparait d'elle. Elle n'avait pas peur, elle se sentait à bout de nerfs.

— Nous discuterons de tout cela à la maison, dit-elle d'une voix apaisante. Sache que je n'ai pas cherché à te placer dans une situation humiliante. J'ai simplement voulu venir en aide à cette jeune femme. Elle vient d'accoucher et...

— C'est le cadet de mes soucis, lança violemment Séverin.

Le tonneau reprit sa course sur les pavés. Hermine ferma les yeux. Elle se souvenait du regard chargé d'amour qu'Angelo et Anna-Maria avaient échangé et cette idée lui était insupportable. Elle se demandait si Séverin l'aimait réellement.

7

Le prêtre de Brohant, l'abbé Cannelet, jeta un coup d'œil intrigué à la marraine dont la robe, pourtant très sobre, tranchait sur les autres toilettes. L'assistance, d'ailleurs, composée d'immigrés italiens et d'ouvrières, n'avait pas manqué de chuchoter à son entrée dans l'église. Hermine s'avança d'un pas. Elle tenait sur son bras droit – Anna-Maria avait bien insisté sur ce point, le bras gauche étant considéré comme « maléfique » – le bébé vêtu d'une robe de dentelle immaculée. Suivant une tradition imposée par l'effrayante mortalité infantile du début du siècle, le baptême avait lieu dans les deux jours suivant la naissance. Anna-Maria, épuisée par une hémorragie, n'avait pu se rendre à l'église dont le clocher bulbeux dominait une boucle de la Meuse. Angelo, triturant sa casquette entre ses doigts, était venu jusqu'à La Lombarde demander à madame Hermine si elle désirait toujours porter le bébé sur les fonts baptismaux. « Plus que jamais », avait répondu Hermine, en jetant une cape sur ses épaules. Hector, la mine longue, l'avait conduite à l'église après qu'Angelo, déclinant son offre de l'accompagner, eut expliqué : « C'est déjà assez courageux de votre part de tenir votre promesse... Je ne veux pas vous causer d'ennuis. »

Elle avait eu envie de rire, alors. D'un rire amer. De toutes ses forces, elle voulait repousser la nuit ayant suivi l'accouchement d'Anna-Maria. Séverin avait usé de son corps avec la volonté évidente, malsaine, de la soumettre à ses désirs. « Tu es à moi », répétait-il d'une voix rauque, tout en la traitant comme il l'eût fait d'une fille. Et elle, les yeux brillants de larmes qu'elle refusait de laisser rouler, avait souhaité mourir à cet instant.

Dès l'aube, elle s'était coulée hors du lit, avait couru s'enfermer dans la salle de bains. Là, elle s'était lavée longuement, à l'eau froide, avait frotté tout son corps comme pour le purifier du contact de Séverin. Lorsqu'elle avait regagné la chambre, il avait disparu. Elle avait contemplé depuis la fenêtre le ballet des jardiniers occupés à ratisser les allées.

Elle avait choisi sa tenue avec soin, noué ses cheveux en un simple catogan. L'oncle Fabrice était seul dans la petite salle à manger, ainsi nommée car l'on y servait le petit déjeuner. Hermine la préférait aux autres pièces pour son côté intime, rassurant. Les meubles en noyer, fabriqués par un menuisier local, ressemblaient à ceux du moulin.

« Bonjour, ma nièce. » Ce matin-là, il paraissait soucieux. Il avait soupiré alors qu'Hermine lui en avait fait la remarque.

« Je me tourmente à votre sujet, jeune fille. Vous

êtes trop intransigeante et trop passionnée. Cela risque de vous attirer des ennuis.

— Je n'ai pas peur. »

Il avait esquissé un sourire mélancolique avant de répondre : « Dans la vallée, on ne peut pas renier son camp. Les règles du jeu sont clairement définies dès le départ. »

Elle était allée, pourtant, au baptême du jeune Jean-Baptiste. Le départ de Séverin pour Paris lui avait facilité les choses. Ils s'étaient revus, brièvement, dans le hall de La Lombarde.

« Il faut que je me rende à Paris, lui avait-il déclaré après l'avoir saluée. Des problèmes avec le ministère, au sujet de nos projets en Russie.

— Parce que nous avons des projets en Russie ? avait-elle relevé, insistant à dessein sur le "nous". »

Elle ne voulait à aucun prix rougir devant lui ni baisser les yeux. C'était lui qui s'était comporté comme une brute. Elle savait qu'elle ne pourrait le lui pardonner. Pourtant, elle devait agir comme si de rien n'était. Le regard froid de Mathilde Lecœur les épiait. La Veuve avait-elle porté, elle aussi, le deuil de ses illusions ? Hermine n'avait pas encore dix-neuf ans et refusait d'abdiquer.

« Je vous souhaite un bon voyage », avait-elle déclaré à Séverin. Le vouvoiement lui était revenu d'instinct, comme une ultime défense. Il avait possédé son corps, mais elle lui dérobait son âme. Elle avait retiré sa main, un peu trop vite, lorsque Séverin lui avait baisé le bout des doigts. Il en avait paru affecté.

Réfugiée dans sa chambre, elle avait pleuré longuement tout en se jurant que c'était la dernière fois.

Regniard ne put dissimuler sa surprise lorsqu'il la vit surgir dans la cour de la Forge au Loup.

— Nous n'avons pas terminé notre visite, ce me semble, lui dit-elle après l'avoir salué.

Elle insista pour tout voir. Jusqu'aux locaux qui servaient d'école, pour les enfants les plus jeunes, durant la pause. Elle avait une façon particulière d'observer, sans mot dire, puis de poser ensuite la question que Regniard redoutait. Comme : « N'y a-t-il vraiment pas moyen d'améliorer l'aération des ateliers ? »

Lorsqu'elle eut tout visité, il était épuisé et furieux. De quel droit venait-elle se mêler de son travail ? Elle n'y connaissait rien et elle était une étrangère, d'après ce qu'on racontait. Même pas née en France.

— Je vous remercie, monsieur Regniard, lui dit-elle enfin avec cette courtoisie irritante à laquelle la Veuve ne l'avait pas accoutumé.

Avec Mathilde Lecœur, ils n'avaient pas besoin de mots pour se comprendre. Ils partageaient le même but. Tout sacrifier à la Forge au Loup. La jeune madame Lecœur le gratifia d'une brève inclinaison de tête.

— Je reviendrai, laissa-t-elle tomber avant de pivoter et de se diriger vers la sortie.

Regniard serra les poings. « Ce sera elle ou moi ! » se dit-il avec hargne.

Dans l'église de Brohant, Hermine contemplait le bébé avec une tendresse étonnée. Le fait d'avoir été présente au moment de sa naissance tissait entre elle et lui des liens particuliers. Elle sentait à nouveau sur elle le regard du prêtre. Il avait posé une étole sur la tête du bébé. Jean-Baptiste remua la langue juste après avoir reçu le sel. La vieille Ida émit un murmure d'approbation.

Hermine s'éclipsa aussitôt après que la cérémonie du baptême fut terminée. Les cloches sonnaient à toute volée. Le temps, superbe, faisait ressortir, par effet de contraste, la tristesse au fond du vallon. Elle regagna La Lombarde à pied, prenant plaisir à marcher d'un bon pas. Juliette, la cuisinière, la guettait sur le seuil.

— Vous êtes en retard pour le déjeuner, madame, lui dit-elle.

Elle paraissait au supplice. Son immense tablier blanc dissimulait mal sa silhouette imposante. Les cheveux ficelés en un chignon tire-bouchonnant sur la nuque, le visage lunaire, dépourvu de beauté, elle était, affirmait Séverin avec une cruauté inconsciente, « d'une laideur reposante ». Cuisinière hors pair, c'était sans nul doute grâce à elle que la table de La Lombarde était renommée dans toute la région. De son propre aveu, Mathilde Lecœur se souciait peu du choix des menus.

— Ce n'est pas grave, lui dit gentiment Hermine. D'ailleurs, je n'ai pas faim. Je vais boire une tasse de thé et aller dans le jardin.

— Ah ! votre thé ! soupira Juliette.

C'était là leur seul point de divergence. En bonne Ardennaise, Juliette ne croyait qu'aux vertus du café. L'usage immodéré du thé – « de l'eau chaude à peine teintée ! » affirmait-elle avec une pointe de mépris – la dérangeait, choquait ses habitudes.

Sa boîte à couleurs sous le bras, Hermine descendit dans le jardin. Elle s'assit sur une pierre moussue, posa son carton à dessin sur ses genoux et prit une longue inspiration.

La journée était belle, mais l'air gardait un petit côté piquant, comme une pointe d'acidité dans un fruit. Elle embrassa du regard la masse sombre de la forêt qui, d'où elle se trouvait, masquait en partie les bâtiments de la fabrique, les silhouettes découpées des quatre fils Aymon, dont l'histoire se transmettait de génération en génération.

Renaud, Alard, Guichard et Richard, les quatre fils du duc Aymon, fréquentaient la cour de Charlemagne. Las, un jour funeste, au cours d'un tournoi d'échecs, Bertolais, le neveu de Charlemagne, reçut en plein visage une pièce du jeu lancée, par inadvertance, par Renaud. Le geste fut fatal, contraignant les fils Aymon à s'enfuir. Sautant sur leur cheval Bayard, ils se réfugièrent dans la forêt d'Ardenne, réputée inaccessible. L'enchanteur Maugis les aida à y bâtir un château inexpugnable, Château-Regnault. La légende voulait qu'ils aient été changés en pierres par le courroux impérial. Hermine aimait beaucoup cette histoire.

Brusquement, elle éprouva une impression bizarre. Elle se sentait chez elle à Brohant. Malgré Séverin.

Elle enserra ses genoux de ses mains, se laissant gagner par la sérénité du paysage. L'écho de la sonnerie stridente de la sirène la fit tressaillir. Même ici il était impossible d'oublier la fabrique. Elle faisait partie intégrante de la vallée. Elle était indissociable des Lecœur. Et Hermine, peu à peu, se sentait devenir une Lecœur.

8

Avec des gestes précis, assurés, Juliette pétrissait énergiquement son pâton avant de l'étaler dans la tourtière graissée. Combien de galettes au sucre avait-elle déjà préparées depuis qu'elle servait au château ? Elle avait renoncé à en tenir le compte. Il y avait vingt-sept ans qu'elle était arrivée, pâle et tremblante, à La Lombarde, récemment construite. Il s'en racontait, des choses, dans la vallée, sur la famille Lecœur. « Des ouvriers cloutiers comme nous à l'origine, ma fille », avait coutume de dire Félix, le père de Juliette. « Tu n'as pas à rougir devant eux. »

Oui-da, songeait Juliette, tout en plaçant sa tourtière au chaud près de la cuisinière. La pâte devait lever en une bonne heure à condition qu'il n'y ait pas de courant d'air dans la pièce. De ce côté-là, pas de danger, pensa Juliette, essuyant d'un revers de main son front couvert de sueur. Il régnait une chaleur d'enfer dans sa cuisine, au point que, le soir, ses jambes gonflées la faisaient cruellement souffrir. Elle aimait pourtant son domaine et aurait estimé déchoir si elle avait dû aller travailler à la fabrique. Elle posa un regard empreint de fierté sur sa cuisine, immense et bien éclairée par deux fenêtres.

Depuis que madame Lecœur avait bien voulu faire l'acquisition d'une cuisinière – une merveille tout droit sortie des ateliers de Monthermé-Laval-Dieu –, elle n'utilisait pratiquement plus la cheminée, mais ne laissait à personne le soin d'astiquer la crémaillère ornée d'une tête de coq, les pelles à feu et les pincettes, la grande cuiller à sauce, l'écumoire en cuivre ni même les chenets massifs surmontés d'une tête de sphinx.

Le ménager, un immense buffet-dressoir en noyer abritant une batterie de plats et de tourtières impressionnante, était encaustiqué chaque jour par une gamine de treize ans qui l'aidait pour l'épluchage des légumes et la vaisselle, tout comme elle, Juliette, avait aidé la vieille Anna à son arrivée au château. Anna lui avait tout appris, après plusieurs années durant lesquelles elle avait observé à son égard une indifférence bourrue. Peu à peu, elle lui avait confié quelques responsabilités avant de l'initier vraiment à son métier. Juliette esquissa un sourire mélancolique. Anna lui avait donné un jour son carnet noir, dont elle ne se séparait jamais. Juliette avait alors compris que la cuisinière lui passait la main. Les deux femmes n'avaient pas eu besoin d'échanger de grandes phrases. Anna, épuisée par les rhumatismes, avait de plus en plus de peine à effectuer son travail et, la plupart du temps, c'était Juliette qui préparait les repas en suivant les instructions de son mentor. Le jour où Anna lui avait remis son carnet noir, Juliette s'était sentie à la fois émue et impatiente. Enfin, elle allait avoir accès à ses secrets les mieux gardés.

Anna partit sans tarder pour l'hospice, à Charleville. Elle n'avait plus de famille et avait refusé la proposition des Lecœur de vivre à La Lombarde. « Je ne pourrais pas m'empêcher de descendre passer mon nez à la cuisine, avait-elle expliqué ; et ce ne serait pas bon pour Juliette comme pour moi. » Juliette avait attendu le départ d'Anna pour ouvrir le petit carnet noir. Elle avait eu les larmes aux yeux en constatant que toutes les pages étaient blanches. Anna ne savait ni lire ni écrire. Mais elle préparait à merveille la blanquette de brochet, le rôti de veau à l'ardennaise ou l'oie rôtie à la sauce aux myrtilles, et se permettait les alliances de mets les plus raffinées.

Ce jour-là, Juliette s'était juré de ne pas trahir la confiance de celle qui lui avait tout appris. Les tours de main et les recettes d'Anna lui survivraient. Depuis près de vingt ans, elle tenait parole. La cuisinière s'affairait depuis potron-minet dans son domaine. Madame Lecœur recevait à l'occasion du 15 Août et avait organisé une matinée musicale. L'élaboration du menu avait nécessité plusieurs réunions, reportées au dernier moment, si bien que, irritée, Mathilde avait conseillé à Juliette : « Vous verrez cela avec ma bru. Elle a le temps, elle. »

Contrairement à ce que craignait Juliette, elle s'était bien entendue avec la jeune madame Lecœur. Elles s'étaient toutes deux mises d'accord sur un assortiment de desserts régionaux : tartes aux prunes, les nobertes, comme l'on disait en pays d'Ardenne, galettes au sucre et les inévitables gâteaux mollets, dont Hermine avait réclamé la recette. Deux cents grammes de farine, cent soixante-dix grammes de beurre, trois œufs, une cuiller à soupe de sucre fin, une pincée de sel et vingt grammes de levure de boulanger longuement battus avant d'être versés dans un moule à gâteau mollet en terre vernissée et de lever au moins deux heures dans la cuisine.

« Il ne reste plus ensuite qu'à enfourner, avait conclu Juliette, ravie de voir l'épouse de Séverin s'intéresser à sa cuisine.

— Le contraste avec le vin de Champagne sera intéressant, avait réfléchi madame Séverin à voix haute.

— Il faudra du café, aussi, s'était risquée Juliette. C'est un délice avec le gâteau mollet. »

Elle aimait bien la façon qu'avait la jeune femme d'écouter. Elle, au moins, ne pensait pas à autre chose, comme madame Mathilde.

— Ma pâte ! s'écria-t-elle, un œil sur l'horloge à gaine étroite, haute de deux bons mètres, dont les aiguilles avançaient trop vite à son gré.

Juliette ne laissait à personne le soin d'astiquer le balancier en cuivre et le cadran en faïence des Islettes. Il fallait la remonter chaque jour, mais peu lui importait. Cette horloge, qui rythmait l'écoulement des heures, faisait partie de sa vie.

Elle avait respecté avec soin la recette d'Anna. Pour chaque galette de vingt-huit à trente centimètres de diamètre, elle avait mélangé deux cent vingt grammes de farine, un œuf, une tasse de lait tiède sucré dans lequel était délayée une noix de levure de boulanger, et cinquante grammes de beurre fondu. A présent que la pâte était levée et exhalait une bonne odeur de levain, elle n'avait plus qu'à l'enfourner après l'avoir parsemée de noisettes de beurre et saupoudrée de sucre fin.

C'était Etiennette qui cassait régulièrement le sucre acheté par pains de dix kilos. Elle utilisait pour ce faire un couteau bien tranchant et un maillet de bois que Juliette nommait le « marteau à sucre ». Etiennette fragmentait le pain de sucre sur un papier. Elle repliait ensuite ce dernier et donnait de légers coups de marteau sur les morceaux ainsi obtenus avant de parachever son ouvrage au rouleau à pâtisserie. Elle s'acquittait de sa tâche avec un air absorbé, tout en passant de temps en temps la langue sur ses lèvres. C'était encore une gamine, pensa Juliette. Même pas quatorze ans, toute une vie de labeur devant elle... A cette idée, Juliette se sentit vieille, tout à coup. Malgré ou à cause de ses quarante-deux ans.

Hermine rejeta ses cheveux en arrière d'un geste empreint de lassitude. Depuis plusieurs jours, la canicule faisait peser une atmosphère lourde sur la vallée. En temps normal, Hermine l'aurait supportée sans problème. Cette fois, c'était différent.

Elle jeta un coup d'œil distrait au miroir. Elle avait vite deviné d'où lui venaient ce teint plombé, ces yeux cernés. Ou, plutôt, c'était Juliette qui l'avait alertée, après avoir constaté qu'elle était incapable d'avaler une seule bouchée au petit déjeuner. « Vous ne seriez pas en train de nous fabriquer un petit, madame Hermine ? » lui avait-elle demandé discrètement, avec son franc-parler habituel.

L'expression avait plu à Hermine. « Fabriquer un petit… » Elle s'était retrouvé brusquement une raison de vivre après une période d'adaptation difficile. Séverin, revenu de Paris avec un écrin rouge de chez Cartier, avait fait amende honorable. Il avait eu un coup de folie, sous l'effet de la colère. Les hommes avaient des désirs, des besoins, que les dames ignoraient. Cette seule distinction – hommes, dames – résumait la différence. Il espérait qu'Hermine le comprenait.

Le cœur lourd, Hermine avait essayé de pardonner. En sachant bien que rien ne serait plus pareil.

Hermine et lui avaient reçu le docteur Carrière dans le petit salon. Après un bref entretien, auquel Séverin avait assisté, le médecin avait conclu qu'Hermine était enceinte, sans se risquer à l'examiner. Elle avait eu une pensée fugitive pour Anna-Maria, sa jeune protégée, qui avait failli accoucher dans l'atelier Iéna. Deux situations, deux traitements différents.

Le regard du médecin s'était posé sur elle. Elle avait eu l'impression qu'il la jaugeait.

« Cet enfant à naître est très important pour la famille », avait-il remarqué. Hermine avait redressé la tête de façon belliqueuse, avant de rétorquer : « Il l'est aussi pour mon époux et pour moi. »

Son orgueil l'avait aidée à tenir bon au cours des dernières semaines. Incapable de garder le moindre aliment, Hermine détestait se voir dans cet état. Lasse d'imposer à son mari le spectacle dégradant de ses malaises matinaux, elle avait parlé la première de s'installer dans une autre chambre. Séverin avait adhéré à cette suggestion sans lui opposer la moindre objection : « Tu seras beaucoup mieux, en effet, et tu pourras te reposer. Ma pauvre chérie, je n'aurais jamais pensé te voir malade à ce point.

— Je ne suis pas malade, avait-elle protesté. Seulement enceinte. »

L'emploi du mot interdit par les convenances avait fait tiquer Séverin. Hermine était si déroutante, parfois. Elle ne faisait rien comme les autres. Il n'aurait peut-être pas dû l'épouser, se dit-il avec une lucidité cruelle.

Elle, de son côté, aurait aimé posséder une certitude. Savoir que l'enfant à naître n'avait pas été conçu la nuit suivant l'accouchement d'Anna-Maria. Si cela était... Elle enfonça ses ongles dans ses paumes. « Et quand bien même ! » s'admonesta-t-elle. « Je veux aimer mon enfant. » Elle se rappelait trop bien, en effet, certaines blessures d'enfance, jamais cicatrisées. « Tu es tellement Pratte », lui faisait remarquer sa mère de temps à autre. A plusieurs reprises, Hermine avait éprouvé la tentation de lui répliquer vivement : « Pourquoi as-tu épousé mon père ? Vous aviez si peu de points communs. »

La silhouette de Séverin se profila dans l'encadrement de la porte. La robe d'Hermine, en soie rouge andrinople, s'ornait sur l'épaule gauche d'une garniture légère en plumes d'autruche. La jupe, taillée en biais, portait un rappel de plumes sur le côté gauche. Elle avait choisi pour seul bijou un rubis monté en pendentif, qui faisait ressortir sa carnation laiteuse. Mélie avait torsadé ses cheveux et maintenu son chignon flou avec des épingles à tête de rubis.

Séverin se racla la gorge.

— Tu es très belle.

Un an auparavant, son compliment l'aurait bouleversée. Elle le recevait à présent avec un certain détachement. Il la rassurait au moment où elle se préparait à aller affronter les invités de Mathilde.

La réunion du 15 août, préparée depuis plusieurs jours, constituait une tradition à La Lombarde. « A cette date, nous sommes à peu près certains de ne pas être trahis par le temps », lui avait expliqué Fabrice. Il avait ajouté, d'un ton rêveur : « La musique représente le seul penchant de Mathilde. En dehors de la Forge au Loup, bien sûr. »

Depuis quatre mois qu'elle vivait à La Lombarde, Hermine n'avait pas encore pu cerner le caractère de sa belle-mère. Tout comme Séverin, Mathilde Lecœur maîtrisait l'art de brouiller les pistes. Elle était rude à la peine, certes, pour elle comme pour les autres mais, en même temps, Hermine se demandait parfois si cette dureté ne dissimulait pas quelque faille.

— Il est grand temps de descendre, lui rappela Séverin.

Elle jeta un regard de regret à sa chambre. Elle aimait cette grande pièce dont les fenêtres ouvraient sur les jardins et, au-delà, la forêt. Avec l'accord tacite de Mathilde – « Arrangez-vous comme vous le désirez... » –, elle avait composé un cadre à son goût en puisant dans l'immense salle placée sous les combles, transformée en garde-meubles. Le mobilier Charles X en bois de citronnier qu'elle y avait découvert l'avait tout de suite séduite. Il ne lui restait plus qu'à faire ôter la toile de Jouy rose et blanc tendue sur les murs. Elle rêvait d'un tissu couleur de soleil. Comme un rappel de son pays natal.

Elle éprouva une émotion fugitive en posant la main sur le bras de son mari. Elle l'aimait encore.

Elle insista pour passer à la cuisine avant d'aller rejoindre la cohorte des invités. Séverin leva les yeux au ciel.

— Tu n'es pas l'intendante.

C'était une réflexion maladroite, il en prit aussitôt conscience. Hermine, sans se laisser troubler, soutint son regard.

— Précisément. J'aimerais avoir un rôle bien défini dans cette maison. Je ne me contenterai pas d'être traitée en invitée toute ma vie.

« Toute ma vie... » La phrase avait quelque chose de définitif. A moins de vingt ans, Hermine se sentait tout à coup prisonnière et ne pouvait supporter cette idée. Séverin éluda, promit qu'ils aviseraient après la naissance du bébé. Il s'immobilisa sur le seuil de l'office tandis qu'Hermine s'avançait à la rencontre de la cuisinière et de son apprentie.

— Tout va bien, Juliette, Etiennette ?

Séverin, l'air excédé, la rappela.

Elle le rejoignit après avoir adressé de la main un

petit signe complice à Juliette. La cuisinière suivit le couple du regard avant de marmonner quelque chose.

— Qu'est-ce que vous dites, madame Juliette ? questionna Etiennette, toujours à l'affût.

— Rien, bougonna Juliette.

Il faudrait qu'elle se méfie, désormais. Elle n'était pas sûre de pouvoir faire tout à fait confiance à la petite. Pourvu que celle-ci n'ait pas entendu sa remarque : « Elle est trop bien pour lui », avait-elle pensé tout haut, à propos d'Hermine et de Séverin.

Elle se demandait simplement si la Veuve ne s'en était pas déjà rendu compte.

9

Un sourire lointain sur les lèvres, Hermine s'efforçait de retenir le nom de certaines personnes que Séverin lui présentait.

Elle s'éloigna de quelques pas, se rapprocha de la cascade aménagée par l'oncle Fabrice. Il faisait un peu plus frais à cet endroit. Elle s'assit sur le banc de pierre.

— Comment te sens-tu ?

Raphaël se penchait vers elle avec sollicitude. Hermine sourit à son cousin. Tout à coup, elle avait l'impression qu'il avait besoin d'être rassuré. Comme c'était étrange, le simple fait d'attendre un enfant vous faisait basculer dans le camp des adultes.

— Tout ira bien, lui affirma-t-elle d'une voix apaisante. J'aime cet endroit, ajouta-t-elle.

Elle désigna les collines boisées qui s'abîmaient dans la Meuse. Le fleuve en contrebas miroitait sous le soleil. Les échos de la fête leur parvenaient de façon assourdie. Raphaël devina que cette retraite, auprès de la petite cascade, convenait à Hermine. Elle avait toujours eu besoin d'un endroit où se ressourcer. De nouveau, il pensa que ce mariage avec Lecœur constituait une erreur et il lui semblait qu'Hermine avait commencé à en prendre conscience.

Pour briser le silence qui se prolongeait, il se mit à parler du moulin à couleurs, des commandes qui emplissaient Paul de fierté. L'étendue de la palette du moulin Pratte était appréciée jusqu'en Autriche-Hongrie. Hermine observa Raphaël à la dérobée, tandis qu'il lui expliquait qu'il avait trouvé de nouveaux débouchés. Il aimait son métier. Son père et lui se passionnaient pour les couleurs et cherchaient sans cesse, par le biais de la sélection des approvisionnements, à obtenir des pigments plus nuancés et plus résistants.

C'était cela qui manquait le plus à Séverin, songea-t-elle en éprouvant un douloureux pincement au cœur. La passion.

— Nous allons peut-être devoir retourner faire acte de présence, lui rappela Raphaël.

Elle se leva précipitamment, tout en rougissant. Hermine devait échanger quelques mots avec les personnalités les plus en vue. Séverin avait bien insisté sur ce point : « Tu dois sympathiser avec l'épouse du préfet. C'est important, dans notre situation. »

Des devoirs, toujours.

Elle se composa un visage avant d'accepter le bras de Raphaël et de regagner la pelouse tondue avec soin sur laquelle les tables du buffet avaient été dressées. L'abondance de mets lui donnait la nausée.

Séverin accourut à leur rencontre. Il paraissait inquiet.

— J'étais juste un peu lasse, le rassura-t-elle.

Raphaël s'était écarté, par discrétion. Il vit Séverin qui se penchait, baisait le bout des doigts d'Hermine avec une dévotion émouvante.

Il l'aime toujours, pensa-t-il. Mais pour combien de temps ?

Lorsqu'ils étaient en pension, il avait appris à cerner le caractère de Séverin. Le fils Lecœur n'avait jamais fait preuve d'une grande constance, que ce soit pour ses études ou en amitié. Son but premier dans la vie était de s'opposer à sa mère. Il croisa le regard aigu de sa tante Elodie, leva sa flûte dans sa direction. « Ce mariage est votre œuvre, ma chère tante », pensa-t-il, en éprouvant une sourde rancœur. Le champagne avait un léger goût d'amertume. Raphaël vida pourtant son verre d'un trait.

Mathilde Lecœur soutint le regard attentif du banquier Villière. Depuis plus de quinze ans, il l'avait toujours épaulée dans ses entreprises, qui ressemblaient parfois à des paris fous. Personne, en effet, à la mort de son mari, ne pensait qu'elle serait capable de maintenir la fabrique. Georges Villière avait été le seul à accorder sa confiance à Mathilde. Avec le recul, elle mesurait mieux les risques qu'il avait encourus et la chance qui avait été la sienne.

— Qu'en pensez-vous ? insista-t-elle. Regniard tempête ou gémit, c'est selon. Il prétend que si je m'entête, nous courons droit à la catastrophe.

Le banquier gardait obstinément le silence.

Mathilde refréna mal une furieuse envie de taper du pied. A près de soixante ans... Cette idée désarma sa colère. Brusquement, elle eut l'impression de mieux comprendre sa belle-fille. Hermine et Mathilde possédaient la même vitalité, la même indépendance, mais, à la différence de sa belle-mère, Hermine n'était pas libre de ses actes. Finalement, le fait de vieillir avait du bon, se dit-elle avec cynisme.

— Eh bien ? reprit Mathilde.

Lors de leurs premiers entretiens, quinze ans auparavant, elle n'aurait jamais osé s'adresser à lui sur ce ton. Elle savait que, sans son soutien financier, elle était condamnée à vendre la fabrique. Frédéric avait beaucoup investi, sans trop se soucier de la rentabilité. Il était un homme du fer et un homme de contacts, mais ignorait tout de la gestion. Son mari disparu, Mathilde s'était plongée dans les comptes. Elle avait bénéficié d'une conjoncture favorable mais savait que la concurrence était sur les rangs, d'autant plus âpre que la fabrique s'était retrouvée orpheline d'un coup.

— Il faut exploiter le succès de la tour Eiffel, poursuivit-elle. L'Exposition universelle représente notre meilleure vitrine.

Même si la plupart des têtes couronnées avaient boudé l'exposition fêtant le centenaire de la Révolution française, la tour de monsieur Eiffel avait remporté un immense succès de curiosité.

Georges Villière esquissa un sourire.

— Je me demande bien pour quelle raison vous tenez tant à construire une boulonnerie en Russie.

Le regard de Mathilde se fit rêveur.

— C'est un vieux rêve, caressé avec mon époux. Mais, surtout, la Russie représente un formidable marché. Imaginez-vous, Georges, cet immense pays dans lequel tout, ou presque, reste à faire ? Pourquoi souriez-vous ainsi ?

Il se pencha vers elle. Il aurait pu l'aimer, pensa-t-il de façon brutale, s'il ne l'avait pas aussi bien connue, s'il n'avait pas été lui-même marié.

— Vous m'impressionnez, Mathilde. Vous êtes prête à abattre tous les obstacles pour atteindre votre but.

— C'est ma raison de vivre, avoua-t-elle d'une voix légèrement voilée.

Elle refusait de se laisser submerger par l'émotion. Si son mari n'était pas mort de façon aussi brutale, si Thomas, leur premier fils, avait survécu, les choses auraient été différentes.

— Dites-vous bien qu'il n'est pas question pour vous de mener les négociations, reprit le banquier. Si notre pays, avec beaucoup de réticences, admet que quelques femmes d'exception tiennent les rênes de leur entreprise...

— Merci à madame Ponsardin, veuve Clicquot, l'interrompit Mathilde.

Georges Villière, qui détestait être interrompu, fronça les sourcils.

— Ce que je veux dire, reprit-il, c'est qu'un homme sûr doit se rendre à Saint-Pétersbourg. Pas vous.

Il avait insisté sur les deux derniers mots. Mathilde soupira.

— Un homme sûr... J'ai besoin de Regniard à la fabrique. Il ne me reste que Séverin.

Le banquier fut frappé par la façon dont elle avait prononcé cette phrase, « Il ne me reste que Séverin... » L'air de dire : « Puisqu'il le faut... »

Il s'enhardit à remarquer :

— Vous ne lui accordez toujours pas votre confiance, n'est-ce pas ?

Mathilde eut un léger haussement d'épaules. Malgré sa robe sévère – toute noire, jusqu'à la berthe recouverte de perles de jais –, son maintien empreint de dignité et de fierté, elle paraissait soudain vulnérable. Georges Villière pensa, de façon fugitive, qu'il ne la connaissait pas vraiment, bien qu'il la côtoyât depuis plus de quinze ans.

— Que pourrais-je vous répondre, mon ami ? rétorqua enfin Mathilde d'une voix lasse. Séverin est... Séverin, fidèle à lui-même. Charmeur et inconstant, velléitaire et jaloux. Nous avons certainement eu tort de trop le gâter après la mort de notre premier-né, Thomas. De plus...

Elle s'interrompit. L'amitié l'unissant au banquier ne justifiait pas tout. Elle n'allait tout de même pas lui raconter qu'elle n'avait jamais pardonné à Séverin d'avoir survécu à l'épidémie de fièvre typhoïde qui avait emporté son aîné. Pourquoi Thomas était-il mort ? C'était là une question trop intime, trop douloureuse, aussi, pour être abordée.

Elle soupira.

— Nous verrons bien. C'est le moment ou jamais pour Séverin de faire ses preuves.

— L'enjeu est de taille.

— Je sais.

Saint-Pétersbourg constituerait un défi et une chance pour son fils.

Villière suivait des yeux la silhouette fragile d'Hermine.

— Votre bru pourra-t-elle accompagner son époux ?

— Ce ne serait pas prudent dans son état, trancha Mathilde.

Elle éprouvait une certaine satisfaction à la perspective de provoquer une séparation entre les jeunes époux, même si Hermine risquait de causer des ennuis à la Forge au Loup. Il serait certainement amusant d'observer comment elle se débrouillerait avec Regniard, pensa Mathilde. Hermine l'intéressait. Mathilde ne l'aimait guère, mais elle devait reconnaître que sa belle-fille avait du cran.

Georges Villière leva sa flûte.

— A la Russie, ma chère Mathilde, s'écria-t-il avec bonne humeur.

Les ombres s'étendaient sur la pelouse. En contrebas, le vallon était plongé dans l'obscurité. C'était là, pourtant, que battait le cœur de la vallée.

« Il faudra améliorer le rendement », pensa Mathilde. Regniard saurait comment y parvenir. Elle lui faisait confiance. Beaucoup plus qu'à son propre fils.

10

Séverin allait partir pour la Russie. Hermine savait que ce voyage à Saint-Pétersbourg avait été organisé par Mathilde dans le but de les séparer. Séverin aurait voulu avoir le courage de refuser, d'emmener Hermine loin de la vallée, de La Lombarde, et de ne plus dépendre de l'argent des Lecœur. Il ne pouvait s'y résoudre, cependant.

Elle redoutait de se retrouver seule à La Lombarde. Elle se redressa, parce qu'elle ne tenait pas à lui laisser voir son désarroi. Séverin la serra contre lui.

— Je t'aime, Hermine. Même si…

D'un geste prompt, elle plaqua sa main sur les lèvres de son mari. Il la baisa, en soudant son regard au sien. Mal à l'aise, elle détourna les yeux. Séverin en éprouva une sourde irritation. Quand comprendrait-elle donc qu'il était un homme, avec des désirs d'homme ?

Hector secoua légèrement les rênes. Le tilbury s'ébranla, franchit les grilles de La Lombarde. Hermine, muette, s'imprégnait du paysage comme pour mieux se souvenir de cet instant. Les collines boisées arboraient leur livrée d'automne. L'or et le feu des arbres coulaient dans le fleuve. La force de leurs couleurs était atténuée par le léger halo de brume flottant au-dessus de la Meuse.

— J'aime ce pays, murmura Hermine.

— Tu as bien de la chance, grinça Séverin. Pour ma part, j'ai toujours eu le sentiment d'étouffer ici.

Il ne pouvait mieux exprimer leurs différences.

Les chevaux trottaient allègrement sur la route neuve, construite à grands frais pour les habitants de La Lombarde. En bas, au fond du vallon, les cheminées sombres des ateliers noircissaient le paysage, lui ôtant toute couleur. Le contraste s'imposait, saisissant.

La gare était là, toute proche. Hermine éprouva un sentiment de panique incontrôlable à l'idée qu'il allait partir pour la lointaine Russie, qu'elle ne le reverrait pas avant plusieurs semaines... « Reste auprès de moi », aurait-elle voulu prier. Hector immobilisa le tilbury. Séverin se tourna vers Hermine. Il prit son visage entre ses mains.

— Ne dis rien, surtout, lui recommanda-t-il. Pas d'adieux ni de mouchoir agité sur le quai. Cela ne nous ressemble pas.

A l'instant du départ, il était certain de l'aimer. Il sauta à terre. Un porteur se précipita. Hermine se détourna.

Le cœur lourd, elle demanda à Hector de la ramener à La Lombarde.

Elle entendit le train siffler alors que le tilbury

attaquait la côte menant au château. Elle soupira, si fort qu'Hector se retourna.

— Ne vous tourmentez pas, madame, lui dit-il d'une voix bourrue. Il reviendra. Les Lecœur reviennent toujours dans la vallée. A croire qu'ils ont passé un pacte avec le diable ! C'est une terre de légendes, par ici, vous savez.

— Mon père et mon oncle sont ardennais de souche.

— La famille Pratte. Mais ils ne sont pas de la vallée.

Elle commençait à comprendre ce qu'il voulait dire. Les Ardennes, tout en contrastes, regroupaient des régions aussi différentes que l'Argonne, les vallées de la Meuse et de la Semoy, les hauteurs d'Hargnies ou le pays des crêtes, ouvrant sur la Champagne. Si l'on se plaçait sous cet angle, malgré son ascendance Pratte, elle demeurait bel et bien une étrangère. La Veuve savait ce qu'elle faisait en la nommant ainsi.

Le mugissement de la sirène de midi fit tressaillir Hermine. Obéissant à une impulsion, elle se pencha vers le siège d'Hector.

— Conduisez-moi rue Vert-Bois, je vous prie.

Le cocher haussa un sourcil. De mauvaise grâce, il bifurqua à gauche vers le fond du vallon. Une brume grise montait des bords de la Meuse. Un soleil pâle ne parvenait pas à percer le brouillard. Hermine frissonna.

— Arrêtez-moi devant le 3, ordonna-t-elle.

Les ouvriers remontaient la rue à pas pressés. Une foule grise, étrangement silencieuse. Hermine attendit d'apercevoir la silhouette d'Anna-Maria pour descendre du tilbury. Un sourire las éclaira le visage de sa protégée. Elle la salua d'un simple signe de tête avant de l'inviter à entrer. La maison était aussi étroite, sombre et triste que dans le souvenir d'Hermine.

Avec des gestes lents, trahissant sa fatigue, Anna-Maria se débarrassa de son châle.

— Vous n'allez pas chercher Jean-Baptiste ? s'étonna Hermine.

Le visage d'Anna-Maria se défit.

— La nourrice, Philo, loge deux rues au-dessus, expliqua-t-elle d'une voix enrouée. Je n'ai pas le temps, elle non plus. Et puis, c'est trop dur. Je l'embrasse à l'étouffer pour devoir le rendre quelques minutes plus tard à Philo.

Elle tourna un visage farouche vers sa visiteuse.

— Comprenez-vous ?

Au-delà des mots échangés, Hermine percevait la profonde détresse morale de l'ouvrière italienne. Anna-Maria s'affaira dans la salle.

— Je n'ai que de la chicorée à vous offrir, dit-elle avec un sourire d'excuse.

— Peu importe. Comment allez-vous ?

Le visage d'Anna-Maria s'était émacié, ses yeux cernés. Hermine se souvenait de toutes ces femmes courbées au-dessus de leur ouvrage, dans l'atelier Iéna, et son cœur se serra.

— Je survis, répondit Anna-Maria avec une pointe de défi dans la voix.

C'était certainement pour cette raison qu'Hermine

s'intéressait à elle : elle avait reconnu en la jeune immigrée italienne une âme rebelle comme la sienne.

— Et votre mari ?

Le regard d'Anna-Maria se durcit.

— Angelo est fatigué et malheureux d'avoir quitté l'Italie. Alors, il va souvent au cabaret.

Elle n'en dit pas plus. Hermine avait déjà appris, au hasard des conversations, que le cabaret tenait une place trop importante dans la vie de nombre d'ouvriers. La Veuve tenait l'alcoolisme pour le plus grand fléau. « De tout, ils boivent de tout ! gémissait-elle. Du genièvre, de la bière, de l'eau-de-vie... Et ensuite ils veulent se mettre en grève si, par malheur, il leur arrive un accident. »

Hermine observa sans mot dire le linge du bébé qui séchait sur une corde au-dessus du fourneau, le regard triste d'Anna-Maria, l'humidité qui coulait le long du mur... De toute évidence, la jeune femme était épuisée.

— Ce n'est pas trop dur à la fabrique ? reprit-elle.

Anna-Maria se mordit les lèvres.

— Je n'ai pas pu reprendre ma place tout de suite. J'avais perdu beaucoup de sang.

Elle rougit, détourna la tête.

— Quand je suis retournée à l'atelier, le chef m'a retenu une bonne partie de mon salaire en me disant qu'il n'y avait pas de place pour les paresseuses.

— Le chef... monsieur Regniard ?

Pour la première fois, l'Italienne sourit.

— Entre nous, on l'appelle le Singe. Ou encore « Toujours plus », parce que c'est son mot d'ordre.

« Plus vite. On ne vous paie pas pour que vous vous tourniez les pouces... » Il est dur, oui, mais ce n'est pas lui le plus mauvais.

La porte donnant sur la rue s'ouvrit d'une poussée. La silhouette d'Angelo se profila dans l'encadrement. Anna-Maria frotta ses mains l'une contre l'autre. Hermine perçut sa gêne. L'Italien la salua avec raideur.

— Ton café, s'empressa sa femme.

Hermine se demanda ce qui leur était arrivé. Il paraissait si fier, le jour de la naissance de Jean-Baptiste. Et maintenant...

— Je vous expliquerai, murmura Anna-Maria à l'intention d'Hermine.

Celle-ci but très vite sa tasse de chicorée et se leva.

— Merci pour l'hospitalité. Au revoir.

Anna-Maria la raccompagna jusqu'à la rue.

— Je promène le petit tous les dimanches après le dîner, chuchota-t-elle. Le long de la Meuse, vers le soleil.

Hermine inclina la tête.

Au-dehors, Hector l'aida à grimper dans le tilbury. Elle eut honte, soudain, de toutes ces attentions qu'on lui prodiguait. Comparé à celui d'Anna-Maria, son sort était des plus enviables.

— Ramenez-moi à La Lombarde, Hector, pria Hermine.

Une phrase prononcée par Anna-Maria la tracassait. « Il est dur, mais ce n'est pas lui le plus mauvais », avait fait remarquer l'Italienne à propos de Regniard.

A quelle autre personne faisait-elle donc allusion ?

11

Hermine repoussa avec un sourire d'excuse le plat que Violette, la servante, lui présentait.

« Violette, grommelait régulièrement la Veuve, a-t-on idée de porter pareil prénom quand on est laide à ce point ? »

Il était vrai que la nature n'avait guère avantagé la pauvre fille. Un peu bossue, elle craignait tant de s'attirer des réprimandes qu'elle accumulait les maladresses. Son visage long et dénué de grâce, au nez interminable, souriait rarement.

— Ne restez pas plantée là, ma fille, l'apostropha Mathilde. Juliette doit vous attendre à la porte de l'office.

Il fallait faire diligence pour maintenir les plats au chaud, vu la longueur des corridors de La Lombarde. Parfois, Hermine se disait qu'elle aurait préféré prendre ses repas à la cuisine en la seule compagnie de Juliette. L'ambiance était pesante à la table présidée par Mathilde. Hermine et Fabrice devaient la plupart du temps subir un long monologue axé sur la situation économique. Séverin avait vu juste : sa mère ne vivait que pour la Forge au Loup. Quel couple avait-elle formé avec son époux, Frédéric Lecœur ? La personnalité de ce dernier s'était peu à peu estompée.

— Vous ne mangez rien, ma chère.

Le ton réprobateur de sa belle-mère fit tressaillir Hermine.

— Séverin vous a écrit, je pense, reprit-elle. Il est émerveillé par l'architecture de Saint-Pétersbourg. Comme si c'était là notre préoccupation principale ! Tout ce qui m'intéresse en Russie, c'est la perspective de fabriquer et de vendre des boulons sur place. Le reste m'importe peu.

Le caractère pragmatique de Mathilde exaspérait souvent Hermine. La Veuve se souciait peu d'art et encore moins de littérature. Elle fronçait les sourcils chaque fois qu'elle voyait Hermine plongée dans un livre. Pour elle, les romans représentaient autant d'ouvrages pernicieux.

Hermine s'éclipsa à l'heure du café.

— Si vous voulez bien m'excuser, je vais faire une promenade avant que le soleil ne disparaisse.

Elle reconnut de loin Anna-Maria. Sa protégée poussait avec la fierté d'une nurse britannique un vieux landau rafistolé. Hermine s'extasia sur Jean-Baptiste, à qui elle offrit une timbale et un hochet en argent achetés sous les arcades à Charleville. Anna-Maria fit disparaître les écrins sous l'oreiller du bébé. Elles firent quelques pas en silence. La Forge au Loup était loin derrière elles.

— Parfois, murmura Anna-Maria d'une voix désenchantée, je me dis que ce n'est pas possible de vivre ainsi toute mon existence. L'usine, de six heures du matin à midi moins le quart, puis de midi et demi à six heures et demie, les repas à préparer, la maison à tenir propre, si l'on peut appeler maison ce trou à rats, les lessives... et les jours qui filent, et Jean-Baptiste que je n'ai même plus le temps de câliner.

Il y avait autre chose, pensa Hermine en observant avec attention la jeune Italienne. Si elle était toujours belle, avec ses longs cheveux bruns noués en chignon lâche et sa silhouette aux courbes douces, elle paraissait avoir perdu de sa force et de sa capacité de révolte.

— Le petit me manque, reprit Anna-Maria d'une voix vibrante. Une semaine après sa naissance, je n'avais déjà plus de lait. Quelle misère ! Il est nourri au lait de chèvre, mais la nourrice que j'ai trouvée ne me plaît guère. Oh, ce n'est pas qu'elle soit mauvaise femme, nous avons même sympathisé toutes les deux, mais sa masure est encore plus misérable que la nôtre, c'est vous dire. Une boutique, comme on les appelle par ici. L'homme est cloutier et la femme garde les enfants des ouvrières. Imaginez les bébés serrés entre la forge et la roue actionnée par le chien du cloutier, surnommé « moteur à puces »...

Hermine s'arrêta au milieu du sentier. Elle comprenait mieux à présent pourquoi le teint de son filleul était d'une pâleur maladive.

— Ce n'est pas possible, murmura-t-elle.

Pour la première fois, Anna-Maria lui jeta un regard chargé de défiance.

— Hé, que croyez-vous donc ? lança-t-elle.

Lorsqu'elle s'énervait, son accent italien était plus marqué. Elle parla, avec fougue, de la situation des ouvrières qui s'échinaient plus de douze heures par jour pour un salaire de misère. Elle fustigea le cynisme des employeurs qui les accusaient, si elles faisaient grève, de priver leurs enfants de pain. Elle expliqua pourquoi elle avait tenu à appeler son fils Jean-Baptiste. C'était un hommage à cet homme, plus tout jeune, qui était venu dans les Ardennes exhorter les ouvriers à faire entendre leur voix.

— Angelo ne veut pas se mêler de politique, conclut-elle. Mais moi, je sais que monsieur Clément a raison. Nous méritons mieux, beaucoup mieux, que notre sort actuel.

— Que puis-je faire ? questionna Hermine d'une voix étranglée.

Anna-Maria lui sourit.

— Vous êtes là. Vous m'écoutez. Quand ça me fait trop mal, là, au fond du cœur, je me dis que je ne suis pas vraiment seule. Chez moi...

Son visage s'éclaira, tandis qu'elle se racontait un peu. Sa famille cultivait les fleurs au-dessus de San Remo. Anna-Maria aimait à étudier chez les sœurs, où elle avait appris le français, tout en recevant une éducation soignée.

— Je rêvais d'être institutrice, confia-t-elle à Hermine. Mais nous étions huit enfants à la maison. En tant qu'aînée, je devais travailler, rapporter de l'argent.

Elle avait rencontré Angelo dans un champ de

jasmin. Piémontais d'origine, il était venu aider l'un de ses cousins à la cueillette. Il économisait sou après sou pour gagner de quoi s'offrir le voyage en France et rejoindre l'un de ses oncles, qui travaillait le fer dans la vallée de la Meuse.

Anna-Maria leva ses yeux sombres vers Hermine.

— Nous nous sommes mariés en juin 1886. J'avais confectionné ma robe moi-même. Du taffetas jauni que les sœurs m'avaient offert. Je l'ai lavé plusieurs fois jusqu'à ce qu'il devienne d'un blanc crémeux. Je me souviendrai toujours de cette journée. La ville entière était parfumée à l'oranger. La mer miroitait sous le soleil. Lorsque je suis arrivée ici, j'ai eu l'impression que le soleil m'avait abandonnée.

— J'ai appris à l'apprécier d'autant plus, corrigea Hermine, en désignant le soleil pâle qui allait déjà disparaître derrière les sapins presque noirs.

Novembre s'annonçait brumeux. « Un bon temps pour la chasse », prétendait Juliette, qui savait tout sur tout.

Chaque matin, elle annonçait le temps qu'il ferait sans jamais se tromper. Elle avait des points de repère qu'Hermine ne remarquait même pas. Des nuages cachant le soleil, le vent soufflant de Belgique, la brume laiteuse flottant au-dessus de la Meuse, sa douleur à l'épaule... autant d'indices pour elle. Mathilde Lecœur elle-même reconnaissait un don à sa cuisinière.

« Juliette, à une autre époque, on vous aurait brûlée comme sorcière ! » Juliette souriait sans mot dire et, de retour dans sa cuisine, elle proposait à Hermine :

« Je vous apprendrai, si vous voulez, madame Hermine. Vous êtes de ce pays désormais. »

— Votre vie est ici, Anna-Maria.

L'Italienne esquissa un sourire désenchanté.

— Moi, je ne demande pas mieux. Mais nous n'avons pas été reçus à bras ouverts. Pourtant, quand il y a du travail, peu importe notre langue, non ? D'autant que je parle bien le français, *si* ?

Lorsqu'elle s'énervait, elle glissait quelques mots d'italien.

Hermine lui sourit.

— Bien sûr. Et Angelo ?

— Angelo, il est mal dans son cœur. Sa mère est morte, il y a un peu plus de deux mois, là-bas, au pied des montagnes, et nous n'avons pu, bien sûr, aller à l'enterrement. De toute façon, tout était fini quand nous l'avons appris.

Hermine ne trouva pas tout de suite les mots qu'elle aurait voulu prononcer. Malgré leurs efforts réciproques, leurs différences de condition les séparaient toujours, se dit-elle. Et, cependant, elle était persuadée qu'elle pouvait aider sa protégée. Il devait bien exister une solution…

— Rentrez vite là-haut, reprit Anna-Maria en la voyant frissonner. Dès que le soleil a disparu, le froid vous tombe dessus. L'hiver est rude dans la vallée. Vous n'êtes pas habituée.

— Je m'y ferai, répondit vivement Hermine.

Les collines boisées paraissaient soudain presque menaçantes.

— Prenez soin de votre enfant, reprit Anna-Maria.

— Vous aussi.

Hermine se pencha au-dessus du landau. La caisse avait été rafistolée, mais les draps brodés de jours étaient superbes.

— Je l'ai acheté sur le marché pour quelques sous, expliqua Anna-Maria. Je voulais quelque chose de bien pour mon fils.

Une lueur de nostalgie passa dans le regard de l'immigrée.

— Je ne veux pas qu'il mène la même vie que nous, mon Jean-Baptiste. Est-ce donc un crime ?

— Bien sûr que non, se récria Hermine.

Pour Mathilde et Regniard, peut-être. Ils n'avaient pas de mots assez durs pour vilipender l'action des rouges qui incitaient les ouvriers à se révolter.

Hermine se pencha, caressa la joue de son filleul.

— Rentrez-le vite au chaud.

— Au chaud, dans cette bicoque qui sue l'humidité ? Il est bien mieux dehors et, au moins, il s'endurcit. C'est une leçon que j'ai apprise ici : il n'y a pas de place pour les faibles. Seuls les plus forts survivent.

Etait-ce de la haine qui flambait dans le regard sombre d'Anna-Maria ?

Hermine, saisie, recula d'un pas.

— A bientôt, souffla-t-elle d'une voix ténue.

Elle avait honte, soudain, de repartir vers La Lombarde, côté soleil.

12

Angelo enfonça sa casquette sur sa tête d'un air rageur avant de se retourner vers Max, son camarade, que tout le monde appelait le « Belge ».

— L'hiver va encore être rude, cette année, marmonna-t-il. Tu as entendu le Singe : les salaires baissent. Début décembre ! Alors que le kilo de pain est passé à trente-cinq centimes. Je ne parle pas de la viande. Qui peut s'offrir du bœuf à un franc quatre-vingt-dix, sans parler du porc à deux francs le kilo ? Personne, dans la rue Vert-Bois.

Il sentait monter en lui l'une de ces vagues de colère qui le laissaient étonné et épuisé. Depuis maintenant quatre ans qu'il avait quitté l'Italie, il avait l'impression qu'un piège monstrueux s'était refermé sur lui. Angelo étouffait dans l'atelier surchauffé, de même qu'il se sentait à l'étroit dans la masure qu'ils occupaient, Anna-Maria, le bébé et lui. « Parlons-en, du bébé », se dit-il. Depuis sa naissance, Anna-Maria n'avait plus d'yeux que pour lui. A croire qu'Angelo n'existait plus.

Max l'observa. Avec ses cheveux couleur rouille et ses petits yeux vifs, il avait une tête de fouine. Les premiers temps, Angelo n'était pas certain de l'apprécier beaucoup. Mais leur condition d'immigrés les avait rapprochés.

Max administra une bourrade à son camarade.

— Allons, viens donc. Je t'emmène au cabaret.

Angelo marqua une hésitation. Le matin même, Anna-Maria lui avait recommandé de ne pas s'attarder, elle avait besoin d'argent pour acheter de la plume, afin de confectionner un nouveau matelas au bébé. « A quoi bon ? » se dit-il. Au rythme où Jean-Baptiste mouillait ses couches, inondant, par la même occasion, son matelas, c'était une dépense parfaitement inutile. De plus, il n'avait pas apprécié le ton de son épouse. Depuis quand une femme se mêlait-elle de tout régenter dans le ménage ? Il ferait beau voir qu'elle lui donne des ordres.

Il emboîta le pas au Belge.

— Tu as raison. Au cabaret au moins il fait chaud.

— J'ai bien besoin de me décrasser la gorge, approuva bruyamment Max. Bon sang ! J'pourrais avaler cinq pintes de bière d'un coup.

Le cabaret du Perroquet occupait une position stratégique, à mi-chemin entre les ateliers et la rue Vert-Bois. Impossible de le manquer. Son enseigne rouillée figurait l'oiseau exotique qui lui avait donné son nom, mais personne à Brohant, pas même le vieil Alphonse qui allait sur ses quatre-vingt-dix ans, ne se rappelait avoir connu ce mystérieux perroquet. Dès qu'ils avaient poussé la porte, les ouvriers de la fabrique se sentaient chez eux. Fine, la serveuse, les accueillait en riant et leur servait d'autorité une bière. Les premières gorgées bues pour se « décrasser la gorge », comme disait le Belge, permettaient d'oublier les murs couverts d'une peinture brune écaillée, les relents de sueur, l'odeur forte du tabac et de l'alcool. Il faisait chaud, au cabaret, et l'on s'y retrouvait entre hommes, sans devoir subir les jérémiades des femmes. Là, dans la douce chaleur procurée par le poêle à bois et les vapeurs de l'alcool, Angelo parvenait à oublier ses rêves brisés. La montagne lui manquait et, plus encore, sa famille. Leur combat permanent contre la misère aigrissait le caractère d'Anna-Maria. Angelo avait déjà été près de lever la main sur elle. Il l'aimait, pourtant, mais, après plusieurs années de mariage, se disait parfois que les célibataires avaient plus de chance et de liberté. Opinion que Max confirmait, avec force exemples à l'appui.

— Une femme, c'est un boulet supplémentaire, mon gars. D'autant que la tienne...

Le Belge s'interrompit sous le regard noir de son compagnon.

— Comment ça, la mienne ? questionna Angelo d'une voix durcie.

Max tritura sa casquette.

— Oh, rien. De simples histoires.

Ce soir-là, il refusa d'en dire plus. Il tendit à l'Italien un verre de genièvre.

— Tiens, bois. C'est du bon. Rien de meilleur pour tuer le cafard.

Angelo l'avala d'un trait. Chez lui, dans ses montagnes, il ne buvait jamais. Un sanglot étouffé roula dans sa gorge. Il ne se pardonnait pas de ne pas avoir revu sa mère avant sa mort.

L'alcool lui réchauffait le cœur. Max lui décocha un clin d'œil complice.

— On est mieux ici, pas vrai ?

Le cabaret représentait son dernier refuge, pensa Angelo. Ici, du moins, il parvenait à oublier l'échec de sa vie. Un peu.

Il rentra rue Vert-Bois en titubant. Max, qui tenait mieux l'alcool, le raccompagna jusqu'à la porte.

— Amuse-toi bien, lui lança-t-il.

Angelo eut l'impression confuse que la dernière phrase de son compagnon de beuverie contenait quelque allusion obscure, mais son cerveau était trop embrumé par l'alcool pour qu'il y prêtât attention.

Il rentra chez lui, trébucha contre la table et s'affala comme une masse sur le sol de terre battue.

En haut de l'escalier, son quinquet à la main, Anna-Maria pleurait. Des larmes silencieuses coulaient le long de ses joues pâlies. Elle avait compris qu'elle ne pourrait pas changer le matelas de Jean-Baptiste.

Anna-Maria souffla dans ses mains gercées pour tenter de les réchauffer. Il avait gelé blanc cette nuit encore et elle aurait préféré rester blottie au fond de son lit, mais elle n'avait pas le choix. On était dimanche, seul jour de la semaine où elle était libre de son temps. Enfin, libre… Elle fit une grimace. Angelo était encore rentré ivre du cabaret. Elle répéta le mot à voix haute sous le couvert : « Ivre ». Chaque arbre, lui semblait-il, s'en faisait l'écho, avant qu'il ne revienne la frapper en plein cœur. Que leur était-il donc arrivé pour que leur vie se dégrade à ce point ?

Elle prit une longue respiration avant de se pencher à nouveau au-dessus des fougères. Elle aimait la forêt. Le contact avec la nature lui manquait cruellement, à la fabrique.

Elle observa durant quelques instants le soleil rouge qui émergeait lentement au-dessus de la cime des sapins. Elle récita une prière d'action de grâces pour cette journée d'hiver, belle et froide. A quoi servait-il de prier ? se dit-elle aussitôt avec une sorte de rage. Sa vie ressemblait à un long tunnel dans lequel elle aurait progressé à tâtons. Il y avait Jean-Baptiste, qui dépérissait chez la nourrice ; Angelo, qui passait tout son temps libre au cabaret en compagnie de ce Belge à tête de fouine. Et puis il y avait *l'autre*... Celui qu'elle haïssait.

Elle arracha une branche d'un coup sec, se blessa au pouce. Elle suça machinalement son doigt, ne pouvant s'empêcher d'admirer la beauté des fougères recouvertes d'une fine pellicule de givre. Une fois sèches, elles formeraient un nouveau matelas pour Jean-Baptiste.

Elle désirait le meilleur pour son fils. Et, surtout, une autre vie. Elle se revit, dans les terrasses au-dessus de San Remo, courbée comme aujourd'hui, et songea qu'elle ne devait pas se raccrocher au passé. Elle voulait se battre. Malgré les promesses et les menaces de *l'autre*, elle savait qu'elle n'avait aucun espoir d'ascension sociale à la Forge au

Loup. Les femmes et les enfants n'étaient-ils pas considérés comme une main-d'œuvre taillable et corvéable à merci ? Non, elle devait quitter la fabrique, fuir *l'autre*, lui échapper. De quoi vivraient-ils, alors ? Elle serra les dents. Elle devait tenir. Hermine pourrait certainement l'aider. Mais, pour le moment, « madame jeune », comme on l'appelait, ne mettait plus le nez dehors. Il se chuchotait que sa grossesse était difficile, qu'elle devait rester allongée.

« Comme si l'on faisait tant de manières pour les ouvrières ! » grognait la vieille Ida. Elle avait rectifié, cependant, devant le sursaut indigné d'Anna-Maria : « Oui, je veux bien admettre que celle-ci n'est pas tout à fait comme les autres. Mais attends qu'elle prenne de la bouteille. Elle deviendra aussi âpre au gain que la Veuve. »

Dans la rue Vert-Bois, ses voisines s'esclaffaient.

« Le beau Séverin se fait attendre, remarqua une jeune ouvrière. La petite doit se languir.

— Pardi ! Il choisit son heure pour rentrer de chez les Russes. Il ne va pas s'encombrer d'une femme grosse. »

Les langues claquaient, aussi vite, aussi fort que les battoirs, maniés d'une main experte. Anna-Maria n'aimait guère la promiscuité du lavoir, réputé pour ses « cancans de fontaine », mais elle le fréquentait souvent, à cause des couches de Jean-Baptiste et de leurs vêtements de travail. Son fils était toujours vêtu de blanc, comme la mère d'Anna-Maria l'avait fait pour elle et pour ses frères et sœurs, mais à quel prix !

Elle avait beau frotter ses mains gercées avec un peu de couenne de lard, des crevasses de plus en plus douloureuses se formaient.

En bas, dans le vallon, les cloches appelaient les fidèles à la messe. Anna-Maria devait se hâter, elle n'aurait pas le temps de se changer. Elle brossa rapidement son sarrau, chargea sur son dos la hotte pleine de brassées de fougères. Elle redescendit vers Brohant d'un pas assuré. Son escapade dans la forêt lui avait procuré une sensation de répit. L'impression que sa vie n'était peut-être pas tout à fait gâchée. Tant qu'il lui restait Jean-Baptiste.

13

Si elle parvenait à compter jusqu'à cent sans gémir, elle aurait remporté une belle victoire, pensa Hermine, arc-boutée contre la douleur.

Trente, trente et un... les contractions se succédaient, la laissant à chaque fois un peu plus épuisée. Quarante-trois... Seigneur Dieu ! cette lame qui la transperçait, qui fouaillait son ventre et ses reins.

— Je suis là, madame.

Elle avait demandé que Juliette monte auprès d'elle. Juliette, avec ses grosses mains rêches et son sourire qui lui éclairait tout le visage. Juliette n'était pas mariée, mais elle était l'aînée d'une famille de dix enfants. Les accouchements, elle connaissait.

Elle essuya le visage d'Hermine, ouvrit à sa demande les rideaux, pour « voir un pan de ciel ». Toute la maison marchait à pas feutrés en guettant l'arrivée du médecin, qu'Hector était parti chercher. La Veuve se trouvait à Paris. Séverin, qui tardait à rentrer après son voyage d'affaires en Russie, était attendu d'un jour à l'autre.

Cent ! Hermine poussa un énorme soupir avant de se raidir à nouveau.

— Chez nous, on boit un peu de goutte pour faire descendre le bébé, glissa Juliette.

L'expression aurait fait sourire Hermine, si elle en avait eu encore la force. Depuis combien de temps, à présent, dérivait-elle ? Elle avait perdu la notion des heures.

A ses côtés, Juliette, qui l'observait avec attention, s'émut de sa pâleur. N'étant pas sage-femme, elle n'avait pas osé épingler sur la poitrine de la parturiente un petit opuscule nommé *Le Trépassement de la Sainte Vierge*. Devait-elle faire quérir la vieille Ida ? Et ce docteur qui ne venait pas ! Le père n'était même pas là pour glisser de l'argent dans la main de l'accoucheuse afin d'« acheter l'enfant ». Madame Hermine était seule, et Juliette se rongeait les sangs.

On frappa à la porte. Juliette se précipita. Le docteur, enfin ? Non, ce n'était que monsieur Fabrice, qui s'enquérait depuis le seuil de la chambre.

— Y a-t-il du nouveau ?

— Comment voulez-vous ? grommela Juliette. Pauvre petite, elle est épuisée.

— Vous avez pensé à faire chauffer de l'eau ? Pour la naissance de Séverin et celle de Thomas...

— Oui, j'y ai pensé, monsieur Fabrice.

Juliette lui claqua la porte au nez. Elle avait bien assez de ses propres inquiétudes à supporter.

Une voiture lancée à vive allure fit crisser le gravier de l'allée. La cuisinière se précipita dans le hall, se pencha au-dessus de la balustrade.

— Monsieur Séverin !

Le cri de Juliette exprimait soulagement et déception. Elle aurait préféré voir surgir le médecin, mais l'époux saurait ce qu'il convenait de faire.

Il pâlit, lui aussi, tandis qu'elle lui expliquait à mots pressés ce qui se passait dans la chambre couleur de soleil.

Il se rua au chevet de sa femme. Il avait le visage à l'envers. Une expression s'imposa à l'esprit de Juliette. Une expression surprise au hasard d'une conversation entre madame Mathilde et son banquier Villière. « Mon fils manque d'étoffe », avait déclaré la Veuve. « C'est tout à fait ça, songea Juliette en observant le couple. Même à cet instant, il est plus faible que madame Hermine. »

Les yeux mi-clos, la jeune femme crispa les lèvres. Une plainte sourde lui échappa.

— Hermine, mon ange, murmura Séverin.

La honte et la panique le submergeaient. Pourquoi n'était-il pas rentré plus tôt ? Pourquoi ne lui avait-il pas écrit plus souvent ? Il l'aimait, pourtant.

— Tiens bon, l'adjura-t-il en lui étreignant les mains.

Il se retourna vers Juliette.

— Carrière ?

La cuisinière lui jeta un regard navré.

— Nous avons fait prévenir le docteur dès que madame Hermine m'a appelée. Hector est parti il y a maintenant plus de deux heures et il n'est toujours pas revenu. Ce n'est pas normal.

— J'y vais, coupa Séverin.

Il se pencha au-dessus d'Hermine, essuya son front couvert de sueur.

— Courage, mon amour, lui souffla-t-il en baisant ses lèvres desséchées. Je vais chercher Carrière.

L'avait-elle seulement entendu ? Il avait peur, une peur atroce, qui lui serrait le cœur. Il entraîna Juliette sur le palier, maintint la porte entrebâillée.

— Il vaudrait mieux que vous rameniez vite monsieur le docteur, lâcha-t-elle en soutenant son regard.

Séverin blêmit. Il s'élança dans l'escalier, sans canne et sans chapeau. Juliette le suivit d'un regard songeur. Il l'aimait peut-être, après tout, se dit-elle. Dans la mesure où il était capable d'aimer.

Le hurlement poussé par Hermine fit tressaillir Séverin alors qu'il sautait en selle. Lancelot, son cheval, encensa. Piquant des deux, Séverin descendit vers la vallée.

Là-haut, dans la chambre couleur de soleil, Juliette tenait la main d'Hermine entre deux contractions, de plus en plus rapprochées, de plus en plus fortes. Elle lui massait les reins, doucement, avec des gestes maternels, elle qui était restée fille. Elle lui parlait, aussi, du temps de ce jour-là, froid et sec.

— Vous lui raconterez, plus tard, ajouta-t-elle.

Hermine esquissa comme une ombre de sourire. Juliette parlait, du givre qui recouvrait les haies et les arbres, de la Meuse qu'on aurait dit poudrée de frimas, du ciel laiteux, et Hermine l'écoutait. Juliette la berçait de paroles, tout en priant silencieusement : « Sainte Vierge, aidez cette petite, je vous en prie… »

Juliette parlait, racontait ce qu'elle n'avait jamais dit. La ferme des Hauts, où elle avait grandi. Ses frères et sœurs, dont elle s'occupait, entre deux grossesses de sa mère. L'école, où elle réussissait bien, mais qu'elle avait dû quitter parce que, n'est-ce pas, il fallait aider mère... Elle disait « mère », d'une drôle de voix un peu cassée, pour ne pas laisser voir à quel point elle l'aimait et la vénérait. Juliette parlait, encore, des veillées, durant lesquelles elle confectionnait des piles de gaufres, que toute la famille dégustait à grand renfort de bols de café, passé en contrebande depuis la Belgique toute proche. Juliette parlait, et ses mots tissaient autant de liens ténus avec Hermine.

Hermine gémissait, à présent, sans même en avoir conscience. Une plainte lente et continue qui évoquait une mélopée étrange. Juliette lui tenait la main.

— Tout doux, tout doux, chuchotait-elle comme elle l'aurait fait à un enfant.

Hermine pourrait être sa fille, celle qu'elle n'avait pas eue parce que Jules, son fiancé, était tombé à Sedan, en 1870. Cette idée lui faisait un drôle d'effet et lui rendait la jeune femme plus proche encore.

Le bébé, un garçon de huit livres, poussa son premier cri à la tombée du jour. Le docteur Carrière avait dû recourir aux fers. La délivrance avait été longue et difficile.

Hermine paraissait avoir tout oublié, cependant, lorsqu'elle émergea de l'anesthésie au chloroforme. Elle se sentait horriblement mal, mais ne l'aurait avoué pour rien au monde devant les visages souriants qui se penchaient vers elle. Et puis, il y avait le bébé, emmailloté de frais, que Juliette venait de lui poser dans les bras.

Il tendait vers elle une frimousse chiffonnée qui la bouleversa.

— Tu as vu notre fils ? Il est merveilleux, lui souffla Séverin.

Elle dit « oui », ferma les yeux. Elle se sentait épuisée et lasse. Si lasse qu'elle ne savait pas si elle était heureuse.

14

Anna-Maria se raidit. Elle n'avait pas besoin de jeter un coup d'œil par-dessus son épaule pour savoir qu'il était là, derrière elle, à épier le moindre de ses gestes. Elle s'appliqua à réduire sa cadence sur le mouton à ébarber, afin de ne pas commettre la moindre erreur. Mais c'était plus fort qu'elle, la certitude de sa présence la rendait horriblement nerveuse.

Un soupir gonfla sa poitrine.

— Tu traînes, Andresi, remarqua-t-il d'une voix rude. Tu passeras dans mon bureau à la pause de midi.

Les mains d'Anna-Maria se mirent à trembler. Le bureau, un bien grand mot pour désigner l'espèce de réduit dans lequel Raymond Pélisson, le contremaître, tenait le compte de chaque ouvrière sur des fiches conçues par Regniard. C'était là que le petit chef, jouant de son autorité, menaçait les femmes de l'atelier Iéna avant d'exercer sur elles un droit de cuissage. Le chantage était diaboliquement simple. Celles qui refusaient accumulaient les brimades. Anna-Maria en savait quelque chose.

Depuis plusieurs mois, Raymond Pélisson la harcelait. Elle avait gardé le silence, car elle avait besoin de sa paie. Chaque matin, elle partait à la fabrique la peur au ventre.

Elle se retourna. Lentement. Soutint le regard assombri du contremaître.

— Je ne viendrai pas dans votre bureau.

Le silence s'était fait dans l'atelier. Raymond reçut comme un outrage les légers sourires qui fleurissaient sur les lèvres des femmes.

— Andresi ! aboya-t-il. Dans mon bureau. Tout de suite.

De nouveau, Anna-Maria le regarda. Il avait les yeux injectés de sang, la joue gauche déformée par une chique, le menton mal rasé. C'était un sale type qui terrorisait les ouvrières, elle la première. Depuis des semaines, elle priait pour qu'il aille diriger un autre atelier, qu'il poursuive une autre femme... Une fois, elle n'avait pu lui échapper assez vite, il avait eu le temps de lui caresser les seins. Une nausée l'avait submergée, elle l'avait repoussé, avant de jaillir hors de son bureau, les cheveux défaits, le regard affolé. Depuis ce jour, elle savait qu'on jasait sur son compte. Elle avait continué à vivre comme si de rien n'était, souffrant de ne pouvoir en discuter avec Angelo. Si elle lui en parlait, il serait capable d'aller tuer Raymond. Anna-Maria, pourtant, savait que le contremaître essaierait à nouveau de la prendre, ainsi qu'il l'avait déjà fait avec plusieurs femmes, entre deux portes.

— Ton compte est bon, tu es virée ! explosa Pélisson.

Brusquement, Anna-Maria se sentit mieux. Le cauchemar était terminé. Elle ne se réveillerait plus au milieu de la nuit, le cœur fou, le corps trempé de sueur, à l'idée que Raymond poserait encore ses sales pattes sur elle. Elle était libérée, enfin.

Sans baisser les yeux, elle quitta son poste. Un murmure courait dans l'atelier. Dans un ultime geste de défi, Anna-Maria se retourna avant de franchir la porte.

— Bon courage, les filles, lança-t-elle à la cantonade. Elle sortit sous les applaudissements de ses camarades. Elle entendit Pélisson hurler une succession d'ordres. La porte se referma sur elle avec un bruit métallique. Elle était libre. Et condamnée à la misère.

Elle éprouva la tentation de faire demi-tour, de courir supplier : « Pardonnez-moi. Je ne voulais pas... », mais elle savait qu'elle ne le ferait pas. C'était au-dessus de ses forces. A l'idée de devoir subir les attouchements du contremaître, tout son être se révulsait.

Elle hâta le pas. La cloche de l'église sonna dix coups. Un brouillard épais noyait le vallon. Anna-Maria frissonna, resserra les pans de son châle autour de ses épaules. Elle remonta la rue à pas pressés, sans jeter un regard aux passants qu'elle croisait. Des personnes âgées pour la plupart. Le vieil Alphonse, qui menait la charrette à chiens de la laiterie, la gratifia d'un salut auquel elle ne répondit pas et la suivit d'un œil étonné. A moins d'un motif extrêmement grave, en effet, on ne rencontrait jamais une ouvrière de la fabrique dans le village au beau milieu de la matinée !

Comment allaient-ils se débrouiller pour vivre sans son salaire ? Il fallait qu'elle parle à Angelo, qu'elle trouve un autre emploi.

Elle courut jusqu'à l'église, ardoise et schiste mêlés. Elle s'agenouilla devant une statue en bois polychrome de la Vierge.

— Je vous en prie, murmura-t-elle en italien.

Elle avait peur. La peur de manquer, de se retrouver avec son enfant parmi les indigents qui échouaient à l'hospice tenu par des religieuses, aux Hauts-Buttés. Elle se releva, tourna les talons et parcourut la nef en courant. Elle n'avait pas de secours à attendre ici. Elle devait se battre seule, puisque Angelo passait désormais la plupart de son temps libre au cabaret.

Anna-Maria remonta la rue Vert-Bois sans s'arrêter, fila vers la boutique du cloutier où elle conduisait chaque matin Jean-Baptiste. Comme chaque fois qu'elle poussait la porte de l'appentis, elle eut un mouvement de recul. Il faisait sombre à l'intérieur de l'atelier familial et l'atmosphère y était enfumée. Sous le plafond bas, le cloutier, assisté par sa femme, maniait des marteaux de dix à douze livres pour fabriquer plus de mille cinq cents clous par jour. Les « facteurs de clous » envoyés par les quincailleries de Charleville venaient régulièrement reprendre la production commandée.

Au fond de la boutique, un grand chien de race indéterminée tournait une roue pour actionner le soufflet de la forge. Chaque fois qu'elle le voyait, Anna-Maria pensait qu'ils menaient la même vie, tous les deux. Quoi qu'il arrive, le chien beige et elle étaient condamnés à avancer. Elle admira, cependant, la connivence existant entre le maître et l'animal. Celui-ci, en effet, semblait anticiper chaque geste du « clôteux ». Valentin ne tourna pas la tête vers la jeune femme qui s'approchait de son établi.

— Bonjour, Anna-Maria, dit-il. Ce n'est pas votre heure habituelle.

— Je suis venue rechercher Jean-Baptiste, dit-elle sans chercher à se justifier.

L'enfant dormait (elle se demandait souvent comment il y parvenait dans la fumée et le bruit !) dans un panier d'osier placé à l'écart de la forge. Anna-Maria, enjambant les outils et les ferrailles éparpillées un peu partout, se précipita vers le berceau improvisé. Philo, l'épouse de Valentin, se tourna alors vers l'Italienne.

— Qu'est-ce qui se passe ? demanda-t-elle d'une voix enrouée.

Sans répondre, Anna-Maria regarda le mari et la femme. Tous deux se ressemblaient. Malingres, chétifs, ils avaient le teint blafard de ceux qui ne sortent pratiquement jamais à l'air libre. Il était impossible de leur donner un âge. Comme tous les cloutiers de la vallée de la Meuse et de la Semoy travaillant dans une boutique familiale, Valentin et Philo étaient condamnés à fabriquer des clous quinze à seize heures par jour pour parvenir à survivre.

Les yeux d'Anna-Maria s'emplirent de larmes. D'un geste farouche, elle serra son fils contre elle. Valentin et Philo la regardaient toujours sans mot dire.

— Je ne veux pas de cette vie-là pour lui, lança Anna-Maria.

Elle s'enfuit, laissant les cloutiers tétanisés. Valentin se reprit le premier. Il marcha jusqu'à la porte de la boutique, qu'il referma.

— Eh bien, dis donc, se borna-t-il à commenter, en repoussant sa casquette.

Il reprit ses outils : la place, une petite enclume pour étirer le fer chauffé jusqu'à ce qu'il prenne la forme d'un clou, le pied-d'étape, une autre enclume destinée à parer le clou, le ciseau pour le couper et la clouière servant à façonner la tête. Sa femme gardait le silence. Elle contemplait le décor dans lequel elle vivait depuis si longtemps et se disait qu'elle enviait le courage de l'ouvrière. A présent, il était trop tard pour eux. Leur vie était faite.

Au fond de l'atelier familial, Coquet, le chien, marchait d'un pas égal dans la roue. Il savait, lui, que ses maîtres ne pouvaient pas se permettre d'arrêter.

Max tendit à Angelo un verre.

— Allons, vieux. Un dernier « pequet ». Pour la route, comme on dit par chez nous.

Docilement, Angelo saisit le verre, le vida. L'alcool,

un mauvais genièvre, ne lui brûlait plus la gorge. Il était habitué, désormais.

Il jeta un coup d'œil aux personnes qui l'entouraient. Les conversations baissaient d'un cran dès qu'il regardait de leur côté.

— Qu'est-ce qu'ils ont ? marmonna-t-il d'une voix pâteuse.

— T'occupe pas.

Max entraîna son ami vers la sortie du cabaret après avoir gratifié Fine d'une œillade complice. Il avait bien l'intention de revenir lui rendre une petite visite dès que le cabaret serait fermé. Ils s'entendaient bien, tous les deux. Fine n'était pas farouche et n'attendait pas grand-chose des hommes qui passaient la nuit avec elle. Quelques heures de plaisir et d'oubli... cela convenait fort bien à Max, qui ne se sentait pas prêt à s'établir. Quand on voyait les ennuis de ce pauvre Angelo, la vie comme barrée par sa femme et son gamin. Enfer et damnation ! Rien que d'y penser, Max avait envie de prendre ses jambes à son cou.

Bras dessus, bras dessous, les deux hommes longèrent les bâtiments de la fabrique puis la voie de chemin de fer avant de bifurquer sur leur gauche pour remonter la rue Vert-Bois.

— J'voudrais bien savoir le nom de celui qui a baptisé cette satanée rue ! jura Angelo.

Il étouffait à l'idée de s'enfermer dans la masure. Une humidité malsaine suintait le long des murs. La maison sentait la pomme de terre et le chou, entreposés dans l'appentis. Le printemps précédent, Anna-Maria s'était échinée à bêcher le mouchoir de poche pompeusement appelé jardin. Comme si cette terre ingrate pouvait donner autre chose que des pommes de terre ! Angelo, las de la voir exhiber son gros ventre, l'avait aidée, sans conviction. A ce moment-là, déjà, il ne se sentait plus impliqué par les agissements de son épouse. Anna-Maria se battait pied à pied, essayant de se raccrocher à un espoir ténu. Angelo, pour sa part, ne se faisait plus d'illusions. Il n'y avait pas de place pour eux à Brohant. Pas plus qu'en Italie d'ailleurs. Mais là-bas, au moins, la famille leur tenait chaud au cœur.

De nuit, la rue paraissait un peu moins sinistre. La brume gommait la misère et le sordide. On ne distinguait plus l'amoncellement de poteries et d'ustensiles brisés qui souillaient les usoirs comme autant de pustules déformantes.

— L'amitié, y a rien de mieux, soliloquait Max.

Angelo ne pipait mot. Les nombreux verres partagés avec le Belge l'avaient plongé dans une douce hébétude. C'était le seul moyen pour lui de survivre dans ce maudit pays. Il crevait à petit feu dans le vallon, dans cet univers étriqué, face aux grands yeux sombres qu'Anna-Maria posait sur lui, comme s'il avait possédé la réponse à toutes ses questions. Bon sang ! Ne pouvait-elle comprendre qu'il ne supportait plus cette vie-là ?

Max lui donna l'accolade devant sa porte.

— Salut, mon gars.

Anna-Maria l'attendait dans la salle. Elle paraissait à la fois lasse et soulagée.

— J'ai quitté la fabrique, lui annonça-t-elle.

Un voile rouge passa devant les yeux d'Angelo. Brutalement, il eut le sentiment que les vapeurs d'alcool se déchiraient d'un coup. Tout lui revenait en mémoire. Les allusions plus ou moins déguisées à une liaison de sa femme avec le contremaître. Les regards, apitoyés ou moqueurs, qui le suivaient, que ce soit dans l'atelier ou au cabaret du Perroquet.

C'était donc vrai ? Elle l'avait trahi ! Et, à présent qu'il avait eu ce qu'il convoitait, le contremaître la rejetait, comme une putain dont on ne veut plus. Sa femme. Une flambée de colère incendia le crâne d'Angelo. Il leva la main.

— *Puttana !* rugit-il.

Il la frappa, à coups de poing, à coups de pied, avant de s'effondrer au pied de l'escalier. Anna-Maria, recroquevillée sur une marche, ne bougea pas durant plusieurs minutes. Tout son corps lui faisait horriblement mal. Lorsque enfin elle fut certaine qu'Angelo cuvait son alcool, elle se redressa, en réprimant une plainte de douleur.

Elle monta dans sa chambre, jeta dans un sac ses hardes et les vêtements de Jean-Baptiste. Elle n'avait pas de bijoux ni de souvenirs de son Italie natale. Rien que quelques images du passé, gravées dans son cœur.

Elle prit Jean-Baptiste endormi dans ses bras, l'embrassa tendrement avant de le descendre, avec beaucoup de précaution, dans la salle. Elle marqua une hésitation au moment d'enjamber le corps d'Angelo. Son mari.

C'était la fabrique qui l'avait changé, se dit-elle. La

fabrique, ainsi que son âme damnée, ce maudit Belge à tête de fouine qui l'avait entraîné au cabaret. Son visage se durcit pour jeter un dernier regard au décor sordide qui avait été le sien depuis son arrivée à Brohant. Elle ne reviendrait jamais dans la rue Vert-Bois.

Jean-Baptiste gémit dans son sommeil. Anna-Maria le serra plus étroitement contre elle pour franchir le seuil de ce qui avait été sa maison. La porte claqua derrière elle.

Elle remonta la rue plongée dans l'obscurité, obliqua à gauche pour quitter le vallon.

15

Hermine serra son fils un peu plus étroitement contre elle. Le vent était piquant sur le promontoire, mais Julien était bien emmitouflé. De toute manière, son enfant était solide, elle voulait qu'il en fût ainsi. « Un vrai Ardennais », disait Juliette, avec une pointe de fierté dans la voix.

— Regarde bien, chuchota Hermine à l'oreille de son fils. Voilà ton pays.

La Meuse déroulait ses méandres, taillant son lit dans la roche. Du point de vue où elle était montée, Hermine distinguait les quatre fils Aymon, la forêt presque noire et la crête des Rochers. Les taillis de chênes et les futaies de hêtres se mêlaient aux charmes et aux bouleaux. A Brohant, tout le monde aimait la forêt, et Hermine s'était laissé gagner par cet attachement profond, viscéral.

Etait-ce parce que son fils était né à La Lombarde, de façon particulièrement difficile ? Hermine avait désormais le sentiment que des milliers de liens ténus l'attachaient à la vallée. « Vous êtes des nôtres, à présent », lui avait dit Juliette.

Hermine avait lentement repris des forces, entourée par la sollicitude de Séverin, de Fabrice et du personnel de la maison. Sa mère, souffrante, avait attendu une bonne semaine pour venir faire la connaissance de son petit-fils. Ce jour-là, Hermine s'était sentie sur un pied d'égalité avec elle. « Eh bien, avait commenté Elodie avec un léger embarras, plus rien ne sera pareil, désormais. »

Elle apportait un trousseau confectionné par Marion et Marie, ainsi que des draps brodés. Elle s'était contentée d'effleurer d'un doigt prudent la tête de Julien. « C'est un Pratte, avait-elle commenté. Comme toi. »

Bizarrement, Hermine avait éprouvé un certain soulagement. Elle ne connaissait pas la famille de sa mère et elle préférait qu'il en fût ainsi. Du jour où elle avait épousé Eugène Pratte, Elodie Dessay avait tourné le dos aux siens. Parfois, Hermine songeait que sa mère n'était pas faite pour le bonheur.

Elle resserra plus fortement ses bras autour de Julien. Depuis que son fils était né, elle avait le sentiment que son existence avait un sens. Séverin, pour sa part, s'il ne pouvait dissimuler sa fierté, ne s'occupait pas de Julien. Il avait même été scandalisé lorsque sa femme avait manifesté son intention de continuer à nourrir le bébé : « Comme… une femme du peuple ! » avait-il laissé tomber, de son air le plus réprobateur.

Hermine n'en avait cure. Sa tante et Juliette

l'avaient soutenue : « Le lait maternel constitue la meilleure protection pour l'enfant. »

Elle se pencha vers son fils.

— Viens, mon amour, nous rentrons.

La Lombarde commençait à devenir sa maison. La naissance de Julien avait changé bien des choses, à commencer par l'attitude de la mère de Séverin. Mathilde, rentrée de Paris en toute hâte, avait tenté de s'approprier le bébé, mais Hermine, pourtant encore très faible, avait su se montrer ferme : « Julien est notre fils, mon mari et moi l'élèverons suivant nos propres critères », avait-elle déclaré à sa belle-mère.

Par miracle, le docteur Carrière, fervent partisan des méthodes modernes, avait pris le parti de la jeune mère : « Le temps où l'on maintenait les bébés sous cloche, emmaillotés comme des momies, est bel et bien révolu, avait-il rappelé. Dieu merci, on commence à reconnaître les vertus des promenades hygiéniques. L'héritier est un solide gaillard. Bien emmitouflé, il peut sortir chaque jour sans problème. »

Peut-être croiserait-elle le chemin d'Anna-Maria, songeait Hermine, en redescendant vers Brohant. Son amie italienne lui manquait, elle s'étonnait d'ailleurs de ne pas avoir eu de nouvelles de sa part.

Deux jours après sa première sortie avec Julien, elle demanda à Hector de la conduire rue Vert-Bois. Elle aurait pu, bien sûr, descendre à pied, mais elle ne se sentait pas encore assez forte pour remonter toute la côte. Cela ne saurait tarder, le docteur Carrière le lui avait assuré. Au fil de ses visites, elle avait appris à apprécier les connaissances du médecin, même si elle ne comprenait pas sa soif d'honneurs. D'entrée de jeu, Carrière avait choisi de soigner les puissants, les maîtres de la vallée. Les ouvriers ne l'attiraient guère. Il avait bien voulu en parler avec Hermine, un jour qu'elle abordait ce sujet tabou à La Lombarde.

« Les ouvriers... comment vous dire ce que je ressens ? Ils semblent souffrir en permanence des mêmes pathologies, comme s'il s'agissait de quelque obscure fatalité. Les maladies respiratoires, l'alcoolisme, la malnutrition. Les ouvrières qui ont trop chaud dans la fabrique sortent respirer un peu d'air frais sans même prendre la peine de se couvrir d'un châle. Comment s'étonner, dans ces conditions, de les voir terrassées par une pneumonie ? L'air est vif, par ici, et les brouillards montant de la Meuse particulièrement traîtres. Seuls les plus forts survivent.

— L'éternelle loi de la nature, avait grincé Hermine. Je vous aurais cru plus compatissant, docteur. »

Elle n'était pas près d'oublier cette moue du praticien, indéfinissable. « Vous verrez, lorsque vous les connaîtrez mieux », semblait-il dire.

Elle ne pouvait s'empêcher d'y songer, dans la petite cuisine du numéro 3, rue Vert-Bois, en cherchant vainement à obtenir des réponses d'Angelo, écroulé sur la table.

Il releva enfin la tête, la regarda.

— Hé, la belle dame du château, s'écria-t-il en français.

Quelque chose dans son ton alerta Hermine. Ce

n'était plus le même homme. Le menton bleui par la barbe, les yeux injectés de sang, Angelo n'offrait plus la moindre ressemblance avec le jeune père ému qui était monté jusqu'à La Lombarde lui demander si elle acceptait toujours d'être la marraine de son fils.

Elle se raidit.

— Bonjour, Angelo. Je suis venue parce que je n'ai pas de nouvelles d'Anna-Maria.

— Anna-Maria ?

Il partit d'un rire horrible, un rire qui s'acheva dans un sanglot, avant d'ajouter quelque chose en italien qu'elle ne comprit pas. Une insulte, assurément, vu la façon dont il cracha les trois syllabes.

Hermine recula d'un pas.

— Que s'est-il passé ? Où sont-ils, le bébé et elle ? Jean-Baptiste est mon filleul, insista-t-elle, je veux le voir.

Angelo pâlit atrocement. Cet homme était détruit, pensa brusquement Hermine. Rongé jusqu'à l'âme, et pas seulement par le poison de l'alcool.

— Votre filleul, c'est vrai, répondit-il enfin. On se demande bien pourquoi, d'ailleurs, mais Anna-Maria a toujours eu des idées de grandeur. Ce bâtard ! Peut-être bien que…

Il poursuivit sa phrase en italien, tout en s'avançant vers Hermine. Il tendit les mains vers son corsage, en un geste sans équivoque. Elle le gifla, à la volée. Saisi, il s'immobilisa, ce qui la trompa. Elle faisait demi-tour lorsqu'elle se retrouva plaquée contre lui.

— *Bella, bellissima*, souffla-t-il tout en posant les mains sur ses seins gonflés.

Elle hurla. Hector se tenait dans l'embrasure de la porte. Il projeta son poing dans le visage d'Angelo. Il y eut un bruit mat et elle pensa, avec un curieux détachement, que le cocher lui avait peut-être brisé le nez. Peu lui importait pour l'instant.

— Venez, madame Lecœur, dit Hector en l'entraînant au-dehors.

C'était la première fois qu'il l'appelait ainsi. Jusqu'à présent, elle avait été pour lui « madame », simplement, comme s'il ne pouvait y avoir qu'une seule « madame Lecœur ». Mathilde, la Veuve.

Hermine se sentit apaisée. Elle se mit à trembler, cependant, lorsqu'elle se retrouva dans la voiture. La scène n'avait duré que quelques secondes, mais celles-ci resteraient à jamais gravées dans sa mémoire.

— Comment a-t-il pu ? s'interrogea-t-elle à voix haute.

Hector se retourna vers elle.

— Andresi a perdu la tête depuis quelques semaines, madame Lecœur. C'est pour cette raison que je me suis permis de vous suivre. Je craignais un éclat. Il buvait tellement qu'il a été renvoyé de la fabrique. Il doit rendre sa maison pour la fin du mois.

Hermine redressa la tête.

— Sa maison ? Je sais bien que ce n'est pas un palais, mais, du moins, sa femme et son fils avaient un toit. Où vont-ils trouver refuge ?

Hector haussa les épaules.

— A ce qu'on raconte, il y a déjà belle lurette qu'ils sont partis. L'Italienne a quitté l'atelier en pleine matinée, ça a fait un beau scandale.

— Comment se fait-il que je ne l'aie pas su ?

— Vous ne sortiez plus, madame Lecœur. C'est arrivé quelques jours après la naissance du bébé.

— Cela ne m'explique pas, cependant...

Hermine se pencha vers Hector.

— Vous souvenez-vous de cette vieille femme, Ida, je crois, venue aider à l'accouchement d'Anna-Maria ?

Le cocher esquissa un sourire. Il lui était apparu ce jour-là que la jeune épouse du maître avait du caractère. Et, ma foi, cela ne lui avait pas déplu.

— Vous voulez que je la retrouve, c'est bien ça ?

Hermine hocha la tête.

— Il faut que je sache ce qui s'est passé.

Hector la comprenait tout en se disant qu'elle ferait mieux de ne pas se mêler de cette histoire. Elle ne gagnerait rien à fréquenter la rue Vert-Bois. Le cocher ne serait pas toujours là pour se porter à son secours. Et les maîtres, là-haut, qui vivaient le cœur en paix sans même avoir idée des problèmes rencontrés par les familles ouvrières, qu'en diraient-ils ? Non, décidément, cette histoire contrariait Hector.

— Vous êtes sûre ? insista-t-il.

Hermine soutint son regard.

— Vous qui commencez à mieux me connaître, vous savez que je dois aller jusqu'au bout. Après tout, le bébé est mon filleul.

— C'est un fait, admit Hector, à contrecœur.

Au cours des jours suivants, Hermine dut faire preuve de ténacité et de détermination pour retrouver la trace d'Anna-Maria. Hector l'avait conduite chez

Ida, mais la sage-femme, claquemurée dans une masure accolée à la boutique de son fils, avait refusé de dire quoi que ce soit.

« J'ai promis à la petite, répétait-elle, en secouant la tête de gauche à droite. Non, non, laissez-moi.

— Venez, madame », avait discrètement glissé Hector.

Il s'était instauré son garde du corps et, désormais, l'accompagnait lorsqu'elle se rendait dans une maison de guingois de la rue Vert-Bois.

A force de questions, Hermine réussit à obtenir l'adresse de Philo, la femme qui gardait Jean-Baptiste. Elle manqua défaillir le jour où elle pénétra dans la boutique. Elle entendait encore la voix vibrante d'Anna-Maria lui confier qu'elle refusait cette existence pour son fils. Il y avait un grand chien jaune, actionnant la roue avec une obstination résignée, et deux enfants trop sages couchés dans des paniers d'osier. Philo tourna son visage las, rougi par le feu de la forge, vers la visiteuse. Une odeur désagréable, certainement provoquée par le manque d'aération, imprégnait la boutique.

— Anna-Maria, l'Italienne ? Hé, elle est revenue chercher le petit sans prévenir, en fin de matinée. Même que sur le coup, on n'a rien compris, Valentin et moi.

Philo baissa la tête. Elle hésita.

— Elle a dit, comme ça, reprit-elle : « Je ne veux pas de cette vie-là pour lui. »

— C'est une phrase qui lui ressemble, murmura Hermine.

Philo opina du chef.

— Oui, c'est bien d'elle. Reste à savoir de quoi elle vit, à c't'heure ? Sans travail, nous autres, on n'est rien.

Elle eut un regard éloquent en direction de la forge. De toute évidence, elle ne pouvait pas se permettre de perdre son temps en bavardages. Hermine frémit.

— Merci, balbutia-t-elle avant de prendre congé, trop vite.

Elle avait honte de ses vêtements, de ses mains soignées, de la voiture qui l'attendait au-dehors. Et elle avait la certitude que ce sentiment de honte lui collerait au cœur et à l'âme longtemps après avoir refermé la porte de la boutique.

Séverin caressa d'un doigt gourmand les seins d'Hermine.

— Tu es belle... peut-être encore plus belle qu'avant, murmura-t-il d'une voix que le désir enrouait.

Elle se raidit. C'était plus fort qu'elle, elle ne parvenait pas à surmonter ce sentiment de panique qui la submergeait chaque fois qu'il se rapprochait d'elle. Elle ne pouvait chasser de son esprit la nuit durant laquelle il lui avait imposé sa loi. Il disait l'aimer, mais s'agissait-il d'amour ?

— N'aie pas peur, voyons, chuchota-t-il.

Elle se figea. Elle avait peur, oui, des réactions de son corps endolori par son accouchement difficile mais, plus encore, du vide de son cœur. C'était comme si tout son amour s'était focalisé sur Julien.

— Hermine, regarde-moi, insista-t-il, pesant sur elle.

Restant sourde à ses injonctions, elle garda ses paupières obstinément closes tandis qu'il la prenait, en se souciant de son seul plaisir. Un gémissement de douleur lui échappa. Il bascula aussitôt sur le côté, l'air contrit.

— Je t'ai fait mal ? Je suis une sombre brute, n'est-ce pas ? Oh ! Dieu...

Cet enfant était venu trop vite, trop tôt, il le savait. Les premiers jours, Séverin avait éprouvé une grande fierté, comme s'il avait apporté sa contribution personnelle à l'édifice Lecœur. « Quelle bonne blague ! avait-il songé. C'est moi, le fils méprisé, incapable de s'intéresser à la fabrique, qui suis le père du futur héritier. »

Les premiers doutes l'avaient assailli au retour de sa mère de Paris. La Veuve était aussitôt tombée sous le charme de son petit-fils, clamant, contre toute évidence puisque le bébé ressemblait trait pour trait à sa mère, qu'il était un « vrai Lecœur ». Pour la première fois, Hermine et Mathilde avaient échangé un sourire sans réticence au-dessus du berceau de Julien, et Séverin s'était senti exclu de ce cercle magique.

Tout recommençait comme au temps de son enfance, quand sa mère n'avait d'yeux que pour Thomas, son fils aîné, son préféré, en qui elle se reconnaissait. Et lui, Séverin, avait l'impression de ne plus exister.

Il s'était détourné, pour ne pas laisser voir à quel

point cette résurgence du passé lui faisait mal. Il avait alors croisé le regard attentif de Fabrice et cru percevoir de façon fugitive que son oncle devinait ce qu'il ressentait.

N'était-ce pas stupide ? Tout le monde savait que le frère cadet de Mathilde s'intéressait exclusivement à ses collections de timbres et de fossiles et cultivait un égoïsme forcené. « Le meilleur moyen de se protéger », avait-il un jour confié à Séverin.

Il se leva, marcha jusqu'à la fenêtre, qu'il entrouvrit. La nuit allait bien à La Lombarde, se dit-il, presque malgré lui. Il éprouvait des sentiments ambigus à l'égard du château. Où se situait donc la frontière entre la haine et l'amour ? Comment savoir ?

Il se retourna vers Hermine. Elle avait rabattu le drap sur elle et gardait les yeux mi-clos.

— Je suis désolé, balbutia-t-il. Tu souffres encore beaucoup ?

— Un peu, mentit-elle.

C'était en fait une souffrance plus morale que physique. La naissance de Julien aurait dû les rapprocher. Au lieu de quoi, Hermine avait l'impression qu'elle les séparait, de façon inexorable.

— Je suppose que ça s'arrangera, à la longue, reprit Séverin avec peine.

Seigneur ! Dans quelle conversation s'était-il embarqué ? On ne devait pas parler de ces choses-là. D'ailleurs, Hermine n'aimait pas l'amour. N'était-ce pas normal, dans son monde ? Séverin avait besoin de jeux amoureux propres à stimuler son désir, de gémissements de volupté, de sensations que son épouse lui refusait. Il lui fallait une vraie femme, qui sache lui procurer du plaisir.

Il se pencha vers Hermine, l'embrassa sur le front, avec une tendresse détachée.

— Je te laisse dormir. Repose-toi bien.

Quelques minutes plus tard, elle entendit le cabriolet qui remontait l'allée à toute allure. Séverin partait s'encanailler dans quelque cabaret, comme cela lui arrivait de plus en plus fréquemment. Elle se laissa retomber sur les oreillers. Elle avait de la peine, bien sûr, mais moins qu'elle ne l'aurait pensé une année auparavant.

Comme si une partie de l'amour qu'elle avait éprouvé pour Séverin était définitivement morte.

16

La femme qui se tenait à la sortie de l'église de Brohant évoquait un vague souvenir dans la mémoire d'Hermine. Elle se retourna vers Mariette, comme pour quêter un renseignement, mais la jeune fille était si attentive à calmer Julien qu'elle ne sembla pas la remarquer. Mariette était une nièce de Juliette et ce lien de parenté jouait déjà en sa faveur. Depuis qu'elle l'avait engagée comme bonne d'enfant, sur la recommandation de la cuisinière, quelques semaines auparavant, Hermine n'avait pas regretté sa décision. Elle avait dû, pourtant, batailler et s'imposer face aux prétentions de sa belle-mère. Mathilde, en effet, préconisait une nurse britannique.

« Pour que mon fils devienne un être rigide, incapable de manifester la moindre émotion ? s'était insurgée Hermine. Certainement pas. » Elle avait obtenu gain de cause. Mariette, gaie et entreprenante, lui avait plu d'emblée.

Julien, dès le premier jour, avait tenté de saisir les boucles blondes de la jeune fille. « Il faudra natter vos cheveux, ma fille, avait glissé Mathilde Lecœur. Et porter un uniforme que nous vous fournirons. » Si cela pouvait lui faire plaisir… Hermine lui concédait bien volontiers ces points de détail. D'autant plus que Séverin, pour une fois, l'avait soutenue.

La femme, qui portait une robe sombre élimée, fit un pas vers Hermine.

— Madame Lecœur, murmura-t-elle.

Hermine la reconnut alors que Séverin, fronçant les sourcils, s'apprêtait à l'écarter sans douceur.

— Philo, s'écria-t-elle, auriez-vous par hasard des nouvelles ?

On commençait à chuchoter derrière elle. La jeune madame Lecœur adressant la parole à cette femme en cheveux, aux vêtements rapiécés… était-ce concevable ? Sans se préoccuper des commentaires que son attitude allait susciter, Hermine entraîna Philo derrière l'église.

— Où est-elle ?

Philo baissa la tête.

— A c'qu'on dit, sa situation est guère brillante. Elle s'est réfugiée dans la forêt, vers les Hauts. Mon homme peut vous emmener mais…

Hermine comprit tout de suite le sens de son hésitation. Les cloutiers étaient rivés à leur boutique plus de quinze heures par jour. Chaque heure perdue constituait pour eux un manque à gagner. La silhouette de Séverin se profilait derrière l'église. Très vite, Hermine suggéra de dédommager Philo avant d'ajouter :

— Je viendrai chez vous après quatre heures.

Le dimanche, la famille Lecœur se réunissait pour le traditionnel déjeuner, après la messe. Déjeuner toujours trop long, trop lourd, si bien qu'ensuite, invariablement, Séverin partait faire une longue promenade à cheval. Hermine préférait ne pas se demander où il se rendait.

— Encore tes bonnes œuvres ? lança-t-il d'une voix agacée.

On chuchotait à Brohant que la jeune madame Lecœur était beaucoup plus sensible que la Veuve à la détresse humaine. Parfois, contrairement à ce qu'il redoutait, Séverin avait l'impression que cette situation n'était pas pour déplaire à Mathilde : « Il faut de l'équilibre en tout », répétait-elle.

Hermine rejoignit son époux.

— Excusez-moi, j'avais promis d'aider cette femme.

— Vous aimez jouer à la madone des pauvres gens, n'est-ce pas ? lui lança-t-il d'une voix grinçante. C'est plus facile que de m'ouvrir votre lit.

Saisie, elle recula d'un pas. Avait-il remarqué, lui aussi, qu'il venait à son tour de la vouvoyer, comme pour matérialiser la distance qui, désormais, les séparait ?

— On nous attend, répondit-elle enfin d'une voix qui se voulait apaisante.

Deux ans auparavant, il lui jurait un amour éternel, pensa-t-elle, le cœur étreint d'une sourde désespérance.

Ils rejoignirent Mathilde et Fabrice dans un silence

pesant. Mariette s'était réfugiée à l'intérieur de la calèche avec Julien. Le vent, en cette fin d'automne, était piquant.

— Il pourrait bien neiger avant ce soir, énonça Fabrice après avoir jeté un regard dubitatif au ciel trop clair.

Hector lança la calèche à l'assaut de la côte menant à La Lombarde.

Séverin boudait. Cela se remarquait à cette manière obstinée, presque puérile, qu'il avait de tourner la tête vers la fenêtre et de contempler le paysage, comme si rien d'autre n'existait. Hermine réprima un soupir. Elle savait déjà que le déjeuner dominical – au menu, vol-au-vent, sanglier aux airelles, rôti, pommes de terre, fromages et tarte aux prunes – se déroulerait dans une ambiance lourde. Julien, qui prenait ses repas en compagnie de Mariette, ne serait pas là pour détendre l'atmosphère. Seul Fabrice émaillerait la conversation de quelques considérations politiques.

Mathilde Lecœur jeta un coup d'œil chargé de rancune en direction du pavillon du jardinier, inoccupé depuis déjà deux semaines.

— Séverin, as-tu seulement cherché un remplaçant à Antoine ? rappela-t-elle d'une voix irritée. Je n'ose plus regarder le jardin de La Lombarde ! Ce pauvre Antoine a été bien mal inspiré de tomber de son échelle.

— En l'occurrence, c'est surtout lui qui est à plaindre, glissa Hermine.

Antoine, qui travaillait comme jardinier depuis

près de vingt ans pour la famille Lecœur, avait fait une mauvaise chute deux semaines auparavant. Transporté à l'hôpital de Charleville après que le docteur Carrière eut diagnostiqué une fracture du bassin et de la jambe, il devrait encore rester immobilisé plusieurs mois avant d'espérer pouvoir reprendre ses activités.

— Où veux-tu que je déniche un jardinier ? répondit Séverin d'un ton las. Je ne vais tout de même pas faire le tour des foires de la région ! Tu n'espères pas m'envoyer à la foire de la Sainte-Catherine d'Hirson ? Tous les cloutiers vont y chercher leur chien. On y loue peut-être aussi des jardiniers.

— J'aurais bien une idée, murmura Hermine.

Elle ne voulait pas en dire plus pour l'instant. Il fallait qu'elle retrouve d'abord Anna-Maria.

Hector, la mine longue, avait dû arrêter le coupé à l'orée du bois. Hermine se félicita d'avoir chaussé de solides bottines et passé une jupe de lainage sous son paletot fourré. La bise soufflait sur les Hauts. Là où les fagnes, ces petits marais tourbeux situés au sommet d'une colline, composaient des clairières humides, désertes et nues, entre deux futaies.

Hermine frissonna et pressa le pas pour se maintenir à la hauteur de son guide, Valentin, le cloutier.

— Vous êtes certain qu'Anna-Maria s'est réfugiée par ici ?

Sans prendre la peine de lui répondre, il désigna du bout de l'index une hutte située en lisière de forêt. C'était une construction rudimentaire, dressée en grosses perches plantées à l'oblique dans le sol. L'ensemble était recouvert de rameaux de genêts touffus se superposant, destinés à protéger l'intérieur. Une petite croix de bois était piquée au sommet de la hutte.

— Elle était encore là dimanche dernier. Philo et moi, on lui a monté un morceau de lard et une miche de pain. Elle est toute seule, vous comprenez ? Sans personne d'autre que nous pour lui venir en aide.

Hermine, mal à l'aise, se sentit coupable. Pourquoi Anna-Maria n'avait-elle pas cherché à la contacter ?

— Anna-Maria ! héla Valentin, prenant appui sur son bâton.

Hors de sa boutique, il reprenait des couleurs. Quel âge pouvait-il avoir ? A peine quarante ans, estima Hermine, si l'on faisait abstraction des rides profondes sillonnant son visage et de son dos voûté.

— Anna-Maria ! appela-t-il à nouveau. C'est moi, Valentin.

Une silhouette sombre, aux yeux cernés, apparut sur le seuil de la hutte. Hermine s'élança vers elle.

— Anna-Maria, je vous retrouve enfin ! s'écria-t-elle.

L'Italienne esquissa un mouvement de recul. Hermine eut la certitude qu'elle allait s'enfuir dans la forêt et que tout serait à recommencer. Elle posa une main apaisante sur son bras.

— Je suis votre amie, vous le savez. Nous sommes venus vous aider, Valentin et moi.

— M'aider ?

Anna-Maria émit une sorte de croassement qui pouvait ressembler à un rire sans joie.

— Regardez où j'en suis, reprit-elle, désignant la

hutte derrière elle, puis ses vêtements rapiécés et son visage amaigri. Réduite à la misère, à ramasser du bois mort ou des noisettes, à tresser des paniers pour glaner quelques sous afin de nourrir mon fils.

Hermine la secoua sans ménagement.

— Anna-Maria ! Je vous ai connue plus vaillante, comme dirait Ida. Je vous emmène, mon filleul et vous. Où est Jean-Baptiste ?

Anna-Maria fronça les sourcils d'un air défiant. Hermine eut peur, soudain, de ce qu'elle avait pu vivre, seule avec son fils, dans cette clairière des Hauts.

Anna-Maria tergiversa durant plusieurs secondes avant de retourner à l'intérieur de la hutte. Lorsqu'elle en sortit, elle tenait son fils par la main. Hermine s'agenouilla.

— Bonjour, Jean-Baptiste, dit-elle doucement.

Il avait un an et demi à présent. Il n'était plus vêtu de blanc et il posait un regard inquiet, lourd d'interrogations, sur la jeune femme qui lui souriait. Il se retourna vers Anna-Maria.

— Maman, articula-t-il.

— Va, mon chéri, dit sa mère.

Hermine le serra contre elle. Elle éprouvait une grande tendresse à son égard. Sous les boucles brunes, les yeux noirs, légèrement en amande, étaient la parfaite réplique des yeux de sa mère. Elle se sentit émue en songeant que Julien et Jean-Baptiste pourraient devenir amis.

Peut-être... si le vague projet qu'elle caressait

depuis la sortie de la messe réussissait à prendre forme.

Elle se redressa, enveloppa dans le même regard la mère et l'enfant avant de lancer :

— Allez, je vous emmène.

Qui serait le plus difficile à convaincre du bien-fondé de sa décision ? La Veuve ou Séverin ? Pour l'instant, peu lui importait. Il lui fallait sortir Anna-Maria et Jean-Baptiste de leur tanière.

Le balluchon de son amie n'était guère encombrant. Hector, demeuré en faction près du coupé, ne put dissimuler son étonnement en les voyant revenir.

— Madame ! s'insurgea-t-il. Avez-vous pensé aux coussins de la voiture ?

D'un geste prompt, Hermine ôta son châle, le jeta plus qu'elle ne le posa sur la banquette.

— Là, êtes-vous satisfait, Hector ? A présent, je vous en prie, souriez ! Je viens de retrouver mon amie et mon filleul, c'est aujourd'hui un jour de fête.

« Oui-da, songea Hector. M'est avis que la Veuve ne va pas être ravie. Madame Lecœur n'imagine tout de même pas faire la charité à tout le pays ? » Toutefois, il ne pouvait s'empêcher d'admirer le cran de la « petite », comme il la désignait en son for intérieur. Pour ça, elle n'avait pas peur du qu'en-dira-t-on et avait le sens de l'amitié ! Et cette fille, l'Italienne, qui avait quitté la fabrique avec fracas, était-elle seulement digne de l'intérêt que la petite lui portait ?

Au moment où le coupé s'ébranlait, Anna-Maria, presque malgré elle, se retourna, écrasa son visage contre la vitre. Ils avaient failli mourir là, quelques jours auparavant, son fils et elle. Un sanglier les avait chargés. Anna-Maria, serrant Jean-Baptiste contre elle, s'était réfugiée sur une branche de résineux. Terrorisée, elle n'avait pas osé redescendre, et son fils et elle avaient passé la nuit dans l'arbre. Au petit matin, transie jusqu'à l'âme, elle s'était résignée à regagner le sol. Cette nuit-là, elle avait compris qu'elle ne pourrait pas continuer à vivre de cette manière. Elle avait pensé, alors, aller trouver Hermine. Son maudit orgueil l'en avait empêchée.

Elle regarda ses mains gercées, couvertes d'écorchures. Elle avait honte, soudain, de ce qu'elle était devenue.

— Il ne faut pas vous encombrer de moi, murmura-t-elle. Prenez Jean-Baptiste, oui, je veux bien, mais moi...

Elle baissa la tête. Elle se refusait à pleurer. Surtout pas. A cet instant, elle songeait à Angelo. Elle avait su par Philo que son mari avait quitté Brohant. Il était parti sur les chemins avec son âme damnée, ce maudit Max. Où vivait-il, à présent ?

La nuit où il l'avait frappée, une partie d'elle-même était morte. Il lui semblait qu'elle ne redeviendrait jamais la jeune fille insouciante et gaie qui préparait son mariage.

Hermine lui sourit.

— Vous aimez jardiner, je crois ? Vous allez avoir de quoi faire.

N'était-ce pas stupide ? Brusquement, Anna-Maria se sentait sereine. Elle pouvait souffler un peu,

Hermine l'avait déchargée de son fardeau. Elle ne voulait pas se demander pour combien de temps. Seulement se reposer, passer la nuit dans un vrai lit et effectuer un vrai travail. Pour ne dépendre de personne d'autre que d'elle-même.

Anna-Maria considéra d'un air satisfait la salle qu'elle venait de passer à la chaux.

— Nous sommes chez nous, lança-t-elle à l'adresse de son fils.

Le pavillon du jardinier, situé à l'entrée du parc, se composait d'une cuisine, d'une salle et de deux chambres. Un luxe inconcevable quelques jours auparavant pour celle qui avait passé plusieurs mois dans une hutte insalubre. Contrairement à ce que l'ouvrière redoutait, Mathilde Lecœur n'avait pas élevé de réelles objections à son installation dans le pavillon : « Du moment qu'il s'agit d'une situation provisoire », s'était-elle contentée de faire remarquer.

Elle avait à peine jeté un regard à Anna-Maria, qu'Hermine avait auparavant rendue plus présentable avec la complicité de Juliette. Lavée – récurée, affirmait-elle –, les cheveux tirés, vêtue d'une sobre robe noire, Anna-Maria était redevenue presque la même. Presque... Hermine se demandait si elle était la seule à remarquer la tristesse insondable du regard de son amie.

« Cette... jeune personne est-elle compétente, au moins ? » avait demandé Mathilde. Hermine, aussi émue qu'Anna-Maria, s'était avancée d'un pas pour répondre : « Bien sûr. Je m'en porte garante. »

Les yeux de l'Italienne s'emplirent de larmes à ce souvenir. Il n'était pas question pour elle de décevoir Hermine. Elle avait la ferme intention de travailler dur dans le parc, ne serait-ce que pour prouver à la Veuve qu'elle avait vu clair dans son jeu. Celle-ci, en effet, avait eu une façon de la détailler sans équivoque.

« Cette fille ne sera jamais capable d'abattre tout le travail », pensait-elle. Elle ne connaissait pas l'obstination farouche de la jeune femme. Grâce aux plats reconstituants que Juliette lui servait à l'office, elle avait déjà repris des forces. Jean-Baptiste souriait à nouveau. Son fils et elle seraient heureux dans le pavillon du jardinier, se promit Anna-Maria.

Tout au moins jusqu'au retour d'Antoine...

17

C'était un chemin escarpé qu'Hermine n'aurait jamais songé à emprunter seule. Avec Anna-Maria, c'était différent. Elle, l'étrangère, comme elle se qualifiait encore parfois, connaissait la plupart des routes environnantes. Elle avait entraîné Hermine à sa suite vers les Vieux-Moulins de Thilay, sur un sentier enneigé que, semblait-il, personne avant elles n'avait foulé.

— Regardez, l'invita-t-elle.

A cet instant, Hermine comprit que son amie lui faisait un merveilleux présent. Elle lui offrait la nature préservée de l'Ardenne, les chemins durcis par le gel et le silence, impressionnant, qui enveloppait le paysage. Il avait neigé sur les crêtes, le ciel, d'un bleu intense, accentuait, par contraste, la blancheur des résineux couverts de neige.

— Je ferai souche ici, dit Anna-Maria d'une voix assourdie. Je ne pense pas retourner un jour chez moi.

Hermine hocha la tête.

— Je voulais te demander : pourquoi diable es-tu partie aussi vite de l'atelier ?

« Il ne faut pas, pensa Anna-Maria. Ne me posez pas la question, n'essayez pas de savoir. C'est encore trop douloureux dans ma tête. » Elle pressentait, pourtant, qu'il n'était plus temps de chercher à occulter ces souvenirs. Elle se retourna vers Hermine. Elle voulait la voir, soutenir fermement son regard incrédule pour lui expliquer.

Elle parla, longuement, de l'odieux chantage exercé par le contremaître à l'encontre des ouvrières. Elle raconta comment elle s'était sentie peu à peu prise au piège, à la fois terrorisée par le petit chef et paniquée à l'idée de perdre sa place. Elle tenta d'expliquer pourquoi elle n'avait pas osé se confier à son mari. De crainte d'exacerber sa jalousie. Comme toutes les autres femmes.

— Tu aurais dû me le dire, lui reprocha doucement Hermine. Je te trouvais différente, sur la défensive, mais je n'aurais jamais pensé à ça.

Elle mesurait mieux, tout à coup, le fossé qui la séparait d'Anna-Maria. Pourtant, elle imaginait fort bien les sentiments, humiliation et révolte, que devaient éprouver les ouvrières.

Anna-Maria esquissa un sourire résigné.

— Je ne voulais pas vous ennuyer avec mes histoires. Et puis, à quoi bon vous raconter ça ? Vous ne pourrez rien changer, malgré vos bonnes intentions. La Veuve et Regniard ne vous laisseront jamais vous mêler de leurs affaires. Regardez comment ils ont fait avec votre mari : impossible pour lui de travailler à la fabrique. Ce doit être pour ça qu'il s'absente aussi souvent.

— Tu as changé, fit remarquer Hermine d'une voix un peu trop douce, comme pour mieux dissimuler son trouble. Avant tu n'étais pas aussi dure.

— C'est la vie qui m'a changée ! répliqua vivement Anna-Maria.

Elle posa la main sur le bras d'Hermine.

— Pardonnez-moi si je vous ai blessée. Je n'aurais pas dû parler ainsi de votre mari. C'est seulement que...

— C'est seulement que je n'ai aucun pouvoir ici, et Séverin non plus, conclut Hermine. Eh bien, il est peut-être temps que les choses évoluent.

Elle avait envie depuis longtemps de s'intéresser de plus près à la fabrique, mais ne se faisait guère d'illusions.

— Comment s'appelle ce contremaître ?

— Raymond. Raymond Pélisson. Il a fait beaucoup de mal, vous savez.

Tête baissée, comme si elle se sentait toujours coupable, Anna-Maria parla de Denise, seize ans à peine, que le contremaître avait violée dans son cagibi. C'était arrivé le soir, à la fermeture, et personne n'avait entendu les appels au secours de la pauvre fille. Elle avait continué à travailler, parce que ses parents, qui ignoraient tout, n'auraient pas compris qu'elle agisse autrement, mais rien n'était plus pareil. Denise était de plus en plus pâle, de plus en plus maigre. Jusqu'au jour où elle s'était jetée dans la Meuse du haut du pont. Chaque fois qu'elle pensait à elle, Anna-Maria ne pouvait s'empêcher de frissonner. Combien d'autres vies Pélisson avait-il ainsi gâchées ?

— Je m'en occupe, dit Hermine.

Il y avait trop longtemps qu'elle avait évité de suivre la voie de chemin de fer pour se rendre à la fabrique. Il fallait agir, exiger le renvoi de ce type. Séverin tapota son étui à cigarettes d'un air très ennuyé avant de se retourner vers Hermine.

— Renvoyer Pélisson… comme tu y vas, grommela-t-il. Tu n'es même pas certaine qu'il soit vraiment responsable des faits qu'on lui reproche. C'est encore une affirmation de ta protégée ?

Anna-Maria et lui cultivaient une solide inimitié l'un vis-à-vis de l'autre.

« Votre mari voudrait constituer tout votre univers », disait parfois Anna-Maria. C'était certainement la vérité. Il était horriblement jaloux et possessif. Tout en vivant de son côté à sa guise. Lorsqu'elle l'observait à la dérobée, Hermine se disait que Séverin vieillirait vite et mal. Il avait tendance à s'empâter bien qu'il n'ait pas encore fêté ses trente ans. Elle l'aimait encore, pourtant.

Elle lui sourit.

— Je sais bien que vous, les hommes, raisonnez différemment, mais j'ai rencontré plusieurs ouvrières qui ont confirmé le récit d'Anna-Maria.

— Tu as « rencontré », comme tu dis, des ouvrières, explosa Séverin. Tu ne peux tout de même pas ignorer que la situation sociale est actuellement des plus tendues ?

— Il faudrait pour cela que je sois sourde, ironisa Hermine.

Chaque soir, en effet, elle entendait Mathilde critiquer avec véhémence les syndicalistes comme Jean-Baptiste Clément qui réclamaient la journée de huit heures pour les ouvriers. Revendication que la Veuve et Regniard récusaient avec horreur. Les industriels ardennais étaient tombés d'accord pour exiger en matière de législation du travail la liberté complète et refuser toute intervention de l'Etat. Mathilde Lecœur campait fermement sur ses positions et répétait son credo à qui voulait l'entendre. Pour elle, diminuer la durée du temps de travail aurait fatalement pour conséquence une diminution de la production et des salaires.

La jeune femme redressa la tête avec détermination.

— A présent que nous savons ce qui se passe dans l'atelier Iéna, nous ne pouvons plus tolérer la présence de ce contremaître.

— Ma pauvre Hermine, reprit Séverin, je crains fort que tu ne te fasses des illusions. Les ouvrières qui travaillent en usine s'exposent d'elles-mêmes à certains... désagréments. Nous dirons qu'il s'agit d'un choix.

— Tu es ignoble, s'écria Hermine. Si je comprends bien, je ne dois pas compter sur ton appui ?

Elle reçut le silence de son mari comme un désaveu.

— Je me débrouillerai donc seule, articula Hermine avec peine.

Elle savait qui elle allait d'abord attaquer. Regniard. Le hasard, quelques jours plus tôt, lui avait permis de faire la connaissance d'Adèle, la fille du bras droit de Mathilde Lecœur. C'était une jeune fille douce et timide qui revenait à Brohant remplacer l'institutrice, souffrant de tuberculose. L'affaire avait fait grand bruit dans la vallée. Cette pauvre mademoiselle Marie-Berthe ne risquait-elle pas d'avoir transmis sa maladie à ses petits élèves ? Au moins, avec la jeune Adèle Regniard, on était tranquille, murmurait-on chez l'épicier. Entre soi.

Hermine se vêtit avec le plus grand soin pour aller rendre visite au chef de fabrication. Il la regarda pénétrer dans son bureau avec une certaine défiance.

— Madame Lecœur, la salua-t-il, sans se départir de son air renfrogné.

— Il faut que nous parlions, vous et moi, attaqua Hermine.

Elle ne lui raconta pas tout de suite ce qui se passait à l'atelier Iéna, mais s'attarda sur la charmante Adèle Regniard. Son père devait être fier d'elle. A propos, lança-t-elle tout à trac, se souvenait-il, par hasard, de la jeune Denise ? Oui, celle-là même qui s'était jetée dans la Meuse. Quelle horrible histoire ! Une jeune fille sérieuse, elle aussi, et pourtant…

Elle vit que Regniard mordait à l'hameçon à partir de l'instant où il soutint enfin son regard.

— Que voulez-vous, grogna-t-il. Il m'est impossible de reprendre Andresi pour le moment, ce serait saborder mon autorité.

— Je ne vous le demande pas, monsieur Regniard. En revanche, plusieurs ouvrières m'ont confié les pressions exercées sur elle par un certain Pélisson. Un personnage des plus déplaisants, contre qui une jeune femme ne sait pas se défendre. Imaginez votre fille en butte à son odieux chantage... Regniard poussa un énorme soupir.

— Vous avez de la chance que je n'aime pas beaucoup Pélisson, moi non plus.

Ce jour-là, en remontant vers La Lombarde, elle se sentit beaucoup mieux. Elle savait qu'elle avait réussi à plaider la cause des ouvrières. Pourtant, lorsqu'il apprit le départ de Pélisson, le visage de Séverin se ferma. « Dire que je me suis inquiété pour toi, à un moment... Alors que tu es forte. Très forte, même. Comme mon frère. »

Elle n'avait encore jamais mesuré à quel point son mari pouvait être jaloux de ce frère trop tôt disparu, auquel il faisait allusion de temps à autre. Il s'appelait Thomas, et Mathilde le préférait à Séverin. Parce qu'il était l'aîné, parce qu'il lui ressemblait, parce que... éprouve-t-on le besoin de justifier ce sentiment irrationnel ?

Elle tendit la main vers son époux.

— Séverin.

Il recula.

— Tu voudras bien m'excuser auprès de madame mère, j'ai besoin de changer d'air.

Hermine se redressa. « Qu'est-ce qui nous unit encore l'un à l'autre ? » s'interrogea-t-elle avec une lucidité cruelle. Leur fils. Séverin, cependant, s'était vite détourné de Julien. « Bientôt, il sera mon rival », avait-il remarqué quelques semaines auparavant et Hermine, choquée, n'avait rien trouvé à lui répondre.

C'était devenu désormais une habitude : Séverin prenait le large à intervalles réguliers. Il ne partait pas bien loin, généralement de l'autre côté de la frontière, comme s'il avait eu de la peine à s'éloigner de la vallée. Hermine n'avait pas besoin de prêter l'oreille aux racontars pour savoir que Séverin avait certainement une maîtresse en Belgique. Cela correspondait assez bien à son caractère. Il fuyait Brohant, sa mère, sa femme et jusqu'à son fils.

Hermine se raidit. Elle ne souffrait même pas. Ou, tout au moins, pas encore. Elle se retourna vers Julien qui faisait ses premiers pas. Elle tendit les bras à son fils. Il s'élança vers elle. Elle le serra contre elle, l'embrassant et le cajolant tout en s'efforçant de lui dissimuler ses larmes. Quelque chose était mort en elle, définitivement.

18

Raphaël Pratte se pencha, observa avec attention la poudre dans le godet. Il était particulièrement fier d'avoir réussi à obtenir la nuance exacte qui lui avait été commandée.

— On vous attend au logis, patron, glissa Martin, son assistant.

Vingt-deux ans, un visage tout rond parsemé de taches de rousseur, et la passion à fleur de cœur. Le goût des couleurs les avait rapprochés. Raphaël sortit du moulin médian après avoir jeté sur la meule un regard songeur. Quoi qu'il arrive, sa vie était ici, se dit-il. Au vu des événements qui déchiraient la vallée, il n'en était pas mécontent. Les mouvements de grève se succédaient, auxquels répondait l'intransigeance du patronat. L'époque était troublée, et l'on parlait à mots prudents d'une menace anarchiste. « Vous savez… comme en Russie », chuchotaient les mieux informés.

Lorsqu'il pénétra dans le petit salon du moulin,

Raphaël fut frappé par l'expression joyeuse du visage de sa sœur.

— Raphaël… tu ne connais pas monsieur Delizée, qui est le fils d'un ami de notre père, lui apprit-elle.

Le visiteur se leva. Il portait un costume sombre qui accentuait son teint déjà hâlé. Ses cheveux, coupés très court, à la Titus, bouclaient cependant sur son front.

Il planta son regard bleu dans les yeux de Raphaël. Le moulinier éprouva une sympathie instinctive, irraisonnée, à l'égard du visiteur.

— Florent Delizée, précisa ce dernier en lui tendant une main ferme.

— Monsieur Delizée est médecin, s'empressa d'ajouter Marion. Je n'ai pas bien compris, en revanche, votre spécialisation.

Un sourire adoucit les traits de leur hôte.

— Vous n'êtes pas la seule, j'en ai peur. Je suis médecin hygiéniste, c'est-à-dire que je m'intéresse aux conséquences sanitaires des conditions de travail.

Raphaël soupira de façon éloquente.

— Vous avez fort à faire dans les Ardennes, entre les ardoisières et la métallurgie, sans compter les filatures de Sedan.

— Vous êtes relativement à l'abri des mouvements sociaux par ici ?

— Notre structure est trop petite pour servir de champ clos aux affrontements. De plus, je crois que mon père a su privilégier les rapports humains avec ses ouvriers. Attention, les conditions de travail restent cependant pénibles, ici comme ailleurs…

Raphaël présenta ses mains. Florent Delizée se pencha, suivit de l'index les traces de poudre et de brûlures.

— Des mains de travailleur, dit-il en souriant.

Il se retourna vers Marion.

— Permettez-moi de prendre congé, mademoiselle Pratte. Je ne veux pas abuser de votre temps.

— Vous restez avec nous, bien sûr, protesta Marion avec une véhémence dont elle fut la première surprise. Nos parents vont arriver d'une minute à l'autre. Ils seraient désolés de vous avoir manqué. Si vous voulez bien m'excuser.

Elle s'appuya contre la porte dès qu'elle eut quitté le salon. Que lui arrivait-il donc ? Elle, la sage Marion, était troublée par le docteur Delizée. Un parfait inconnu encore une heure auparavant.

Elle se composa un visage avant de rejoindre Emilienne à l'office pour lui donner ses instructions.

— Une bouche de plus à nourrir, quelle importance ? commenta la cuisinière, habituée à préparer des repas abondants.

Elle avait prévu pour le déjeuner un potage à l'oseille, des asperges, de la langue de bœuf accompagnée de pommes de terre et de salsifis, une salade copieuse et un gâteau javanais après le plateau de fromages.

Marion croisa sa tante Elodie en sortant de l'office.

— Hermine n'est pas encore arrivée ? Elle devait bien venir aujourd'hui, n'est-ce pas ?

Elodie avait une manière pathétique de chercher à se rassurer, qui bouleversait Marion. Elle n'avait pas encore osé parler avec Hermine de l'évolution de l'état de sa mère.

Soucieuse, elle monta dans sa chambre se recoiffer. A vingt-deux ans, Marion ignorait encore tout de l'amour. Elle avait connu, bien sûr, quelques béguins sans importance. Aussi avait-elle été bouleversée d'éprouver une telle attirance pour l'inconnu qui s'était présenté à elle en disant : « Bonjour, mademoiselle. Docteur Delizée. Pourrais-je saluer monsieur Pratte ? »

« C'est un homme de passage, se dit-elle, un être passionné par son métier, comme notre père ou mon frère. M'a-t-il seulement regardée ? » Elle poussa un énorme soupir, se mordit les joues pour les rendre un peu plus creuses. Elle se sentait trop ronde, trop... tout et, à cet instant, ne le supportait plus. L'arrivée bruyante du boghei familial interrompit net le cours de ses réflexions moroses. Elle descendit en courant, s'agenouilla dans le hall pour tendre les bras à Julien.

— Bonjour, mon cœur, s'écria-t-elle.

Le fils d'Hermine se jeta contre Marion.

— Je t'aime, lui annonça-t-il avec la gravité d'un chevalier du Moyen Age.

Hermine, suivie de Mariette, s'immobilisa sur le seuil du moulin.

— Hou, hou ! Où es-tu, Marion ? Je suis éblouie par le soleil, on n'y voit goutte dans ce hall. Oh, pardon.

Confuse, elle s'empourpra. La personne qu'elle venait de heurter n'était pas sa cousine mais un inconnu de haute taille, qui se tenait un peu voûté.

— Mademoiselle... commença-t-il.

— Madame, corrigea vivement Hermine, comme si son statut de femme mariée avait pu la protéger.

Son époux avait peu à peu déserté La Lombarde et y résidait désormais le strict minimum. Cela s'était fait de façon insidieuse, mais la cassure définitive entre eux remontait à la victoire d'Hermine dans son combat contre Pélisson. La Veuve, choquée dans ses convictions religieuses, avait accepté le renvoi du contremaître proposé par Regniard. Ulcéré, Séverin s'était senti exclu. Rien n'avait été dit de façon explicite entre les deux époux, cependant.

A force d'entendre chuchoter sur son passage dans les salons, Hermine avait fini par apprendre son infortune. Séverin Lecœur entretenait une liaison de l'autre côté de la frontière. Il avait fait l'acquisition d'une propriété à Dinant, en bordure de Meuse, et semblait fort s'y plaire.

Hermine, tête haute, s'était toujours refusée à aborder ce sujet avec ses proches. Parfois, elle se disait qu'elle réagissait comme sa mère. Si l'on ne parlait pas de certaines choses, c'était comme si elles n'avaient jamais existé. Quelques années auparavant, Hermine aurait repoussé cette façon d'agir avec horreur. A présent, elle commençait à comprendre Elodie.

— Hermine, ma chérie.

Elodie Pratte, très élégante dans une robe en tussor gris perle qu'elle avait confectionnée elle-même, s'arrêta à mi-hauteur de l'escalier. Elle était pâle et deux taches rouges marquaient ses pommettes.

Hermine se raidit. Cela faisait plusieurs mois, en effet, qu'elle avait remarqué certains troubles du comportement chez sa mère.

— Matthieu vient nous rendre visite, j'espère que tu ne l'as pas oublié, reprit Elodie. C'est pour lui que je me suis faite belle.

Hermine, paniquée, jeta un coup d'œil traqué autour d'elle. Marion paraissait aussi perdue qu'elle. Le docteur Delizée s'avança d'un pas.

— Si vous me permettez de vous offrir mon bras, madame, suggéra-t-il à Elodie qui se laissa docilement conduire au salon.

— Merci, lui souffla Hermine quelques minutes plus tard. Je ne sais pas ce que nous aurions fait sans vous.

La situation était redevenue normale. Elodie ne parlait plus de ce mystérieux Matthieu et câlinait son petit-fils sous le regard attendri de Marie. Raphaël et son père échangeaient quelques mots au sujet du moulin à couleurs et Marion avait disparu en direction de l'office.

Tout paraissait en ordre, mais Hermine ne parvenait pas à dissiper la sensation d'angoisse qui l'étreignait.

Elle planta son regard dans celui de Florent Delizée, qui ne se déroba point.

— Ma mère... oh, c'est difficile à dire ainsi, entre deux portes... je m'inquiète beaucoup à son sujet. Elle a changé.

Le médecin hocha la tête.

— Vous m'expliquerez tout cela hors de sa présence, ce sera préférable.

Elodie se dirigeait vers eux, ils se turent. Elle paraissait calme et se montra d'humeur charmante. Tout au long du déjeuner, copieux comme d'habitude, elle émailla la conversation de souvenirs d'Indochine. Florent Delizée savait écouter, songea Hermine, en l'observant à la dérobée. Il pouvait avoir environ trente-cinq ans. Il parla peu de lui, indiquant seulement qu'il était natif des Charentes. Paul et Marie évoquèrent avec lui un voyage à Londres au cours duquel ils avaient lié connaissance avec son père.

— Vous allez vous installer au moulin, bien sûr, proposa Marie.

Florent Delizée déclina poliment son invitation. Sa mission l'obligeait à adopter des horaires fluctuants. Il avait l'intention de loger à Charleville, où il avait trouvé un appartement à louer derrière la place Ducale.

— Vous viendrez nous voir, insista Paul.

Le médecin sourit.

— Avec grand plaisir, monsieur Pratte.

Marion devina que le sourire de Florent Delizée était destiné à Hermine. Dès les premiers mots échangés, elle avait pressenti que sa cousine et le médecin étaient attirés l'un par l'autre. Elle crispa la main sur son couvert. Hermine était mariée, et Florent Delizée ne resterait pas éternellement dans les Ardennes. En toute logique, elle, Marion, gardait ses chances de se faire aimer de lui. Elle savait bien, pourtant, au fond d'elle-même, que les jeux étaient faits. Florent Delizée était sous le charme d'Hermine. Tout le monde aimait Hermine, à commencer par Raphaël. Marion aurait voulu pouvoir laisser libre cours à sa jalousie. Mais elle ne parvenait pas à détester sa cousine. Elle l'aimait, elle aussi, et savait qu'elle était malheureuse.

Assis en face d'elle, Raphaël lui sourit. Marion puisa de la force dans ce sourire. Elle en était certaine, elle n'aimerait jamais un autre homme que Florent Delizée.

19

Anna-Maria repoussa d'un geste agacé la mèche brune qui lui tombait dans les yeux et appuya plus fortement sur sa bêche. Elle se sentait revivre à travailler ainsi la terre. Le soleil déjà chaud de mai l'incitait à aller se désaltérer régulièrement à la gourde en terre remplie d'eau fraîche vinaigrée. « Une habitude de pauvres gens », disait sa mère. Qu'était-elle devenue, la belle et fière Teresa, qui souffrait tant de ne savoir ni lire ni écrire ? Anna-Maria ne recevait plus de nouvelles de sa famille depuis qu'elle avait quitté Angelo.

C'était peut-être mieux ainsi, se disait-elle parfois. Ils n'auraient pas compris, l'auraient condamnée. C'était la règle. Quoi qu'il arrive, la femme devait rester au côté de son époux. Anna-Maria, elle, avait toujours été une rebelle. « C'est parce qu'elle est instruite, elle se croit supérieure à nous », grommelait son père. Il avait la main leste et était dur à la peine. Sa mère tempérait sa rudesse. « Notre fille est différente..., murmurait-elle comme pour excuser son aînée. J'étais comme elle, *avant*... » Cette dernière confidence recelait un tel abîme de regrets, de rêves avortés, qu'Anna-Maria, confuse, se détournait.

Elle s'arrêta, poussa un long soupir avant de s'étirer pour détendre son dos endolori.

Le jardin commençait à prendre tournure, après plusieurs mois de gestation décevante. Parfois, elle se réveillait en sursaut la nuit, le cœur battant à tout rompre. Elle rêvait régulièrement d'Antoine, le jardinier qu'elle ne connaissait pas. Et, dans chacun de ses rêves, il les chassait de La Lombarde, Jean-Baptiste et elle. Hermine avait beau lui répéter de ne pas s'inquiéter, le pauvre Antoine se remettant difficilement de ses mauvaises fractures, l'esprit d'Anna-Maria battait la campagne. D'autant plus que la Veuve s'ingéniait, chaque fois qu'elle croisait son chemin, à lui faire remarquer ce qui n'allait pas. La main en visière, Anna-Maria inspecta le carré qu'elle venait de bêcher. Elle recréait un potager plus conforme aux souhaits de Juliette. « Les patates d'Antoine, j'en ai soupé ! lui avait dit la cuisinière. Essaie donc de me faire pousser plus de poireaux, de belles asperges et des salades bien grasses, bien pommées. »

Anna-Maria aimait son travail. Même si elle se disait souvent qu'ils étaient trop heureux, son fils et elle, dans le pavillon du jardinier. Ou, plutôt, tranquilles. Apaisés.

Au fond, elle devait savoir que cet état de grâce, cette pause, ne durerait pas. « Je ne suis pas faite pour le bonheur », pensait-elle parfois, lorsque la nostalgie la submergeait. Dans ces moments-là, elle se demandait toujours ce qui allait lui arriver.

Elle s'accorda un petit plaisir après avoir trimé et semé des graines de laitue. Elle lança à la volée en bordure de son potager des graines de capucine. Parce que la compagnie des fleurs lui avait cruellement manqué, à l'atelier Iéna.

La catastrophe fondit sur elle un jeudi matin sur le marché de Brohant. Anna-Maria était venue très tôt chercher des plants de salade pour répondre aux demandes de Juliette. Elle avait cédé aux prières de Jean-Baptiste et emmené son fils avec elle.

Giovanni Andresi, l'oncle d'Angelo, était un homme fruste et rude. Anna-Maria s'était toujours sentie une étrangère dans sa maison, une bicoque menaçant ruine au fond du vallon. Il se planta devant elle d'un air belliqueux.

— Angelo est mort, lâcha-t-il avant de lancer une bordée d'injures. J'ai été prévenu hier par le maire. Un accident, ils ont dit. C'est arrivé en Belgique, à Charleroi. Qu'est-ce qu'il était allé faire là-bas ?

Il la secoua rudement sans tenir compte des larmes qui ruisselaient sur le visage de la jeune femme.

— A-t-il souffert ? articula Anna-Maria avec peine.

Giovanni Andresi lui décocha un regard meurtrier.

— Il souffrait comme un damné depuis que tu es partie, espèce de traînée !

Elle releva vivement la tête. « Heureusement, pensa-t-elle, qu'il me parle en italien. »

— Ne nous jugez pas, déclara-t-elle.

— Trop facile ! aboya l'oncle. C'est toi qui portes la responsabilité de sa mort. On l'a repêché dans la Sambre. Il était ivre mort, paraît-il. Ivre mort ! répéta-t-il avec une sorte de délectation. Un garçon qui n'avait jamais bu une goutte d'alcool avant de venir ici.

Sur ce point du moins il disait vrai. Anna-Maria frissonna.

— Pour l'enterrement...

— Je ne veux pas t'y voir, gronda Giovanni. Ta place n'est pas ici.

Cette fois, la jeune femme se rebella.

— C'est cependant la place de son fils, répliqua-t-elle.

La haine déforma le visage du vieil homme. Il ne devait pas être si âgé, après tout, réfléchit Anna-Maria. Quarante-deux, quarante-trois ans. Peu importait, au fond. Giovanni était vieux de naissance.

— Son fils, est-ce qu'on sait ? cracha-t-il. Lorsqu'il est parti, Angelo était persuadé que Giovanni-Battista était un bâtard. D'ailleurs, il a fallu que tu lui donnes un prénom français.

Brusquement, Anna-Maria n'eut plus envie de se battre. Une immense lassitude l'envahit. Elle détourna la tête pour dissimuler les larmes qui emplissaient ses yeux.

— Croyez ce que vous voulez, murmura-t-elle d'une voix étrangement lointaine, détachée. Ce sont tous ces racontars qui nous ont détruits, Angelo et moi. Pourtant...

Elle planta hardiment son regard dans celui de l'oncle de son mari.

— Je n'ai rien à me reprocher, martela-t-elle. La preuve, je suis partie vivre sur les Hauts avec mon fils pour échapper à l'homme qui me poursuivait. Celui-là même qui a finalement été renvoyé.

L'oncle secoua la tête.

— Il n'y a pas de fumée sans feu. Tu as jeté la honte sur notre nom et notre famille et, pour cette raison, je te maudis. Je vous maudis, toi et ton bâtard. Inutile de venir à l'enterrement d'Angelo, vous seriez chassés à coups de pierre.

Anna-Maria reçut la sentence bien droite et les poings serrés. « Moi aussi, je vous maudis avec votre esprit étroit et vos préjugés ! » songea-t-elle avec force.

Giovanni s'éloigna en marmonnant des injures. Leur querelle avait attiré du monde autour d'eux. Anna-Maria fit le tour des curieux. Plusieurs regards se détournèrent avec gêne. Seule Hortense, la jeune laitière, lui adressa un timide sourire. Elle montait tous les matins à La Lombarde avec sa charrette à chiens apporter du lait bien frais. Juliette l'avait surnommée le « petit journal » car, grâce à Hortense, les femmes travaillant au château étaient informées des dernières nouvelles.

Tête haute, Anna-Maria quitta le marché en remorquant Jean-Baptiste qui pleurait. Elle sentait les regards s'attacher à elle, comme une cape d'infamie faite de réprobation muette. Coupable, elle ne pouvait être que coupable. Elle s'effondra lorsqu'elle eut quitté la place du marché. Des nausées atroces lui retournaient l'estomac. Ils s'étaient aimés, Angelo et elle. Pourquoi tout était-il allé de mal en pis pour eux ? Etait-ce seulement la faute de Max le Belge et de Raymond ? Elle était responsable, elle aussi, en ayant fui sans chercher à s'expliquer avec lui. Il était trop tard, désormais, de toute manière.

Elle courut jusqu'à l'église, s'effondra au pied de l'autel. Elle pleura, longuement. Jean-Baptiste, terrifié, la regardait sans mot dire. Lorsqu'elle se releva enfin, elle savait qu'elle ne resterait plus longtemps dans le pavillon du jardinier. Elle était maudite, Giovanni l'avait répété à plusieurs reprises. Elle n'avait même plus peur. Après ce qu'elle avait vécu sur les Hauts, elle ne craignait plus rien ni personne.

Mathilde Lecœur referma le grand livre dans lequel elle consignait tout ce qui concernait la fabrique et jeta un coup d'œil exaspéré à Regniard.

— Une augmentation de salaire, encore une ! Vos ouvriers rêvent, Regniard.

Le chef de fabrication se mordit les lèvres.

— Ils lisent *L'Emancipation* dans les cabarets, madame. Les militants vendent aussi le journal de Clément à la sortie des ateliers, dans les cafés ou lors des réunions syndicales.

La moue de la Veuve se fit méprisante.

— Ce torchon ? Quand se décidera-t-on à l'interdire ? Clément est un communard, non ?

Depuis l'arrivée de Jean-Baptiste Clément dans les

Ardennes, en 1887, les patrons ne cessaient pas de vilipender « le Rouge », l'homme qui avait été condamné à mort par contumace en 1874 avant d'être amnistié en 1879. Installé dans un local de la rue de Gonzague, à Charleville, Clément s'était juré de mener à bien l'entreprise de *L'Emancipation*, journal qui « avait pour but de donner la parole aux pauvres, aux opprimés, aux exploités de l'usine, de la mine, de la manufacture, des champs et de la bureaucratie ».

Là, dans l'arrière-salle d'un estaminet, avec pour tout mobilier une table de bois blanc, deux chaises, deux bancs et une étagère, le rédacteur en chef de *L'Emancipation* dénonçait, s'indignait, se révoltait contre le sort fait à la classe ouvrière.

Mathilde Lecœur repoussa les documents jonchant son bureau. Si seulement Séverin daignait s'intéresser aux affaires, pensa-t-elle. Il fallait qu'elle tienne pour Julien. Elle désirait laisser une entreprise saine à son petit-fils.

Son frère se moquait fréquemment d'elle : « Alors tu l'as, ton héritier pour la Forge au Loup ? » Il avait raison, bien sûr.

Elle se retourna vers le directeur.

— Si nous commençons à lâcher du lest, nous sommes perdus. Qu'en pensez-vous, Regniard ?

Il pinça sa moustache entre le pouce et l'index.

— Faut voir, madame, faut voir. Avec ce qui s'est passé à Fourmies…

Les événements sanglants de Fourmies avaient pétrifié d'horreur le monde ouvrier. Pour une fois,

Mathilde et Hermine étaient tombées d'accord : la troupe n'aurait jamais dû ouvrir le feu sur la foule. Mathilde, cependant, avait cautionné la charge à coups de crosse et de baïonnette des manifestants de Charleville le 1er mai 1891. Ce jour-là, elle avait décidé de fermer les portes de l'usine afin d'éviter tout débordement. Une atmosphère survoltée régnait sur la ville. Plusieurs ouvriers avaient été arrêtés, ainsi que Jean-Baptiste Clément, le communard, comme l'appelait la Veuve avec dédain. Cet homme voulait-il donc leur ruine ? Ne savait-il pas que la fabrique Lecœur, qui employait plus de mille cinq cents ouvriers, était la plus importante boulonnerie de France ? Il n'avait que deux mots à la bouche : « réformes sociales ».

De tout temps, il y avait eu les puissants et les pauvres. Mathilde avait engagé son capital, pris des risques importants. Elle entendait bien en tirer profit. Les ouvriers, eux, ne possédaient que leur force de travail. Et encore, il fallait toujours être sur leur dos !

— Ils aiment leur travail, fit remarquer Regniard, comme s'il avait suivi le cours de sa réflexion.

Les hommes du fer... C'était ainsi que les boulonniers se nommaient entre eux, avec une pointe de fierté. Mathilde leur reconnaissait un amour de la belle ouvrage et une qualification hors pair, mais ce n'était pas une raison pour céder à toutes leurs exigences.

— Attendons encore, décida Mathilde. Nous sommes en mai, ils n'ont qu'à cultiver leur jardin.

Presque malgré lui, Regniard jeta un coup d'œil

discret au surtout garni de fruits exotiques posé sur une table. Il connaissait des familles où, dès le 6 du mois, on se nourrissait exclusivement de pommes de terre et de panade au lait. La viande n'apparaissait à la table familiale que les jours de fête. Les femmes réalisaient pourtant des prodiges pour ne pas gaspiller l'argent du ménage, mais le loyer, le charbon, le pain coûtaient de plus en plus cher. Et puis, il y avait le « pequet », l'alcool de grain dont les hommes faisaient un usage immodéré pour oublier la chaleur du four à boulons.

— Eh bien, Regniard ? Je ne vous retiens plus, lança Mathilde.

Il s'éloigna lourdement, en ayant la certitude de ne pas avoir su trouver les mots pour lui faire saisir la situation.

Le monde changeait, et il n'était plus certain que la Veuve le comprenait.

20

Si elle n'avait pas été son amie, Hermine aurait pensé qu'Anna-Maria était devenue folle. Elle lui jeta un regard intrigué tout en griffonnant une esquisse sur le papier. Si seulement son projet parvenait à prendre forme…

Un toit, des murs de pierre, parce que la brique évoquait trop les ateliers. Et puis des sols clairs, pour retenir les rayons du soleil. L'idée lui était venue lorsqu'elle avait pénétré dans la boutique de Valentin et de Philo.

Les ouvriers ne pouvaient pas continuer à faire garder leurs enfants dans de telles conditions, avait-elle songé. Comment convaincre la Veuve de l'aider à réaliser son projet ?

Anna-Maria lui opposa un front buté.

— Je vous assure, Hermine, il vaut mieux que je parte avant qu'on ne nous jette à la rue, Jean-Baptiste et moi.

— Je ne laisserai jamais commettre une telle ignominie !

L'Italienne esquissa un sourire désenchanté.

— Avez-vous un réel pouvoir ? Oh, certes, vous avez réussi à faire renvoyer Pélisson, mais seulement parce que Regniard vous a appuyée. Sinon...

C'était vrai, elles le savaient toutes les deux. Et cette certitude consternait Hermine.

— De plus, je ne suffis pas à la tâche, poursuivit Anna-Maria. Dieu sait que je ne ménage pas ma peine, mais il y a du travail pour au moins deux personnes à demeure.

— Veux-tu de l'aide ?

De nouveau, Anna-Maria secoua la tête.

— Vous savez bien que c'était seulement une solution temporaire. On n'accordera jamais le poste de jardinier de La Lombarde à une femme. Ce sont des choses qui ne se font pas.

Elle avait reproduit à l'identique le ton et le visage pincé de Mathilde Lecœur. Hermine ne put s'empêcher de rire.

— Que vas-tu faire, dans ce cas ?

Anna-Maria releva le menton d'un air décidé.

— Retourner travailler à la Forge au Loup, bien sûr.

— Et Jean-Baptiste ? Tu ne vas tout de même pas le replacer chez Philo et Valentin ? Ils sont très gentils certes, mais...

— Mais vous ne voudriez à aucun prix que votre fils soit élevé dans une boutique ? Comme je vous comprends !

Hermine se sentit rougir sous le ton mordant dont usait son amie.

— Il doit bien y avoir un moyen, murmura-t-elle, en se penchant à nouveau sur ses esquisses.

— Je me suis arrangée avec Ida, reprit Anna-Maria, comme pour signifier à Hermine que tout était réglé, qu'il n'y avait rien à ajouter. Pour nous ça devrait aller, mais il reste les autres enfants.

— Je me demande parfois si tu ne possèdes pas le don de double vue, grommela Hermine.

Et elle entreprit de lui détailler son projet point par point.

Contrairement à ce qu'Anna-Maria avait redouté, Regniard ne se fit pas trop tirer l'oreille pour la réembaucher.

— A la condition que tu ne fasses plus parler de toi, Andresi !

Elle se vit attribuer un autre logement, bien sûr, le numéro 3 étant occupé depuis près d'un an. Le jour où elle prit possession de sa maisonnette, elle eut envie de tourner les talons et de s'enfuir. Trop de souvenirs lui barbouillaient le cœur. Elle se revoyait, arrivant d'Italie. Elle avait eu le sentiment d'étouffer, alors, dans le vallon. Rien n'avait changé. Sauf qu'Angelo n'était plus à ses côtés.

Juliette, mandatée par Hermine, était venue l'aider à s'installer. Son salaire, quoique modeste, avait permis à Anna-Maria d'acheter deux lits, quelques outils de jardin et des ustensiles de cuisine. Elle récupéra chez Ida une table de guingois qu'elle entreprit de nettoyer et de repeindre afin de la rendre plus présentable.

Jean-Baptiste s'adapta beaucoup plus vite qu'elle-même à leur nouveau logis. C'était un enfant facile, du moment qu'il pouvait bricoler de ses mains. La première nuit, Anna-Maria ne put fermer l'œil. Blottie dans la chambre sous le gros édredon offert par Hermine, elle compta chaque heure, chaque minute. Le moindre craquement de l'escalier l'effrayait. La rue Vert-Bois contenait trop d'images du passé, et elle avait peur de les affronter, même si elle avait affirmé bien haut le contraire.

Le lendemain matin, elle était la première devant les portes de l'atelier Iéna encore closes. Plusieurs femmes se portèrent à sa rencontre.

— Anna-Maria, te voici donc revenue ?

Elle souriait, répondait aux saluts, sans pour autant fournir d'explications. De toute manière, son parcours était connu de tous. Il se trouva une ou deux curieuses pour glisser quelque allusion à la vie qu'on menait au château. Anna-Maria fit la sourde oreille. Elle éprouva une impression étrange en pénétrant dans l'atelier. Tout lui paraissait plus grand que dans ses souvenirs. C'était le même décor, pourtant, murs de brique, charpente de bois, grandes baies en arc de cercle pour laisser entrer la lumière du dehors.

Le cri lancinant de la sirène la fit sursauter. Elle enfila sa blouse grise en tentant de dissimuler le tremblement de ses mains.

— On te doit une fière chandelle de nous avoir débarrassées de Pélisson, lui chuchota l'ouvrière qui était sa voisine.

— N'en profite pas pour faire ta maligne, ajouta une autre. Il va falloir que tu réapprennes à suivre le rythme du mouton.

Le mouton… c'était ainsi que les filles nommaient la machine à ébarber. Les boulons forgés par les hommes étaient recouverts d'une légère bavure, qui formait un matelas de protection entre la clouière et la bouterolle. Il fallait donc ensuite ébavurer, ou ébarber, c'est-à-dire trancher les arêtes de métal débordant de la tête à l'aide d'un poinçon.

Anna-Maria s'approcha de la presse à courroie avec une légère appréhension. La machine était dangereuse, toutes les ouvrières le savaient. Elle était aussi d'une grande simplicité, se composant d'un emporte-pièce, solidaire d'une courroie terminée par une poignée et s'appuyant sur une poulie. Il suffisait d'opérer une traction sur la poignée pour entraîner l'emporte-pièce vers le haut. Un relâchement de la courroie provoquait la chute de ce dernier et l'ébavurage de la barbe. Ce travail, qui nécessitait plus d'habileté que de force, était réservé aux femmes.

— Il faudra que tu expliques la manœuvre à la nouvelle, Virginie, lui dit Regniard en lui désignant une jeune fille à l'allure timide.

C'était une façon comme une autre de la remettre sur la machine en douceur.

Anna-Maria remercia le directeur d'un signe de tête. Tous deux ne s'aimaient guère, mais Regniard savait que l'Italienne était une excellente ouvrière, vive et pleine d'initiative.

Elle se retourna vers Virginie.

— Bonjour. Je m'appelle Anna-Maria. Viens, on va travailler toutes les deux sur le mouton.

Elle lui expliqua qu'il fallait être particulièrement vigilante avec la courroie. Nombre d'ouvrières, en effet, avaient eu des doigts coupés parce qu'elle était venue à glisser. « N'y pense pas », se répéta Anna-Maria en décomposant lentement chaque geste à l'intention de Virginie. La petite apprenait vite. La matinée coula en sa compagnie. A la pause de midi, Anna-Maria put annoncer à Regniard que Virginie était capable de se débrouiller seule.

— Bien, se borna-t-il à commenter tout en assignant une machine à la nouvelle.

Anna-Maria aspira une longue bouffée d'air en sortant de l'atelier. Allons, ce n'était pas si dur, après tout, se dit-elle.

L'après-midi, lorsqu'elle revint, plusieurs ouvrières s'arrêtèrent de discuter à son approche. L'une d'elles se détourna ostensiblement. Anna-Maria l'ignora. Elle savait qu'on avait raconté n'importe quoi sur les raisons de son départ. Elle savait, aussi, que les femmes du fer avaient leur propre code de l'honneur. Tant qu'elle n'aurait pas fait ses preuves, elle risquait fort de se retrouver mise à l'écart. Au fond, cela lui importait peu. Ce ne pouvait être pire que la vie sur les Hauts.

Séverin Lecœur échangea un coup d'œil complice avec la jeune femme assise en face de lui, à l'autre bout de la table. Lillie Wasberge était la seule femme admise au Cénacle, un groupe de bourgeois poètes de Dinant.

Bourgeois poètes. Ces deux mots, plutôt antinomiques, faisaient bon ménage dans l'arrière-salle du café de la Citadelle. C'était un établissement intime et douillet où l'on buvait indifféremment de la bière ou du café, en refaisant le monde. Séverin s'y sentait chez lui, entre ses nouveaux amis.

De nouveau, son regard glissa vers Lillie. Accoudée à la table, elle écoutait gravement Arthur Lebeau, le créateur du Cénacle, qui parlait de la plaquette qu'il venait de faire imprimer. Son corsage de soie rouge, un peu trop serré, dévoilait plus qu'il ne dissimulait la perfection de son buste. Lillie était une belle femme de vingt-sept ans, ardente au lit et experte en matière des jeux de l'amour. Le jour où Séverin avait tenté de savoir d'où elle tenait son expérience, elle lui avait décoché un regard blessé. « Pas de questions entre nous. Pas de serments ni de projets. Seulement le plaisir à partager. »

L'aimait-il ? C'était difficile à dire. Il était fou de son corps à la peau laiteuse, de ses cheveux sombres, d'ordinaire tirés en un sévère chignon qui, la nuit, se transformait en cape d'un noir bleuté dans laquelle il adorait enfouir ses mains. Avec ses yeux bleu foncé et sa bouche très rouge, elle évoquait une divinité mystérieuse, insolite en Wallonie. Lillie était l'âme du Cénacle. Elle avait déjà été éditée à plusieurs reprises. Ses poèmes étaient des cris de révolte et de colère.

Elle avait le sentiment de mener une vie étriquée à Dinant sans parvenir à se décider à quitter la ville du bord de Meuse où ses parents avaient vécu avant elle.

Séverin se disait parfois qu'il savait fort peu de chose à son sujet. Il l'avait rencontrée dans le train menant à Dinant, précisément. Elle revenait de France, où elle avait rendu visite à une cousine établie depuis des lustres à Mézières. A propos, savait-il que des liens historiques étroits unissaient les Ardennais de Liège aux Ardennais de Mézières ? Il l'avait poliment écoutée conter les pérégrinations des Liégeois fuyant en 1468 leur pays ravagé par les troupes de Charles le Téméraire. Réfugiés autour de Mézières, les Liégeois avaient apporté avec eux leur savoir-faire en matière de clouterie et de fabrication de pièces forgées. Séverin avait alors glissé d'un ton négligent : « J'en avais déjà entendu parler. Ma famille travaille dans la boulonnerie. » C'était tout. Il n'avait pas mentionné la fabrique Lecœur, tout comme il avait passé sous silence son état d'homme marié. Quel intérêt, d'ailleurs ? Il se voyait mal annonçant tout de go à cette belle femme assurée : « Je suis marié depuis plus de deux ans. » Lorsqu'il était devenu plus proche de Lillie, il avait eu le sentiment qu'il était trop tard. A moins qu'elle n'eût déjà tout deviné de lui. Comment savoir, avec Lillie, qui soufflait le chaud et le froid sur leur liaison, se donnait à Séverin avec fougue tout en refusant de s'engager plus avant ? Elle possédait à Dinant une librairie héritée de ses parents dans laquelle elle vendait aussi des éditions rares glanées dans les Ardennes belges et françaises. Séverin aimait l'atmosphère du magasin, dont une partie avait été transformée en cabinet de lecture. Il lui arrivait d'y passer de longues heures, confortablement installé dans un fauteuil de cuir à fumer le cigare, sans que personne lui fasse remarquer que l'odeur risquait d'incommoder le petit. A Dinant, il goûtait une liberté qui l'enivrait. Et cette liberté avait les traits de Lillie.

La jeune femme alluma avec grâce un Monte Cristo qu'elle avait hardiment planté entre ses dents, en tira plusieurs bouffées, tout en gratifiant Séverin d'un sourire alangui. Bientôt, elle repousserait sa chaise, et il la suivrait en ayant conscience des regards masculins qui s'attarderaient sur leur couple. L'aurait-on accepté aussi aisément au Cénacle sans l'appui de Lillie ? Il ne voulait pas se laisser à nouveau envahir par les démons familiers. Ici, il était un notable qui avait acheté une maison en ville et possédait un portefeuille bien garni. On ne lui demandait pas de nouvelles de sa mère ni de son épouse. Il était Séverin Lecœur, un riche oisif qui organisait sa vie comme il l'entendait. Il se surprenait parfois à se demander combien de temps encore il mènerait de front cette double vie. Il n'oubliait pas que son épouse et son fils l'attendaient à La Lombarde. C'était plus simple de ne pas songer à eux. De ne pas se poser de questions au sujet de leurs destins liés. Car il savait bien au fond de lui-même que, s'il n'avait pas été marié à Hermine, s'il n'avait pas accompli son devoir en donnant un héritier à la dynastie des Lecœur, il n'aurait jamais eu le courage de partir pour vivre autre chose, de quitter la vallée.

« Bientôt », articulèrent les lèvres charnues de Lillie après avoir tiré une bouffée voluptueuse de cigare.

21

Florent Delizée demeura silencieux durant plusieurs secondes avant de se retourner vers son interlocutrice. La lumière d'été nimbait la chevelure d'Hermine de reflets dorés. Dans sa robe légère couleur lilas, elle évoquait un modèle de Berthe Morisot. Elle tourna la tête pour vérifier que Julien, qui courait derrière son cerceau, ne s'approchait pas trop près de la Meuse. Mariette la rassura d'un sourire. « N'ayez crainte, je veille sur lui », semblait-elle dire.

Le médecin songea qu'Hermine semblait posséder l'art d'attirer les sympathies.

— Avez-vous une idée de ce que pourrait représenter votre projet ? demanda-t-il enfin. On va vous taxer de progressisme, vous critiquer.

— C'est *vous*, docteur Delizée, qui me tenez ce langage ?

Hermine paraissait choquée. Elle se pencha vers lui au-dessus de la table en rotin de la tonnelle. Ses joues s'avivaient, ses yeux brillaient. Non, elle n'était pas aussi paisible qu'il l'avait pensé de prime abord. C'était un être passionné, vibrant. Et il l'aimait.

Cette certitude fit courir un frisson d'angoisse le long de sa colonne vertébrale. Quel avenir pouvaient-ils avoir tous les deux dans la société où ils vivaient ? Sans remarquer son tumulte intérieur, Hermine poursuivit :

— N'avons-nous pas estimé, au cours de nos discussions, que la condition ouvrière était loin d'être enviable ? Mon amie Anna-Maria, qui travaille à la fabrique Lecœur, m'a parlé des femmes du fer. C'est sur leurs épaules que repose toute la famille.

Elle parla, avec passion, de ces femmes tôt levées qui préparaient la soupe, avant de donner à manger aux enfants et de partir pour la fabrique. Elle avait vu à plusieurs reprises ces ombres grises, couvertes d'un châle, se hâter vers les ateliers. Rivées à leur machine, l'ébarbeuse ou la taraudeuse, durant plus de six heures d'affilée, elles retournaient ensuite chez elles pour nourrir leur mari et leurs enfants. L'après-midi paraissait souvent plus long, la fatigue se faisait plus pesante.

Le soir, il fallait courir chez la nourrice récupérer les plus petits, décrasser tout le monde dans un baquet rempli d'eau tirée à la pompe de la rue, laver les vêtements parce que le travail en usine était particulièrement salissant, faire le ménage, préparer le dîner pendant que le mari, lui, se réfugiait trop souvent au cabaret.

Le dimanche matin, elles couraient au lavoir après avoir mis un bout de lard à mijoter dans la soupe, récuraient la maison de haut en bas, jardinaient, câlinaient les plus petits.

Florent l'interrompit alors qu'elle reprenait son souffle :

— Ce n'est pas moi qu'il faut convaincre. Je connais, hélas, tout ceci. En revanche, il vous faut l'aval de madame Mathilde Lecœur.

Il avait rencontré une fois la Veuve, lorsqu'il s'était rendu à la Forge au Loup. S'il avait été impressionné, presque malgré lui, par l'importance de la boulonnerie, il avait également remarqué les jeunes enfants assistant les ouvriers devant les fours à boulons ; il avait été saisi par la poussière et le bruit régnant à l'intérieur des ateliers. En même temps, en discutant avec les boulonniers, il avait admiré leur maîtrise et leur savoir-faire. Les descendants des « clôteux » aimaient leur métier, c'était l'évidence, et étaient particulièrement fiers d'avoir contribué à l'édification de la tour Eiffel.

Le visage d'Hermine se rembrunit.

— Elle est assez remontée contre les innovations sociales, quelles qu'elles soient. En revanche, elle est attachée, de façon presque viscérale, à la fabrique.

Il lui sembla à ce moment-là entendre la voix de Séverin, teintée d'amertume, lui confiant : « Ma mère n'aime que son usine. » C'était faux. Au fil des mois, Hermine avait pu constater que Mathilde s'était entichée de son petit-fils. Mais elle semblait toujours se défier de son fils. Et force lui était de constater que sa défiance était en partie justifiée.

Hermine crispa les mâchoires. Elle ne voulait pas

penser à Séverin. Pas maintenant. Certains souvenirs lui faisaient trop mal.

Florent lui sourit.

— Vous ne risquez rien de tenter votre chance. Sans son accord, vous ne pouvez rien faire.

Le jour où elle avait exposé son projet au médecin, elle avait craint qu'il ne se moque d'elle ou pense qu'elle voulait simplement faire des bonnes œuvres, au sens où l'entendaient les épouses des notables de Charleville. Il s'était contenté de fixer sur elle son regard bleu et de s'enquérir avec douceur : « Comment cette idée vous est-elle venue ? »

Elle s'était alors animée pour lui conter sa visite dans la boutique de Philo et de Valentin. Florent avait souri lorsqu'elle avait mentionné Coquet, le « moteur à puces », qui travaillait au même rythme que son maître. Il anticipait même ses mouvements en surveillant le feu de la forge. « Une roue à chien, j'en avais déjà entendu parler, bien sûr, mais je n'en ai jamais observé à l'œuvre. Vous m'emmènerez ? »

Elle avait promis. Et, à présent, elle avait un peu peur. Elle se sentait irrésistiblement attirée par Florent Delizée. Elle avait essayé, pourtant, après leur première rencontre, de ne plus penser à lui. Mais c'était à croire que tout le monde s'était ligué contre elle ! On parlait beaucoup, en effet, en ville, de ce médecin hygiéniste. Le mot fascinait. Le docteur Delizée avait été convié dans les salons de la préfecture puis chez le banquier Villière, avant que Mathilde ne l'invite à l'une des matinées musicales de La Lombarde.

Il faisait très beau ce jour-là. Une chaleur lourde régnait sur la vallée. Comme souvent dans les Ardennes, l'été était bref mais caniculaire. Les invités étaient venus à Brohant en landau verni ou en chemin de fer. La fête avait été particulièrement réussie. Le programme musical était de qualité, l'orchestre rémois avait interprété des lieder de Schubert et une pièce de Brahms, à laquelle Hermine tenait tout spécialement. Elle aurait été heureuse, son fils à ses côtés, si seulement elle n'avait pas senti le regard du médecin peser sur elle. Et si la préfète ne s'était pas enquise, avec une sollicitude quelque peu suspecte, de son époux, qui se faisait de plus en plus rare dans les Ardennes. « Il prend les eaux à Spa », avait lancé Mathilde Lecœur, d'un ton qui coupait court à toute autre tentative d'investigation.

Hermine s'était alors sentie solidaire de sa belle-mère. Impression qui s'était renforcée quelques minutes plus tard, lorsque les deux femmes avaient pu s'entretenir en aparté : « Vous m'excuserez d'être intervenue dans la conversation, avait glissé Mathilde. Mais je ne supporte pas l'idée que vous soyez l'objet de commentaires déplacés. »

Hermine, le cœur lourd, avait incliné la tête sans répondre. Toutes deux savaient bien qu'il n'était pas question de cure pour Séverin. Hermine ne lui posait jamais de questions. Elle ne voulait pas s'avouer qu'elle commençait à s'accoutumer à cette existence. De toute manière, chaque fois que Séverin revenait, il se montrait peu prolixe. Hermine refusait qu'on la plaigne. Elle avait son fils, sa famille. La Lombarde devenait sa maison. Tout allait bien.

Florent Delizée avait rejoint Hermine alors qu'elle s'était écartée des autres invités et avait gagné son refuge familier, un banc de pierre auprès d'une cascade. Elle était lasse d'entendre parler politique et affaires. Elle aspirait à autre chose, sans savoir exactement quoi. Une autre vie ? Cette idée suscitait en elle un sentiment proche du vertige. Elle enviait presque, parfois, Anna-Maria qui avait pris son destin en main. Et, pourtant, son existence était particulièrement difficile, entre son travail à la fabrique et sa belle-famille qui l'ignorait tout en répandant des insinuations fielleuses sur son compte. Hermine lui avait proposé à plusieurs reprises de lui venir en aide, sans succès. A chaque fois, Anna-Maria redressait la tête d'un air belliqueux avant de répondre : « Non, Hermine. C'est très gentil à vous, mais je m'en sortirai seule. »

— Puis-je ? demanda Florent en désignant le banc.

Hermine lui adressa un sourire contrit.

— Je suis une bien piètre hôtesse, n'est-ce pas ? Je m'arrange régulièrement pour fuir nos invités. Quoique je ne connaisse pas grand monde dans tout cet aréopage.

Elle s'était encore mal exprimée. Elle les avait déjà rencontrés, elle aurait pu citer leur nom, leur profession, mais elle n'avait guère envie d'en savoir plus à leur sujet. Ils ne l'intéressaient pas, et cette certitude l'emplissait d'effroi, comme si toute son existence avait été bâtie sur des faux-semblants.

Florent Delizée s'assit à côté d'elle. Elle l'observa à la dérobée durant quelques instants, s'étonnant une nouvelle fois de la sensation de quiétude qui l'envahissait chaque fois qu'elle se trouvait en sa présence. Comme s'ils avaient été destinés de toute éternité à se rencontrer un jour. Cette idée lui fit monter le rose aux joues. Elle était une femme mariée, même si Séverin et elle menaient des vies séparées.

— Cet endroit est particulièrement paisible, remarqua Florent d'une voix tendue.

Il désigna de la main le ruban gris de la Meuse, en contrebas, l'ombre du rocher qui abritait le refuge d'Hermine et le bassin dont la surface était en partie recouverte de nénuphars aux couleurs pastel.

— Je vous vois mal, cependant, passer toute votre vie ici, en retrait, reprit-il. De quoi donc avez-vous peur ?

Elle redressa la tête, soutint son regard bleu qui l'interrogeait, la poussant à rechercher au fond d'elle-même une vérité qu'elle refusait de voir.

— De vous ! lâcha-t-elle.

Et, aussitôt après, elle raconta. Son mariage, certainement décidé trop vite, parce qu'elle avait été lâche ou faible, cela revenait au même, et elle ne rejetait la faute sur personne, non, même pas sur Elodie. Elle ne mentionna pas ses blessures de jeune épouse, mais son regard empreint de tristesse disait assez à quel point la vie avec Séverin l'avait déçue. Elle détourna la tête. Les yeux de Florent lui faisaient peur, ils lisaient trop aisément en elle.

— Il faut me laisser, à présent, reprit-elle d'une voix affermie.

Florent sourit.

— Je suis venu ici uniquement pour vous. Et vous n'avez rien à craindre de moi, ajouta-t-il après avoir marqué une hésitation. Je ne voudrais jamais vous blesser, de quelque manière que ce soit.

Le mot fatidique n'avait pas été prononcé, il n'en était pas besoin. Tous deux savaient qu'ils s'aimaient.

La première, Hermine osa lier ses doigts à ceux de Florent.

— Soyez mon ami, pria-t-elle. Je me sens tellement seule, parfois.

Il se pencha, lui baisa le bout des doigts.

— Je serai tout ce que vous voudrez, Hermine. Votre ami, seulement votre ami.

A la différence de la jeune femme, il n'avait pas peur de ce qu'il éprouvait, car il savait qu'elle était l'unique femme qu'il aimerait. Il s'inquiétait, cependant, des conséquences pour elle. Hermine n'était pas libre, et son fils représentait pour Mathilde Lecœur l'héritier que Séverin n'avait pas su être. Autant d'obstacles quasiment infranchissables.

— Venez, suggéra Hermine. Julien doit me chercher.

Ils revinrent à pas lents vers la maison. La Lombarde faisait partie intégrante du paysage. On apercevait ses clochetons du seuil de la fabrique, de la même manière que Mathilde, depuis la fenêtre en avancée de son bureau surnommé la « vigie », dominait les ateliers. Tout, ici, était lié, Hermine en prenait de plus en plus conscience. De façon presque douloureuse. Car elle appartenait, elle aussi, à la vallée. Depuis le renvoi de Raymond Pélisson, on l'avait adoptée.

Florent s'immobilisa avant qu'ils ne rejoignent les invités réunis devant l'orchestre.

— Si je vous demandais de tout quitter et de me suivre, là, sur-le-champ, sans réfléchir ? lâcha-t-il.

Hermine lui jeta un regard traqué.

— Imaginez-vous le scandale ? Mon fils...

Elle sut qu'elle l'avait profondément blessé en voyant son visage se fermer. Elle regrettait déjà sa réponse. Mais comment aurait-elle pu lui faire comprendre qu'elle n'était pas libre ?

Il la salua, brièvement, et elle eut envie de hurler. Elle refusait qu'il parte, si vite, de façon aussi brutale. Elle aurait désiré lui expliquer. Quoi donc ? se dit-elle avec une ironie amère. Qu'elle était devenue aussi timorée que sa mère ? Ou bien que l'amour lui faisait peur, désormais ?

22

Lillie Wasberge salua son employé, Edgard, qui se chargeait de fermer la librairie avant de se glisser dans la rue. Un brouillard épais noyait les contours des maisons. La citadelle avait presque totalement disparu et la collégiale de style gothique mosan ressemblait à un grand vaisseau sombre. Lillie frissonna, remonta le col de son manteau. Sa jupe étroite ne lui permettait pas de se hâter le long de la rue aux pavés glissants. Elle avait froid, et le sentiment de solitude qu'elle éprouvait depuis plusieurs jours s'exacerba. Pour la première fois de sa vie, Lillie se sentait abandonnée. Elle haussa les épaules. Son amant était parti pour la Russie, la belle affaire ! Il reviendrait début janvier. Ne le lui avait-il pas promis ? Elle s'était bien gardée de lui laisser voir son désarroi lorsqu'il lui avait annoncé son départ. Il l'aimait libre, un brin mystérieuse. Pas question pour elle de se transformer en petite-bourgeoise gémissante. C'était parfait, avait-elle dit, elle-même était invitée chez des amis, à Liège. Elle passerait Noël en joyeuse compagnie, qu'il ne s'inquiète surtout pas pour elle. Elle avait noté son regard assombri et en avait éprouvé une secrète jouissance. Elle tenait à rester maîtresse du jeu. Il faudrait qu'elle retourne en France, songea-t-elle en poussant la porte de sa maison, située rue Sous-les-Roches, tout près de la collégiale. Sa cousine de Mézières, questionnée avec tact, lui avait fourni tous les renseignements désirés. Séverin Lecœur, fils unique de Mathilde Lecœur, était marié et avait un fils âgé d'environ deux ans.

Il ne le lui avait jamais dit. Il fallait, pour qu'elle comprenne, qu'elle se rende dans la vallée. Et, pour ce faire, elle devait mettre à profit l'absence de Séverin.

Elle aurait aimé l'accompagner à Saint-Pétersbourg, mais il ne le lui avait pas proposé. De qui se défiait-il ? De son épouse ou de sa mère ? Lillie ôta son manteau, alla tisonner le poêle de faïence et s'emmitoufla dans la robe de chambre de Séverin, qui lui restituait son parfum. « Il ne me manque plus qu'un chat », se dit-elle quelques minutes plus tard alors que, pelotonnée sur le sofa, elle trompait son ennui en grignotant des pralines.

L'aimait-elle, cet homme égoïste qui s'était installé chez elle sans même lui dire qu'il était marié et père de famille ? Elle s'était bien juré, pourtant, à la mort de Philippe, de ne plus aimer. C'était trop douloureux. Et, de surcroît, elle avait été celle qui aimait le plus. « Plus jamais », s'était-elle promis. Les yeux mi-clos, elle se laissa envahir par la douce chaleur régnant dans la pièce. Elle savait exactement ce qu'elle désirait. Garder Séverin auprès d'elle.

« J'aurais dû me changer », pensa Hermine, en remarquant le regard chargé de dédain que la visiteuse posait sur sa jupe poussiéreuse et tachée de boue. Elle revenait d'une promenade en forêt en compagnie de son fils et de son filleul. Julien et Jean-Baptiste avaient ramassé une profusion de branches de houx pour décorer le hall de La Lombarde.

L'inconnue, une grande belle femme à la silhouette d'amazone, s'avança vers Hermine. Elle portait une pelisse fourrée et une toque en petit-gris. Ses yeux bleu foncé formaient un contraste des plus séduisants avec son teint très clair.

— Madame Lecœur ? s'enquit-elle avec un soupçon d'arrogance.

Hermine, perplexe, fronça les sourcils. Le ton abrupt de la visiteuse la désarçonnait, elle pressentait que l'inconnue n'était pas animée d'intentions amicales.

— Lillie Wasberge, reprit cette dernière. Je voulais faire votre connaissance, madame Lecœur. Séverin ne m'a jamais parlé de vous.

Hermine, furieuse contre elle-même, se sentit rougir. « Quel fieffé culot ! » se dit-elle. En même temps, elle ne pouvait s'empêcher d'admirer le courage de cette femme. Elle était impudique, certes, mais forte, très forte.

Les deux jeunes femmes s'observèrent durant plusieurs secondes, interminables, sans prononcer un mot. L'irruption dans le hall de Julien, suivi de Mathilde, brisa net la tension. La mère de Séverin fit peser son regard sombre, si semblable à celui de son fils, sur l'inconnue. Hermine prit sur elle pour se retourner vers sa belle-mère.

— Madame Wasberge est venue... d'où venez-vous, à propos ?

— De Dinant, répondit Lillie sans se laisser démonter par le regard inquisiteur de Mathilde Lecœur.

Celle-ci pâlit atrocement et attira son petit-fils contre elle.

— Je ne pense pas que votre présence ici soit convenable, lança-t-elle, glaciale. Ma belle-fille et moi ne désirons en aucun cas vous connaître et nous aurions préféré ignorer votre existence.

— Mariette, appela alors Hermine. Voulez-vous emmener mon fils dans sa chambre ?

Elle avait dit « mon fils » avec une nuance possessive qui n'échappa pas à Mathilde. Quels que soient les griefs qu'elle avait entretenus à l'encontre d'Hermine avant le mariage, la Veuve avait appris à apprécier sa bru. Elle lui avait donné Julien, qui ressemblait tant à Thomas. Un frisson courut le long du dos de Mathilde. Et si, à cause de la visite indécente de cette femme, Hermine décidait de partir, de quitter La Lombarde en emmenant Julien ? Mathilde ne pourrait tout bonnement pas le supporter.

Un sourire étira les lèvres de Lillie Wasberge. Elle avait lu la peur dans les yeux de Mathilde et savourait son pouvoir. L'épouse de Séverin, elle, paraissait plus choquée que désespérée. A croire qu'elle avait déjà compris beaucoup de choses.

Lillie laissa errer son regard sur le hall, majestueux avec ses moulures, son marbre et ses pilastres. Dire qu'elle se satisfaisait de son univers douillet, dans sa petite maison de la rue Sous-les-Roches, se dit-elle avec une pointe d'amertume. Elle savait, bien sûr, que son amant vivait dans l'aisance, mais à ce point ! Son sourire s'accentua. Elle n'aurait de cesse, désormais, qu'elle n'ait accru ses exigences.

— Je m'en vais, dit-elle, tout en continuant de sourire.

Elle s'éloigna après avoir gratifié Mathilde et Hermine d'un simple signe de tête.

— Hector, héla Mathilde. Reconduisez cette personne jusqu'à la grille, je vous prie. Désormais, nous n'y serons plus s'il lui prenait le front de revenir se présenter ici.

— Elle ne reviendra pas, déclara lentement Hermine.

Elle aurait été bien incapable d'expliquer sur quoi reposait cette certitude. Elle *savait*, voilà tout, que madame Wasberge était venue pour bouleverser l'équilibre que Séverin tentait de maintenir entre ses deux existences cloisonnées avec soin.

Il avait voulu sauvegarder les apparences et, en quelques mots, par sa seule présence, Lillie Wasberge avait tout détruit. L'aimait-elle ? Hermine frissonna. Cette femme était d'une beauté inquiétante.

Mathilde se tourna vers sa bru. Elle était toujours aussi pâle.

— Je suis désolée, articula-t-elle avec peine.

Elle était sincère, Hermine le savait. Elle secoua la tête.

— Vous n'y êtes pour rien.

Elle avait mal. Pas autant, cependant, qu'elle l'aurait pensé quelques années auparavant. Son amour pour Séverin était bel et bien mort, songea-t-elle avec une lucidité cruelle. Elle écouta, presque distraitement, Mathilde lui répéter combien elle était navrée.

— Quelle impudence, murmura cette dernière.

Elle était profondément ébranlée et avait le sentiment que son univers familier s'écroulait.

— Thomas n'aurait jamais agi ainsi, reprit-elle.

C'était le moment rêvé pour en apprendre un peu plus sur le frère aîné de Séverin, dont on parlait trop peu chez les Lecœur. Une ou deux questions amenèrent la Veuve à se confier plus avant. Séverin était le cadet de Thomas de quatre ans. Les deux frères se ressemblaient peu, au physique comme au moral. Même avec le recul des années, Mathilde ne pouvait dissimuler sa préférence pour Thomas. C'était Séverin qui avait été le premier victime de la fièvre typhoïde, au cours de l'été 1868. Il avait survécu, tandis que Thomas, tombé malade trois jours plus tard, était mort durant la nuit. C'était tragiquement simple et, au fond d'elle-même, Mathilde n'avait jamais pardonné à Séverin d'avoir été l'artisan involontaire de la mort de son frère.

— Je ne savais pas, murmura Hermine, bouleversée.

Elle comprenait mieux, à présent, pour quelle raison Séverin parlait de sa mère avec une sourde rancœur. Cela ne justifiait pas pour autant son attitude. Julien avait besoin de son père pour l'aider à grandir. Mathilde avait besoin de son fils. Elle souffrait de crises d'arthrite de plus en plus douloureuses, pour lesquelles elle refusait obstinément de consulter le docteur Carrière.

— Venez dans le jardin d'hiver, proposa Hermine. Juliette a préparé son fameux gâteau d'hiver aux épices. Vous savez, à la cannelle et aux noisettes. Je vais lui demander de nous en apporter avec une tasse de café pour vous, une tasse de thé pour moi.

Quelques minutes plus tard, alors qu'elle venait de faire honneur à la collation improvisée, Mathilde sourit à sa belle-fille.

— Je ne pensais pas que nous nous rapprocherions un jour, vous et moi, lui dit-elle.

Elle ajouta, désirant briser l'aspect un peu solennel de sa confidence :

— J'ai réfléchi depuis plusieurs semaines à votre projet. Le banquier Villière trouve qu'il s'agit d'une excellente initiative. Je dois dire qu'il a toujours été progressiste. Il le fallait, pour me soutenir il y a près de vingt ans ! C'est le moment ou jamais de prouver que nous savons nous préoccuper du sort de nos ouvriers.

Même si cette dernière phrase agaça Hermine, elle eut l'intelligence de n'en rien laisser voir. Elle se sentait à la fois excitée et désenchantée. Elle venait de comprendre que Mathilde lui offrait la crèche destinée à accueillir les jeunes enfants des ouvrières de la fabrique comme une compensation.

« Merci, madame Wasberge », se dit-elle avec une ironie amère. Elle n'avait pas l'intention, cependant, de se faire prier. Il y avait assez longtemps qu'elle caressait ce projet.

— Cela me touche beaucoup, déclara-t-elle avec prudence, en tentant de maîtriser son émotion.

Mathilde Lecœur toussota.

— Je désirais seulement vous demander : avez-vous pensé à donner un nom à cet endroit ?

Elle pressentit ce que sa belle-mère attendait d'elle. Quelle importance ? Elle lui devait bien ce geste.

— Pourquoi pas crèche Thomas-Lecœur ? suggéra-t-elle.

Le visage de la Veuve s'illumina.

— C'est une excellente idée. Excellente, vraiment. Fabrice sera très touché, lui aussi, lorsqu'il l'apprendra.

« Et Séverin... », songea Hermine. Quelle serait sa réaction ? Elle haussa les épaules. Séverin avait choisi, délibérément, de prendre ses distances avec sa famille et avec la fabrique. A lui d'en assumer les conséquences.

23

Hermine, muette, contempla à la dérobée le profil de Florent Delizée. La neige les avait surpris par son intensité à la sortie de la préfecture, où ils avaient tous deux exposé les principes de fonctionnement de la crèche Thomas-Lecœur. De gros flocons tourbillonnaient en tous sens. Le vent du nord soufflait en rafales rageuses. Hermine, glacée, n'avait pas protesté lorsque Florent avait proposé de la reconduire à La Lombarde. Depuis un mois, elle avait pris l'habitude de descendre chaque lundi à Charleville pour commander tout ce qui était nécessaire à la bonne marche de la crèche. Des petits lits et des matelas, du linge en quantité, acheté à *La Ville de Paris*, des tables, de la vaisselle…

Elle avait appris à conduire seule le coupé, tandis qu'Hector gardait le landau, beaucoup plus lourd, réservé à Mathilde. Elle aimait emprunter la route de la forêt. Ses deux chevaux gris, Titus et Pollux, connaissaient le chemin par cœur et se montraient vaillants. Ce soir-là, pourtant, malgré les lanternes accrochées à l'extérieur de la voiture, Hermine n'y voyait goutte. Une véritable tempête de neige s'était abattue sur la route. L'hiver était toujours rude dans la vallée. Hermine avait fini par s'y accoutumer.

— Vous n'avez pas peur ? s'enquit Florent.

« Jamais avec vous », eut-elle envie de répondre. Elle se borna à secouer la tête.

— Il n'y a plus de loups depuis longtemps, d'après Juliette. Je ne voudrais pas que l'on s'inquiète à la maison. D'ordinaire, je rentre toujours pour le bain de Julien.

Un amour profond l'unissait à son fils. Cela au moins, Séverin n'avait pu le gâcher, se disait-elle parfois.

— Je vous retarde. Vous deviez avoir mille et une choses à faire.

« Entre autres rédiger cet article sur les pneumoconioses promis depuis longtemps à l'un de mes collègues », pensa Florent. Et puis rêver d'Hermine. Il sourit, en sachant que l'ombre complice de la capote dissimulait son visage.

— Je suis encore maître de mon temps, Dieu merci. Vous n'imaginiez pas que j'allais vous laisser rentrer seule sous la bourrasque ?

— Je suis habituée à me débrouiller seule.

Cette phrase prenait l'accent d'une confidence. Son époux la délaissait de plus en plus ostensiblement. A peine rentré de Russie, Séverin était reparti, en refusant d'écouter la mercuriale maternelle. Hermine et lui n'avaient pas évoqué le nom de Lillie Wasberge. Elle aurait trouvé cela dégradant. Mais la jeune femme était présente, aussi sûrement que si elle était revenue à La Lombarde. C'était une situation inconfortable et tous deux en avaient conscience.

Comment aurait-elle pu expliquer ce qu'elle ressentait à Florent, sous peine de se trahir ? Elle se demandait parfois combien de temps encore elle réussirait à donner le change, à ne pas laisser voir que chaque heure passée auprès de lui représentait une délicieuse torture.

Les chevaux ralentirent pour aborder la côte, assez raide, d'où l'on bénéficiait, par temps clair, d'un panorama somptueux sur la vallée. La nuit était presque tombée, et la neige conférait un aspect étrange aux formes des arbres. Le coup de feu claqua, de façon brutale. Titus et Pollux, affolés, se cabrèrent et le coupé se renversa sur le bas-côté. Florent, éjecté du siège, ne perdit pas connaissance. Il eut le temps d'apercevoir une silhouette trapue s'éloignant sous les sapins, avant de se retourner vers Hermine. Le visage d'une pâleur cireuse, les yeux mi-clos, elle gisait sur le talus.

Elle était si blanche que Florent eut peur. Une peur atroce, qui le laissa pantelant durant plusieurs secondes, incapable de prendre la moindre décision ni de venir en aide à la jeune femme. Lorsque enfin il se ressaisit, il se pencha, la prit dans ses bras. Son chapeau avait glissé. Ses cheveux dorés touchaient presque le sol.

— Hermine, souffla Florent.

Il jeta un regard affolé autour de lui. Brohant se trouvait à plusieurs kilomètres. Il ne pouvait prendre le risque de transporter Hermine si elle était gravement blessée. Tout s'était déroulé si vite. Il ne put réprimer un frémissement de colère. Il aperçut le toit en remontant le talus. La bâtisse, une maison forestière, se dressait au seuil d'une clairière. Florent ignorait si elle était habitée ou non, mais il était décidé à y emmener Hermine.

Il manqua tomber à plusieurs reprises sur le sentier recouvert de neige. Il poussa la porte du pied. Les gonds gémirent sans pour autant résister. Quatre paires d'yeux convergèrent vers lui.

— Bonsoir, balbutia Florent. J'ai besoin de votre aide.

Plus tard, beaucoup plus tard, Florent devait se dire que tout avait commencé cette nuit-là. Parce qu'il avait eu peur de perdre Hermine, il ne voulait plus attendre dans l'ombre. Tous deux s'aimaient. Ils le savaient sans se l'être jamais vraiment dit.

Lorsqu'il comprit que la jeune femme n'était pas blessée mais seulement choquée, Florent ressentit un soulagement si intense qu'il éclata de rire.

— Que vous est-il arrivé ? questionna le maître de maison.

Suivant la règle, c'était l'ancien qui parlait d'abord. Jules Laurent était sabotier, comme son père et son grand-père avant lui. « Sabotier durant les mois d'hiver », précisa-t-il. Aux beaux jours, son fils, son petit-fils et lui vivaient de la forêt.

— Les sarts, vous ne connaissez pas ?

Florent en avait déjà entendu parler. Il s'agissait d'une pratique typiquement ardennaise, à laquelle tous étaient attachés. L'essartage consistait à défricher la forêt puis à pratiquer la culture du seigle sur brûlis.

Sans façon, Jules Laurent débarrassa la moitié de la table, massive, en chêne.

— Posez là cette jeune dame, proposa-t-il. Que s'est-il donc passé ?

Florent raconta, à mots prudents, afin de tenter d'endiguer les émotions qui le submergeaient. Il ouvrit le col de la pelisse d'Hermine. La femme robuste qui devait être la bru de Jules Laurent lui tendit un verre à demi rempli d'un liquide.

— De la liqueur de genièvre, expliqua-t-elle en réponse au coup d'œil interrogateur de Florent. Vous allez voir...

Quelques gouttes glissées avec précaution entre les lèvres d'Hermine, que Florent avait soulevée de la table, obtinrent l'effet escompté : la jeune femme, prise d'une violente quinte de toux, ouvrit les yeux. Elle posa un regard incertain sur les visages l'entourant avant de reconnaître Florent. Il la rassura d'une pression sur l'épaule.

— Apparemment, vous n'êtes pas blessée. Monsieur Laurent, que voici, vous offre l'hospitalité. Je vais aller chercher une voiture à Brohant.

— Par ce temps ? se récria l'aïeul. Vous vous perdrez dix fois en chemin, mon gars ! Une nouvelle tempête de neige se prépare, croyez-moi. Il sera bien temps demain matin, une fois le jour levé. Mon fils vous conduira, votre dame et vous. Pas vrai, Victor ?

Victor acquiesça d'un hochement de tête. Il parlait peu.

Florent aurait pu détromper son hôte de quelques mots, mais il n'avait pas envie de le faire. Il était heureux, en effet, d'entretenir l'illusion qu'Hermine et lui étaient mariés.

Jules fronça les sourcils tandis qu'Henriette, sa bru, aidait Hermine à s'installer dans le grand siège près de l'âtre.

— Un coup de feu, à ce qu'il paraît ?

Paulin, le petit-fils, se rapprocha de Florent. C'était un garçon au visage mobile, au regard vif. Avec sa tignasse auburn et son nez piqueté de taches de rousseur, il évoquait un écureuil.

— J'ai vu un gars bizarre, dans les bois. Trois ou quatre fois. Il se faufilait entre les troncs des arbres sans quitter la route des yeux. A croire qu'il guettait quelqu'un.

— Par ce froid, il a dû avoir la peau pelée ! ricana Jules. C'est pas tout ça, reprit-il à l'adresse d'Henriette. La soupe, elle refroidit.

Il s'agissait d'une « mitonnade », les restes du bouillon de midi qui avaient mitonné dans la marmite avec du pain, cuit et recuit dans l'eau.

Hermine, encore sous le choc, déclina poliment l'assiette qu'on lui proposait. Florent s'assit sans façon à la table et goûta la mitonnade. Il fit honneur ensuite à la « baïenne », des pommes de terre non épluchées fendues en deux avant d'être cuites à la vapeur dans une cocotte en fonte. Il conversait avec leurs hôtes, mais Hermine le sentait tendu. On allait s'inquiéter, à La Lombarde. « Encore heureux que cette maison ait été habitée », se dit-elle. Elle imaginait déjà les commérages dans le cas contraire. Après tout... quelle importance ? Séverin ne vivait-il pas à sa guise de son côté ?

Elle observa Florent à la dérobée. Il s'était intégré sans problème à la famille Laurent, parlait essartage et fabrication des sabots comme s'il avait vécu dans la forêt toute sa vie. Quel homme était-il donc ? Avec ses cheveux bouclés teintés de gris aux tempes, son profil net, ses vêtements sombres, il évoquait parfois pour elle un homme prêt à tout pour imposer son idée de la justice. Quelle place avait-elle dans sa vie ? se demandait-elle avec une sourde inquiétude. Ses yeux se fermaient. La fatigue l'envahissait, bienfaisante. Les bribes de la conversation lui parvenaient de façon de plus en plus lointaine. Elle s'abandonna au sommeil d'un coup.

L'enquête diligentée par le procureur de Mézières eut tôt fait de retrouver la trace de l'auteur du coup de feu. Plusieurs témoignages concordants décrivirent un homme trapu, qui ressemblait à Raymond Pélisson, le contremaître renvoyé de la Forge au Loup. Il ne fallait pas être grand clerc pour deviner qu'il n'avait pas pardonné à Hermine son éviction. Pour sa part, elle ne regrettait rien. Hormis le fait qu'il s'était évanoui dans la nature.

Son retour à La Lombarde dans la carriole des Laurent avait suscité nombre de questions. Julien pleurait en s'accrochant à elle. Elle le prit dans ses bras. Elle se sentait légère, comme si elle avait enfin réussi à se défaire d'une enveloppe trop lourde pour elle. Mathilde et Fabrice vilipendèrent les anarchistes qui contaminaient les esprits faibles. « Raymond a perdu la tête à coup sûr », estimait la Veuve. L'attentat manqué eut les honneurs du *Petit Ardennais* malgré l'hostilité d'Hermine qui ne souhaitait pas donner trop de publicité à cet incident. Elle préférait qu'on parle de la crèche Thomas-Lecœur.

L'inauguration eut lieu un samedi, en présence du préfet et des notables du département. La table avait été dressée dans la grande salle de la crèche, décorée de fleurs et de plantes vertes. Après avoir fait honneur au consommé de volaille, au saumon en Bellevue, à la poularde demi-deuil et à la gigue de chevreuil, Mathilde prononça un discours bref mais chargé d'émotion lorsqu'elle évoqua la mémoire de son fils Thomas.

Une bouffée de fierté envahit Hermine à l'idée que les ouvrières pourraient enfin partir travailler l'esprit tranquille, en sachant que les religieuses venues de la congrégation de l'Enfant-Jésus, à Reims, s'occuperaient de leurs enfants.

Anna-Maria se trouvait au premier rang, ainsi que Laurence, Eliette, Andrée, Gisèle et tant d'autres. Au fil des semaines, Hermine avait appris à mieux connaître ces femmes du fer qui avaient besoin de leur travail à la fabrique. Elles aimaient ce qu'elles faisaient, même Eliette, spécialiste de la taraudeuse, que beaucoup plaisantaient à cause de son jeu de hanches. Tout l'art, en effet, d'une bonne taraudeuse consistait à assumer le double poste, le filetage puis le taraudage de l'écrou, grâce à ses hanches pour charger la machine avant de la faire changer de sens.

Séverin, prévenu, ne s'était pas déplacé. Hermine refusait de penser à lui. « Il a choisi », se dit-elle.

La famille Pratte au grand complet était venue assister à l'inauguration.

— Félicitations, dit Raphaël à sa cousine en l'attirant un peu à l'écart dès que les officiels eurent achevé leurs discours. Tu as changé, ajouta-t-il après avoir marqué un temps de silence.

Il remarqua, à cet instant, le regard d'Hermine qui cherchait une silhouette dans la foule. Son visage s'éclaira lorsqu'elle eut aperçu Florent Delizée.

« Cela devait arriver », pensa Raphaël. Hermine et Florent se ressemblaient. Profondément idéalistes, ils rêvaient d'un monde meilleur. Raphaël était plus pragmatique. Ce qui ne l'empêchait pas de souffrir de la nouvelle donne. Il devait s'éloigner, prendre du champ, se dit-il avec une lucidité qui lui fit mal. Il savait bien, pourtant, qu'il ne le ferait pas. Son père avait besoin de lui au moulin. Et lui avait besoin de respirer le même air qu'Hermine.

24

« Accordez-moi deux jours », avait prié Florent.

Il avait imaginé qu'Hermine hésiterait longuement, qu'elle n'oserait pas, peut-être, mais, contrairement à ses craintes, elle s'était décidée tout de suite. Elle avait simplement un peu rougi, comme si elle s'était demandé ce qu'il allait penser d'elle. Mais elle n'était pas revenue sur sa décision et elle se trouvait au rendez-vous qu'il lui avait fixé, au bord de la Meuse, à Monthermé.

Florent avait eu cette idée en se promenant le long des chemins de halage ardennais. Il aimait marcher. Il ne connaissait pas de meilleur moyen pour se vider l'esprit, alors qu'il revenait, profondément découragé, d'une visite aux ardoisières ou aux forges. Partout, il se livrait au même constat accablant. Journées de travail trop longues, non-respect des règles élémentaires de sécurité, malnutrition, méfaits de l'alcoolisme. Parfois, il se disait qu'un homme de bonne volonté ne parviendrait jamais à réformer le monde du travail.

« Bienvenue à bord de la *Saskia* », lui avait-il dit en désignant d'un geste ample de la main la péniche amarrée à un bollard. Il appréhendait un peu sa réaction. Avait-elle compris qu'ils seraient seuls à bord ? Il se détendit en recevant l'offrande d'un sourire lumineux.

— Où avez-vous appris à naviguer ? demanda-t-elle seulement en le voyant manœuvrer avec aisance.

— Chez moi, en Charente. Mon père était un petit producteur de cognac. Cet alcool représentait un fret de choix. Tout naturellement, étant jeune, je me suis glissé à bord des gabares qui remontaient la Charente. Pourquoi riez-vous ?

— C'est votre phrase : « Etant jeune... » Ne dirait-on pas, à vous entendre, que vous êtes un vieux grand-père ?

Le visage de Florent se crispa.

— J'ai trente-huit ans. Je me sens un vénérable vieillard comparé à vous.

— Ne dites pas de sottises, l'interrompit-elle gentiment.

Elle n'avait pas envie de l'entendre évoquer leur différence d'âge ni tout ce qui les séparait. Elle désirait seulement se laisser vivre durant ces deux journées, oublier ce qu'elle nommait l'« accident », comme pour mieux occulter le fait que Pélisson ait voulu la tuer. Oublier aussi les phrases très dures de Séverin, venu – ce n'était pas un hasard – « faire un saut à La Lombarde », comme il disait, quelques jours après l'inauguration de la crèche.

Il avait été prévenu de l'affaire Pélisson par un courrier de Mathilde. Sa mère connaissait donc son adresse à Dinant ? avait songé Hermine.

Elle, elle ne voulait rien savoir. Cette Lillie Wasberge, arrogante et belle – Séverin aurait-il pu aimer une femme quelconque ? Non, assurément ! –, symbolisait à merveille la faillite de leur couple.

Séverin avait aussitôt attaqué Hermine. Avait-elle compris la leçon ? Ou bien avait-elle l'intention de continuer à s'adonner à ses œuvres sociales ? Dans sa bouche, la phrase avait quelque chose de sordide. Comme si Hermine s'était livrée à quelque activité répréhensible. Elle avait lutté contre le sentiment de dégoût qui l'envahissait, avait défié son époux du regard. « Je me contente de me préoccuper du sort de la fabrique », s'était-elle bornée à répondre.

Il lui avait alors dédié un regard haineux, qui l'avait glacée. Il était reparti très vite, en marmonnant que, lors de son prochain séjour, il apprendrait à Julien à monter. Hermine avait alors compris que son mari ne s'arrêterait pas là, qu'il avait l'intention d'utiliser Julien comme moyen de pression. Il savait en effet que, pour Mathilde, Julien était destiné à reprendre la Forge au Loup. Et, de ce fait, il devenait son ennemi. Le raisonnement pervers de son mari l'avait horrifiée. Son mari... qu'est-ce qui les unissait encore, hormis leur fils ? Elle avait décidé, à ce moment-là, de ne plus tourner le dos au bonheur.

Hermine ferma un instant les yeux. Les saules pleureurs se reflétaient dans l'eau du fleuve. Il lui semblait que le temps s'étirait comme une longue plage, à l'infini.

Elle ne tressaillit pas lorsque Florent entrecroisa ses doigts avec les siens.

— Assez rêvé, belle paresseuse. Jetons l'ancre et venez faire quelques pas avec moi.

C'était un lumineux après-midi d'avril. Jonquilles et jacinthes d'eau émaillaient les berges. Un couple de cygnes avait élu domicile sous un bosquet. Le mâle couvait sa belle d'un regard jaloux. Hermine retroussa sans façon sa robe légère pour avancer sur la planche et atteindre le chemin de halage.

Des noisetiers et des bouleaux bordaient le sentier, formant une voûte de verdure sous laquelle ils marchèrent, hanche contre hanche, sans éprouver le besoin de parler. Hermine se souvint de la volubilité de Séverin, lorsqu'il la poursuivait de ses assiduités. Elle ne voulait pas y songer, elle se refusait à établir des comparaisons mais, au fond d'elle-même, elle ne pouvait s'empêcher de penser que, dès le premier jour, les relations avaient été faussées entre Séverin et elle.

Et puis ils entendirent une musique, entraînante à souhait, et, d'un commun accord, se dirigèrent vers l'endroit d'où elle provenait. Plusieurs jeunes gens étaient réunis dans une clairière. Un violoneux jouait avec entrain tandis qu'un refrain revenait sur les lèvres des spectateurs.

Saudage, saudage
C'est de notre âge.

Florent et Hermine glanèrent quelques explications. Il s'agissait d'une vieille coutume, le saudage, appelée ailleurs dâyage. La jeunesse donnait une réalité tangible à des accordailles ou des penchants secrets. Contrairement à ce qui se passait dans certains villages, ici le saudage ne provoquait pas de querelles risquant de dégénérer. Le chef de la jeunesse locale veillait au grain... moyennant finances, expliqua-t-on à Florent, en le gratifiant d'un clin d'œil complice. Il suffisait de verser une certaine redevance au chef de la jeunesse.

Florent n'hésita pas, ne prit même pas la peine de consulter Hermine du regard.

— Allons-y, lança-t-il.

Longtemps après, lorsqu'elle serait persuadée d'avoir tout oublié, Hermine se rappellerait toujours l'allégresse éprouvée ce jour-là. Florent et elle avaient longuement dansé, avaient partagé brioches et petits pains aux raisins avant de regagner la péniche à pas lents. Les ombres des arbres jouaient à cache-cache avec la nuit qui tombait. La soirée était douce. Hermine retint Florent alors qu'il s'apprêtait à l'entraîner vers la cabine.

— Restons encore un peu sur le pont. Il fait si bon.

Tout naturellement, il l'avait attirée contre lui. Ses lèvres sur les siennes étaient douces. Elles n'exigeaient rien. Hermine ne s'abandonna qu'avec plus d'ardeur à ses baisers.

Etait-ce cela, l'amour ? se demanda-t-elle au milieu de la nuit. Florent l'avait emportée dans ses bras jusqu'à la cabine. Elle ne se souvenait plus des mots qu'ils avaient alors échangés. Elle se rappelait seulement cette merveilleuse sensation qui avait parcouru tout son corps comme s'il avait éclaté en des milliers de particules. L'amour avec Florent n'avait rien de brutal. Il ressemblait à une évidence. Dans ses bras, elle avait eu le sentiment de vivre, enfin.

Elle se souleva légèrement pour mieux contempler l'homme allongé à côté d'elle. Dans son sommeil, Florent paraissait plus détendu. Il s'était endormi, un bras en travers du buste d'Hermine, comme pour s'assurer qu'elle ne s'enfuirait pas.

Une larme roula sur la joue de la jeune femme. Florent, aussitôt réveillé, s'en émut.

— Vous pleurez ?

Elle n'était pas triste, non, le rassura-t-elle. Plutôt submergée d'émotions. Comme si, après avoir vainement cherché à saisir un bonheur impossible, elle le découvrait à portée de main. N'était-il pas trop tard, cependant ?

— Pas de larmes, surtout, reprit-il en l'attirant contre lui. Je vous veux lumineuse. Et heureuse.

Pour elle, il avait oublié ses relations épisodiques avec des femmes de passage dans sa vie. Il s'était montré un initiateur aimant et patient, attentif à son plaisir. Il n'avait pas été vraiment étonné de découvrir qu'elle ignorait pratiquement tout des choses de l'amour. Comme la plupart des hommes, son mari ne s'était pas soucié d'éveiller son désir. Son mari... Florent ne supportait pas l'idée de la savoir mariée. Il faudrait qu'ils parlent, tous les deux. Pas maintenant. Les heures filaient trop vite. Il la désirait toute à lui.

Pour la vie. Mais il avait peur, horriblement peur, de le lui dire.

Hermine, déchirée, traversa le pont sans jeter un regard en arrière. Elle n'avait qu'un désir : faire demi-tour et courir rejoindre Florent à bord de la *Saskia*. Elle n'oublierait jamais les deux jours et les deux nuits qu'ils venaient de passer sur la péniche. Elle se sentait une autre femme, et c'était bien ça : un sang neuf circulait dans ses veines. Elle aimait et elle était aimée.

Arrivée au sommet de la côte menant à La Lombarde, elle s'accorda enfin le droit de regarder derrière elle. Elle ne parvenait plus à distinguer la *Saskia*, loin, si loin déjà, en contrebas, mais elle savait que Florent gardait les yeux fixés sur elle.

Florent. Depuis qu'elle avait découvert l'amour entre ses bras, il lui semblait que tout avait changé en elle, jusqu'à sa perception de la vie. La forêt, les rochers des quatre fils Aymon prenaient d'autres couleurs. Elle percevait tout de façon exacerbée, que ce soit l'air, plus piquant, le ciel, d'un bleu d'aquarelle, le parfum de l'herbe fraîchement coupée.

En franchissant les grilles de La Lombarde elle éprouva le sentiment d'abandonner Florent. N'était-ce pas stupide ? Pourtant, ils n'étaient convenus d'aucun rendez-vous. « Je ne te demanderai rien pour l'instant, lui avait dit Florent au moment où elle prenait congé de lui. Sache seulement que je t'aime et que je t'attends ».

« Moi aussi », pensa-t-elle avec ferveur.

Juliette, qui secouait sa salade sur le seuil de

l'office, remarqua tout de suite le sourire rêveur qui éclairait le visage d'Hermine. Allons, ses prières avaient porté leurs fruits. Hermine était heureuse. Cela seul comptait pour la cuisinière.

25

« Et Jean-Baptiste ? Qu'en pensera-t-il ? » Anna-Maria se répétait cette question tout en actionnant le levier du mouton à ébarber. Contrairement à Philo, qui la mettait en garde depuis déjà plusieurs semaines, elle n'avait rien vu venir. Elle avait trouvé normale l'invitation d'Antoine Ferrand à venir visiter « leur » jardin. Après tout n'était-ce pas elle qui avait bêché, semé, planté au printemps précédent ? Jean-Baptiste et elle s'étaient donc rendus le dimanche suivant à La Lombarde. Il pleuvait, la visite du jardin avait tourné court. Antoine, appuyé sur sa canne, les avait entraînés vers le pavillon du jardinier où Anna-Maria et son fils avaient vécu un hiver et un printemps. Elle avait éprouvé un coup au cœur en pénétrant dans la salle. Le poêle avait déjà sali les murs qu'elle avait blanchis à la chaux. Elle avait effleuré de la main, presque furtivement, la table au bois patiné par les années. A cette table, elle avait passé de longues soirées à coudre des vêtements pour Jean-Baptiste, à dessiner des esquisses pour le jardin.

Elle avait goûté un certain bonheur dans le pavillon, avant d'apprendre la mort d'Angelo.

— Juliette nous a préparé son gâteau mollet, avait dit Antoine. Vous voulez bien nous faire du café, Anna ?

Il l'appelait Anna, comme sa mère le faisait. Elle s'était sentie bizarrement émue de se retrouver en train d'utiliser le tiroir du moulin à café comme unité de mesure dans cette cuisine.

Antoine avait accroché le calendrier des postes au-dessus de la cuisinière. L'image représentait un bouquet de roses. Elle avança la main, comme pour effleurer les pétales du bout des doigts. C'était peut-être les fleurs qui lui manquaient le plus, à l'usine et dans la sinistre rue Vert-Bois.

Lorsqu'elle revint dans la salle, portant la cafetière de terre bien chaude, Antoine avait sorti de vieux soldats de plomb qu'il alignait devant un Jean-Baptiste ébahi.

Elle lui avait chuchoté « merci », pour le regard joyeux de son fils. C'était ce jour-là que tout avait commencé. Elle ne s'était pas méfiée, de prime abord. Antoine n'avait-il pas vingt ans de plus qu'elle ? D'ailleurs, même s'il lui était venu à l'idée qu'elle ne lui était pas indifférente, elle aurait haussé les épaules. Elle n'avait aimé qu'un seul homme, Angelo. Même si sa belle-famille l'avait maudite, elle le pleurait toujours. Et elle n'avait pas l'intention de perdre son indépendance si chèrement gagnée !

Elle avait donc continué de se rendre au pavillon d'Antoine sans admettre pour autant qu'il avait des vues sur elle, comme disait Philo avec un sourire complice.

Jusqu'à ce dernier dimanche où il avait posé la main sur la sienne, juste après que Jean-Baptiste fut parti jouer dehors. « Anna..., avait-il dit après s'être raclé la gorge, ça serait bien qu'on se marie, vous et moi. Vous me promettez d'y réfléchir ? »

Elle avait éprouvé alors quelque chose ressemblant fort à un sentiment de panique. Comme si la barrière protectrice qu'elle avait à grand-peine érigée autour d'elle et de son fils venait de se briser. Elle ne pouvait plus vivre à sa guise, en semaine à la fabrique, le dimanche au pavillon du jardinier. Il fallait qu'elle choisisse. Et elle s'en sentait incapable.

— Anna-Maria, tu rêves ? Tu ne tiens plus la cadence.

Insulter Maurice. Lui envoyer au visage tous ses boulons. Et soupirer d'aise parce que cette perspective lui faisait un bien fou. Elle sourit, comme pour elle-même. Depuis la petite enfance, elle s'était toujours réfugiée dans ses rêves.

Les boulons ébarbés tombaient avec un bruit mat dans la caisse de tôle destinée à cet effet. Richard, onze ans et demi, à peine un mètre trente sous la toise, était chargé de tirer les caisses pleines à l'aide d'un crochet et de les entasser dans la partie de l'atelier réservée à l'emballage et à la manutention. Une fois refroidis, les boulons étaient emballés dans des paniers en osier fermés, fabriqués sur place, à Brohant.

Anna-Maria se surprenait parfois à se demander où

allaient ces boulons, à quoi ils servaient. Et puis, elle secouait la tête. Elle croyait entendre la voix d'Angelo lui reprocher doucement : « Pourquoi te torturer ainsi la cervelle, *cara mia* ? Il y a tant de choses que nous ne saurons jamais. »

Angelo était ainsi fait. Facilement résigné. Elle, Anna-Maria, ne comprendrait jamais pour quelle raison il avait changé de façon aussi radicale. Etait-ce seulement dû au déracinement, à la mort de sa mère, à l'influence néfaste du Belge, à l'alcool ? Quelle part de responsabilité avait-elle ? Elle se reprochait souvent de ne pas avoir réussi à lui raconter le harcèlement que Pélisson lui avait fait subir. Cela aurait-il sauvé son mari ?

Une larme roula sur sa joue. Impossible de l'essuyer, avec cette maudite poulie ! Plus personne ne l'appellerait *cara mia*, désormais. Ils s'étaient aimés, pourtant. Si seulement elle avait été certaine qu'il ne se soit pas jeté délibérément dans la Sambre ! Elle avait demandé à Antoine l'autorisation de jeter un coup d'œil sur la carte figurant au dos du calendrier, avait suivi d'un doigt mal assuré la ligne bleue représentant le fleuve coulant à Charleroi. Un simple trait, un nom bref, une eau qu'elle imaginait sombre se refermant sur son mari, le père de son fils.

Antoine n'avait rien dit, ne lui avait pas posé de questions. Il savait, cependant, comme tout le monde à Brohant. Anna-Maria releva la tête. Non, décidément, elle n'épouserait pas Antoine. Elle ne le pouvait pas, dans sa tête et dans son cœur elle restait à jamais Anna-Maria Andresi. La femme d'Angelo.

« Une seconde d'inattention suffit », avait-elle coutume de répéter aux jeunes ouvrières qu'elle initiait au fonctionnement du mouton à ébarber. C'était ce qu'on lui avait toujours dit. La machine était dangereuse, toutes les femmes de la fabrique le savaient. Ce matin-là, pourtant, Anna-Maria leva le nez pour jeter un coup d'œil à l'horloge murale. Un instant, un instant seulement. Elle ne vit pas que la courroie s'était inversée. Elle tira, fort, comme d'habitude. La machine s'abattit sur sa main gauche. Elle hurla. Un hurlement inhumain, qui lui vrilla les oreilles avant qu'elle ne réalise qu'il s'agissait de sa propre voix. Le sang gicla. Ses compagnes, Maurice s'empressaient autour d'elle. Une nausée la submergea juste avant qu'elle ne s'évanouisse.

Hermine contempla d'un air navré le visage défait de son amie.

— Tu es sûre de toi ? Vraiment ? Il est encore temps de revenir sur ta décision.

Un rire sans joie échappa à Anna-Maria.

— Pensez-vous vraiment que j'aie encore le choix, Hermine ? Avec ma main mutilée et mon fils à charge ? C'est même inespéré qu'Antoine veuille toujours bien m'épouser.

— Sans doute qu'il t'aime, murmura Hermine.

Le jardinier lui était sympathique, mais elle se demandait si Anna-Maria était prête à sauter le pas. Telle qu'elle la connaissait, Hermine pressentait que son amie n'oublierait jamais Angelo.

— Allons, reprit Anna-Maria. Est-ce que je suis présentable, au moins ?

Si elle jetait un regard à son reflet, elle revoyait une jeune fille radieuse dans sa robe ivoire offerte par les religieuses de San Remo. Elle portait un bouquet de jasmin ce jour-là et il y avait plein d'amour au fond de ses yeux. Alors qu'aujourd'hui... Elle dissimula sa main mutilée sous un gant de filoselle noire. Noire, comme sa robe de satin simplement ornée d'un bouquet formé de trois roses blanches.

Autour d'elle, cette décision n'avait pas choqué. Il n'était pas rare que les ouvrières soient vêtues de sombre pour se marier. Manque de moyens, deuils trop fréquents, la vie était ainsi faite.

— Allez, je t'emmène, trancha Hermine en voyant son amie qui s'attardait. Hector nous attend devant la porte.

Elle prit la main de Jean-Baptiste qui contemplait sa mère d'un air intrigué. Le jour où elle était revenue de l'hôpital avec sa main blessée, amputée de l'index et du majeur, le petit garçon avait hurlé sans discontinuer durant un long moment. Il avait fallu qu'Ida le serre contre elle et le berce longuement pour qu'il parvienne enfin à se calmer. A présent, il se raidissait, comme trop souvent.

Un certain nombre de personnes avaient pris place dans l'église de Brohant. Des ouvrières de la fabrique pour la plupart, mais aussi le personnel de La Lombarde.

Valentin, qui s'était proposé, offrit son bras à Anna-Maria pour pénétrer dans l'église. Un murmure courut le long des rangs tandis qu'ils remontaient l'allée centrale. Le noir seyait à Anna-Maria. Il mettait en valeur la pâleur de son visage, la délicatesse de ses traits. Avec ses yeux cernés et sa coiffure en bandeaux, elle évoquait une madone de la Renaissance. Hermine, qui s'était installée avec Juliette, Ida et Philo sur les bancs réservés à la famille, se surprit à murmurer une prière pour que son amie soit heureuse. Antoine, debout devant l'autel, portait beau dans ses habits du dimanche. Il aimait Anna-Maria, c'était l'évidence. Il avait été comme fou lorsqu'il avait appris l'accident survenu à la fabrique. Ce jour-là, Hermine avait pensé que le destin avait décidé pour Anna-Maria.

La messe de mariage se déroula dans le calme, contrairement aux craintes d'Anna-Maria. Elle redoutait en effet un esclandre de la part de Giovanni Andresi. Conformément à la tradition, le prêtre remit trois pièces aux mariés et garda les dix autres. Ces pièces avaient été confiées à l'enfant de chœur par Antoine dès qu'il était entré dans l'église et placées sur une assiette en étain. Elles avaient une valeur toute symbolique : le mari posait les trois pièces restituées par le prêtre dans la main droite de sa femme. Cela voulait dire qu'il lui devait, sa vie durant, nourriture et entretien.

Anna-Maria éprouva une impression étrange à la sortie de l'église. Les cloches sonnaient à toute volée, la joie s'affichait sur les visages et, pourtant, elle ne parvenait pas à se mettre à l'unisson. Elle n'était plus la jeune épousée innocente qui avait lié son destin, sept ans auparavant, à celui d'Angelo Andresi. Elle savait que l'amour pouvait se muer en haine. Et elle avait peur, soudain.

Ses amies l'embrassèrent avec chaleur sous le porche de l'église. Le cortège se dirigea ensuite vers l'auberge sous la conduite de deux musiciens. En temps normal, le repas de noces se déroulait le plus souvent dans une grange, où l'on disposait de la place suffisante pour accueillir tous les invités. Ce jour-là, le cortège était réduit. Outre Jean-Baptiste, Hermine, Ida, Philo et Valentin, Juliette, Victorine, Virginie et Pâquerette, de l'atelier Iéna, composaient l'escorte d'Anna-Maria. Antoine, pour sa part, était accompagné de son père, un vieil homme mince et droit, de son frère Georges et de sa sœur Andréa. Celle-ci, veuve, était venue avec son fils et sa fille âgés de douze et dix ans. Hector s'était déplacé, par amitié pour Antoine, et pour veiller sur « madame Hermine ». Elle avait dû user de toute sa diplomatie pour convaincre Mathilde que sa présence à la noce ne serait pas déplacée.

L'auberge, située près du pont de chemin de fer, avait été décorée par Juliette de guirlandes de lierre. Antoine avait fixé lui-même le menu.

— Pour une fois, tu vas te faire servir, ma femme, dit-il à Anna-Maria avec un sourire satisfait qui l'émut.

En guise de hors-d'œuvre, les serveuses apportèrent une soupière fumante accompagnant un plat de pot-au-feu. Hermine, qui s'occupait de son filleul, ne toucha pas à son assiette. Elle n'avait pas faim, elle redoutait elle ne savait quoi. L'air était lourd, les invités avaient déjà pris des couleurs.

On servit ensuite des canards aux navets, tandis que les ouvrières entonnaient des chansons humoristiques. Anna-Maria sourit à Antoine. Elle commença à se détendre au milieu du repas, alors que l'après-midi était déjà bien avancé. Elle grignota une tranche de veau froid, quelques feuilles de salade, tout en surveillant Antoine du coin de l'œil. Contrairement à son père et à son frère, il ne buvait pas de bière. Cette constatation la rassura un peu. Elle avait si peur de l'alcool.

Juliette goûta sa part de galette aux prunes et échangea un regard complice avec Hermine.

— Ma chère Juliette, la vôtre est bien meilleure, lui chuchota Hermine.

— J'en ai peur, approuva Juliette, rose de plaisir, avec un large sourire.

Finalement, tout s'arrangeait au mieux pour Anna-Maria, songeait la cuisinière. Il y avait bien cet accident à la main mais... Avec son solide bon sens, Juliette savait qu'il n'était pas de bonheur sur terre sans compensation. Chaque chose avait son prix. Et, ma foi, si ses doigts perdus avaient pu convaincre Anna-Maria d'épouser Antoine, ce n'était point trop cher payé.

Conformément à la tradition, le gâteau mollet fut servi accompagné de café largement additionné d'eau-de-vie. Cette fois, Antoine y fit honneur, en même temps qu'Anna-Maria. Juliette, ensuite, se leva discrètement.

— Je me charge du brûlot, expliqua-t-elle à Hermine.

Chacun des convives, avec une mine joyeuse, remplit sa soucoupe d'eau-de-vie. Juliette et Philo firent circuler le sucrier. Trois morceaux de sucre dans chaque soucoupe, une allumette... La salle, plongée auparavant dans l'obscurité, se retrouvait éclairée par les flammes montant des soucoupes. Jean-Baptiste battit des mains. L'atmosphère avait changé de façon tangible. Les esprits s'étaient échauffés.

La porte de l'auberge s'ouvrit alors avec fracas. Anna-Maria ne put retenir un petit cri en reconnaissant le visiteur. Giovanni Andresi s'avança vers la table recouverte de draps blancs présidée par les mariés.

— Tu ne croyais quand même pas t'en sortir comme ça ? lança-t-il à Anna-Maria dans son mauvais français. Traînée ! Je te maudis, toi, ton bâtard et ton mari.

Il envoya un jet de salive brune sur le sol. Anna-Maria, mortellement pâle, crispa les mains sur la table. Hermine retint Antoine qui se soulevait de sa chaise.

— Laissez, Antoine, je vous en prie. Ce... personnage serait trop heureux de gâcher votre mariage. Hector, vous voulez bien ?

Elle n'eut pas besoin de préciser sa pensée. D'un même mouvement, Hector, Valentin et Georges se levèrent et se dirigèrent vers Andresi. Il battit promptement en retraite sous les huées. Hermine se rapprocha de son amie.

— Ne te tourmente pas, Anna-Maria. Cet homme est fou.

La jeune femme tourna vers elle un regard agrandi par l'effroi.

— Il nous a maudits. C'est la deuxième fois. J'ai peur, Hermine.

— Il ne faut pas. Souris à Antoine. Tenez, Antoine, si vous lanciez la farandole ? Ça se fait, je crois, au moment du brûlot ?

Le jardinier retint la main d'Hermine entre les siennes.

— Merci. Sans vous…

— Chut ! Rendez-la heureuse, surtout.

Elle les suivit des yeux tandis qu'ils s'élançaient dans la salle à la lueur des flammes.

Elle choisit ce moment pour s'éclipser discrètement après avoir salué les invités de la noce. Elle n'avait pas l'intention en effet d'assister au charivari organisé par la jeunesse du pays pour saluer le mariage d'une veuve ni de participer à la « chasse aux mariés ». Avec un peu de chance, d'ailleurs, personne ne les débusquerait là où ils avaient l'intention de passer la nuit : dans le pavillon d'Antoine, à l'abri des grilles de La Lombarde.

Hector la ramena au château dans le tilbury. La soirée était douce. Florent lui manquait. Occupée aux préparatifs du mariage, elle ne l'avait pas revu depuis un mois. Tous deux avaient l'impression de tourner en rond. Il désirait l'épouser, vivre avec elle au grand jour et, de son côté, elle ne pouvait se résoudre à demander le divorce. Ne perdrait-elle pas à coup sûr Julien ?

Elle regagna sa chambre le cœur lourd, ferma la fenêtre sur les parfums de la nuit. La Lombarde lui apparaissait tout à coup comme une prison.

26

Florent posa sur Hermine des yeux assombris. Pourquoi refusait-elle de regarder la réalité en face ?

— Nous ne pouvons pas continuer ainsi, lui dit-il. Je ne supporte pas que tu aies honte de nous.

Sa phrase la piqua au vif. Elle lui jeta un regard blessé.

— Honte ? Ce n'est pas du tout ça.

Elle était mal à l'aise. Elle détestait l'idée d'être surprise en flagrant délit d'adultère, le mot même lui faisait horreur. Tout comme la situation fausse dont ils étaient l'un et l'autre prisonniers. Pour retrouver Florent dans son logement, situé quai de la Madeleine, elle devait prétexter des courses à Charleville. Dieu merci, elle était libre de ses mouvements depuis qu'elle conduisait elle-même la voiture. Il n'empêchait, elle se sentait coupable. Vis-à-vis de Julien, vis-à-vis de Florent, qu'elle rencontrait en cachette. Vis-à-vis d'elle-même, aussi. Cette vie en marge lui mettait de l'amertume au cœur.

Elle laissa errer son regard sur le mobilier réduit au

strict minimum. Lorsqu'il avait emménagé dans cet appartement ouvrant sur le vieux moulin, Florent avait demandé à son propriétaire de lui procurer des meubles sobres et confortables, sans prendre la peine de les choisir lui-même. Tout le monde, dans la région, savait que le docteur Delizée n'hésitait pas à parcourir un long chemin pour aller soigner celui ou celle qui l'appelait à son chevet. Comment, dans ces conditions, aurait-il trouvé du temps pour aménager son intérieur ? Madame Alphonsine, une quinquagénaire bavarde, se chargeait de tenir son logement propre et lui cuisinait à l'occasion l'une de ses spécialités, le pintadeau au genièvre ou la potée roussie, suivie d'un pâté aux pommes à la mode de Nouzon, le golzau.

Cette vie convenait-elle à Florent ? Hermine n'osait pas lui poser la question.

Sa sensation de malaise s'accentuait. Elle avait l'impression d'étouffer dans le lit-bateau surmonté d'un dais en chêne.

Elle s'assit, soutint le regard attentif de son amant.

— Notre amour est sans issue. C'est bien cela que tu cherches à me dire ?

Il la contempla sans répondre. Les cheveux défaits, les lèvres portant la marque de ses baisers, elle était belle et désirable. Il n'avait qu'un geste à risquer – caresser son épaule nue par exemple – et elle basculerait dans ses bras. Ils feraient longuement l'amour, avec fièvre, avec passion, jusqu'à ce qu'ils s'endorment, épuisés, dans les bras l'un de l'autre. C'était si tentant. Et facile. Trop facile.

Il tendit la main vers la jeune femme, suspendit son mouvement.

— Vois-tu, Hermine, je t'aime tant que je veux le meilleur de la vie pour toi et moi. Je désire tout partager avec toi. Je n'ai pas envie de t'aimer comme un voleur pour te laisser ensuite repartir vers ton château. Je veux dormir avec toi, une vraie nuit, et toutes les autres nuits de notre vie. Je veux que nous vivions ensemble, dans notre maison. J'ai envie que nous parlions vraiment de tout ce qui nous passe par la tête et non que nous éludions la plupart des questions, de crainte de nous blesser. Je veux...

— C'est bien ce que je dis, tu es malheureux, tout comme moi, coupa Hermine.

Cette discussion lui faisait peur. Elle ne mènerait à rien. Chaque matin, elle se réveillait en songeant : « Que va-t-il nous arriver ? »

Elle plongea son regard clair dans les yeux bleus de Florent.

— Qui te dit que je ne partage pas ta souffrance ? Penses-tu qu'il me soit agréable de me dissimuler sous une voilette pour me glisser chez toi ? Je ne pense pas que cette chère madame Alphonsine soit dupe, d'ailleurs. Je suis une femme mariée, Florent, j'ai un fils. Tel que je crois le connaître, mon époux n'acceptera jamais que nous divorcions. D'ailleurs ce simple mot de divorce me terrifie. Si je m'y résignais, je perdrais à coup sûr Julien.

Florent, le cœur lourd, devait admettre qu'elle avait raison. Bien qu'il fût légalisé depuis le 27 juillet 1884, le divorce restait une démarche entachée d'infamie et la femme divorcée se retrouvait placée au ban de la société. De plus, face à la toute-puissante Mathilde Lecœur, Hermine n'obtiendrait jamais la garde de Julien. C'était bien entendu injuste, puisque tout le monde savait que Séverin s'était installé en Belgique avec une compagne, mais les règles en vigueur ne souffraient pas d'exception. La femme divorcée était fatalement une femme de mauvaise vie, une femme perdue pour le monde.

— Nous irions nous installer ailleurs, plaida cependant Florent. Tu ne connais pas mon pays natal, les Charentes…

— Sans mon fils ?

Accablé, il baissa la tête. Qu'avait-il à lui offrir ? Une vie en marge, solitaire. Au bout de combien de temps lui adresserait-elle des reproches ?

Ils s'étreignirent. Ils avaient cruellement conscience du fait que le temps leur était compté. Bientôt, Hermine jetterait un regard discret sur l'horloge en chêne à boîtier droit garni d'un cadran en terre vernissée. Dès l'instant où elle agirait ainsi, Florent se contracterait, retenant des phrases cruelles qui la blesseraient. Pour qu'elle ne regarde pas du côté de l'horloge, il l'attira contre lui, l'embrassa avec une ferveur désespérée.

Ils s'aimèrent lentement, intensément. « Chacune de nos caresses est un engagement, pensa Hermine. Nous voudrions tant ne pas nous faire de mal, vivre ensemble, au grand jour, pour toujours, et nous sommes condamnés à des rencontres clandestines qui nous font souffrir l'un et l'autre. » Elle gémit, plaisir et désespoir mêlés, tandis que Florent pesait sur elle. Il la contempla et, de nouveau, il eut la certitude qu'il n'aimerait jamais une autre femme.

Au-dehors, la brume montée de la Meuse noyait les contours du vieux moulin. La nuit tombait, ils devaient se séparer. Pour combien de temps ?

Mathilde Lecœur replia le *Petit Ardennais* d'un mouvement agacé. Elle voyait de moins en moins bien. Elle prenait de l'âge, affirmait cet âne de Carrière avec un petit sourire satisfait. Cette constatation semblait beaucoup le divertir. Ce médecin était stupide ! Comme si elle ne savait pas qu'elle vieillissait. Gravir le grand escalier de La Lombarde lui était de plus en plus pénible, elle avait le souffle court. Tout comme la plupart des femmes de la vallée, elle souffrait de rhumatismes déformants. Elle n'avait que soixante ans, mais les années avaient compté double depuis la mort de Thomas. Elle frotta ses mains l'une contre l'autre. Elle avait froid, tout à coup.

— Hermine n'est pas encore rentrée ? s'enquit son frère, en se versant une copieuse rasade de porto.

— Il n'est pas huit heures.

Elle ne voulait pas laisser voir à Fabrice qu'elle s'inquiétait, elle aussi. Depuis l'attentat perpétré par Pélisson, près d'un an auparavant, elle aurait souhaité qu'Hector accompagne Hermine en toutes circonstances. Sa bru avait poussé des hauts cris. Le pauvre Hector ne suffirait pas à la tâche ! De plus, qui conduirait Mathilde à la Forge au Loup, à la gare ou en ville ? Non, elle ne voulait en aucun cas modifier ses habitudes, ce serait sa petite victoire personnelle sur Pélisson. C'était tout à fait le genre d'argument propre à convaincre Mathilde. N'aurait-elle pas agi de même à la place d'Hermine ?

Mathilde aurait pu imposer ses vues à Hermine, mais elle n'en avait pas le goût. D'ailleurs, Regniard lui-même, peu enclin à l'indulgence à son égard, reconnaissait que les actions sociales de « madame Hermine » avaient des conséquences positives pour la fabrique. La crèche représentait une réussite incontestée. « Je me demande bien, ajoutait-il, qui la conseille de façon aussi intelligente. » Mathilde ne relevait pas ce genre d'allusion. Elle ne voulait rien savoir. Décidément, elle vieillissait.

La porte claqua. Un tourbillon – joues roses, cheveux malmenés par le vent malgré le chapeau de velours – fit son entrée dans le hall. Julien, qui devait guetter sa mère, se précipita dans l'escalier. Hermine se baissa, saisit son fils contre elle avant de le prendre dans ses bras et de le couvrir de baisers.

— Hum, mon chéri, je vais te croquer, s'écria-t-elle en riant.

Elle croisa le regard attentif de sa belle-mère, ne baissa pas les yeux.

Quelque chose passa entre les deux femmes. Comme un message : « Je sais, ou je devine, pensait Mathilde. Mais je ne me sens pas le droit de juger ni de condamner. Tant que vous rentrez à La Lombarde, que vous sauvegardez les apparences pour Julien. »

Julien était le soleil, le dernier bonheur de Mathilde.

« Comment pourrais-je partir ? » pensa Hermine. Elle se sentait responsable non seulement vis-à-vis de son fils, mais aussi vis-à-vis de Mathilde et de Fabrice.

— Je vais me changer, murmura-t-elle très vite, en serrant Julien contre elle.

Elle avait envie de pleurer. Il lui semblait que, chaque fois qu'elle rentrait à La Lombarde, elle trahissait Florent.

La nuit, la pluie évoquait une amie. Lorsqu'elle ne dormait pas, Anna-Maria aimait à l'entendre tambouriner sur le toit en zinc de la remise.

« Dors donc, ma femme », lui disait Antoine, en l'entendant se tourner et se retourner dans le lit. Il ajoutait : « Il y a de l'ouvrage, demain. »

Le travail n'avait jamais fait peur à Anna-Maria. Non, ce qu'elle redoutait, c'était cette sensation diffuse qui la réveillait au beau milieu de la nuit et l'incitait à répéter un geste ancestral : faire les cornes. Dans son enfance, en Italie, elle avait observé à maintes reprises sa mère tentant de conjurer le sort, les mains à demi dissimulées dans son dos. Avec huit enfants à la maison, elle s'attendait toujours à la survenue d'une catastrophe. « Ne dis jamais que tu es heureuse, recommandait-elle à son aînée. Les anges seraient jaloux. »

A présent, la même crainte habitait Anna-Maria. Le bonheur était si fragile. Elle redoutait de le voir s'enfuir, happé par la voix rocailleuse de Giovanni

Andresi. Elle n'avait pas peur pour elle. Elle se savait de taille à se défendre. Mais sa famille la rendait vulnérable. A commencer par Sylviane, le bébé qui dormait paisiblement dans son berceau en osier. Malgré les conseils d'Hermine, Anna-Maria tenait à emmailloter sa fille et à lui maintenir la tête par un mouchoir de cou. Antoine lui laissait carte blanche. La naissance de Sylviane l'avait laissé émerveillé, sous le charme de cette enfant qui fixait sur lui de grands yeux bleus.

Anna-Maria sourit. Contrairement à ce qu'elle avait craint, la vie avec Antoine était douce et paisible. Il avait su se montrer tendre et patient avec la jeune femme farouche, l'avait apprivoisée en lui parlant des fleurs et des arbres. Antoine le jardinier connaissait tout de la forêt. Elle l'aidait à entretenir les jardins de La Lombarde. Elle avait l'impression de revivre, après les heures noires. D'une certaine manière, son accident à la fabrique l'avait rassurée. Elle avait payé, elle pouvait respirer. Mais le sort avait voulu que Giovanni revienne semer ses paroles maudites, le soir de son mariage, de surcroît. Et, depuis, Anna-Maria tremblait, malgré l'amour dont Antoine l'entourait.

Sylviane remua dans son berceau. Anna-Maria se pencha, prit sa fille dans ses bras. Le bébé se mit à pleurer. Elle se leva pour ne pas réveiller Antoine et emmena la petite à la cuisine. Elle avait un fauteuil en bois de Sapogne près de la cheminée où elle aimait à s'installer pour donner le sein à la petite. Le poêle en fonte diffusait une douce chaleur. Sylviane se mit à téter goulûment. Attendrie, sa mère la couvait du regard.

— Tu seras heureuse, *cara mia*, lui chuchota-t-elle. Tu ne connaîtras jamais ce que Jean-Baptiste a subi. Le froid et la faim, la boutique du « clôteux » et les Hauts. Surtout pas les Hauts.

Elle se crispa. Elle s'était promis de ne jamais oublier les semaines passées dans la hutte, parmi les rièzes et les fagnes. Après avoir vécu sur les Hauts, elle devait pouvoir tout surmonter. Même les malédictions de Giovanni Andresi. Les épreuves l'avaient rendue plus forte. Ou, du moins, elle voulait s'en persuader.

27

Anna-Maria se haussa du col pour tenter d'apercevoir ne serait-ce que le haut du chapeau de son héros, Clément, revenu dans les Ardennes à l'occasion de l'anniversaire de la Commune.

Ce 18 mars 1894, tout Nouzonville était en effervescence. Jean-Baptiste Clément devait prononcer un discours à l'hôtel de ville. Une foule sans précédent s'était massée devant l'édifice. Six cents personnes s'étaient précipitées dans la salle de la mairie, trois cents autres campaient dans les escaliers tandis que plus de mille cinq cents admirateurs de l'orateur attendaient dehors qu'il prenne la parole. Et, parmi eux, Anna-Maria et Jean-Baptiste. Elle serra la main de son fils.

— Regarde bien, Jean-Baptiste. C'est cet homme-là qui nous rendra notre dignité.

Jean-Baptiste ne voyait rien, et pour cause. Chétif pour ses cinq ans, il était bien incapable de distinguer la silhouette du grand homme. Il n'en souffla mot, cependant, pour ne pas décevoir sa mère. Ce jour-là était important pour elle, elle l'avait expliqué le matin à papa Antoine. Ce dernier avait alors cligné de l'œil en direction de Jean-Baptiste. « Tant que ta mère ne se déguise pas en pétroleuse et ne chante pas d'autres chansons que *Le Temps des cerises*, nous la laisserons rêver, n'est-ce pas, fiston ? »

Il avait fait oui de la tête, pour ne pas contrarier Antoine. Une question de solidarité masculine. Il aimait bien Antoine, même s'il avait compris depuis la naissance de Sylviane qu'elle serait toujours la préférée. Cela devait avoir un rapport avec cet homme noir de poil qui avait lancé des imprécations à la tête de sa mère, à deux reprises.

Jean-Baptiste savait qu'il devait l'éviter et ne pas prêter attention à l'insulte, « sale bâtard », qu'il lui jetait chaque fois qu'il croisait son chemin – c'était rare, heureusement. Comme il voyait bien à quel point cet homme faisait peur à sa mère, il s'était confié à Hermine, qu'il appelait « marraine ». Elle lui avait expliqué à mots prudents que certaines personnes ont tant de peine dans le cœur que leur chagrin s'exprime sous forme d'insultes. Il ne fallait pas s'y attacher. Jean-Baptiste n'avait plus insisté, sans être pour autant convaincu. Qu'avait-il donc fait de mal ?

— Ecoute, lui recommanda Anna-Maria, en pressant sa main.

La foule, après avoir conspué les quatre brigades de gendarmerie arrivées à Nouzonville, réagissait par des cris de colère à l'évocation de la répression sanglante de la Commune par Clément.

— A mort les canailles ! hurlait un ouvrier portant une ceinture rouge.

Il se retourna vers Anna-Maria.

— Ces lâches de Versaillais achevaient les blessés, assassinaient les femmes et les enfants à coups de baïonnette !

— Il y a vingt-trois ans, déclara Anna-Maria d'une voix triste.

Elle ne parvenait pas à dissimuler son désenchantement. A quoi bon, pensait-elle, ressasser sans cesse le passé ? Il y avait tant à faire pour améliorer la condition ouvrière. Elle ne voulait pas se contenter de discours. Il lui fallait des actes.

Derrière elle, la foule reprenait en chœur les paroles du *Temps des cerises* :

> Quand nous chanterons, le temps des cerises
> Et gai rossignol et merle moqueur
> Seront tous en fête !
> Les belles auront la folie en tête
> Et les amoureux du soleil au cœur !
> Quand nous chanterons le temps des cerises
> Sifflera bien mieux le merle moqueur

Sa voix se cassa.

— Tu pleures, maman ? s'alarma Jean-Baptiste en la voyant essuyer sa joue d'une main rageuse.

— Ce n'est rien, mentit-elle, un coup de froid dans l'œil.

De fait, le vent soufflait avec force sur la place de

l'hôtel de ville. Anna-Maria resserra son châle autour de ses épaules.

Qui écoutait le vieil homme, hormis les ouvriers ? Le patronat se préoccupait-il de l'essoufflement et de la toux de l'ardoisier, de la vue fatiguée par le feu de la forge du cloutier, des maladies pulmonaires des ouvriers ou du rachitisme des enfants travaillant dans les boulonneries ?

Anna-Maria baissa la tête sur sa main mutilée en entendant Clément évoquer les « machines à rogner les doigts et les mains ». Georges, le frère d'Antoine, qui travaillait à *L'Emancipation*, lui avait découpé cet article écrit par le vieux socialiste : « Le travail machine a remplacé le travail humain. L'homme ne dirige plus son outil, il est là pour obéir à la machine. Et, en même temps qu'il doit apporter une attention soutenue à la bonne exécution du travail, à la préservation de l'outillage et de la machine, il faut encore qu'il apporte une attention non moins soutenue à la préservation de ses mains, de ses bras, et de toute sa personne. En un mot, ce n'est plus le producteur, l'ouvrier au travail, c'est l'homme menacé de tous côtés, entouré d'ennemis prêts à le broyer, à le pulvériser s'il oublie un instant les dangers qui l'entourent. Le soldat aux avant-postes, en plein champ de bataille, n'est pas plus exposé que ne l'est aujourd'hui l'ouvrier des grandes usines. »

Il devait bien exister une solution, se dit-elle en remorquant Jean-Baptiste vers la gare. Quelles que soient les traces qu'elle avait laissées dans la conscience ouvrière, la Commune appartenait bel et bien au passé. Les ouvriers réclamaient une diminution de la journée de travail et une meilleure protection contre les accidents du travail. Des revendications raisonnables d'après Georges. Antoine ne partageait pas son point de vue parce qu'il n'avait jamais travaillé en usine.

Dans le train, elle serra Jean-Baptiste contre elle.

— Promets-moi, mon fils, lui dit-elle, apprends bien à l'école, pour ne pas aller à la fabrique.

Jean-Baptiste lui sourit avec une assurance tranquille.

— Mais j'ai très envie d'aller à la fabrique, moi. Et, tu verras, je construirai mes propres machines.

Anna-Maria se pencha et, d'un geste machinal, arracha une poignée de reines-des-prés. Antoine se plaignait de sa hanche, l'humidité printanière ne valait rien à ses douleurs. Elle préparait de la tisane de reine-des-prés, aux vertus anti-inflammatoires. Derrière elle, Jean-Baptiste et Julien jouaient aux chevaliers. Jean-Baptiste, en tant qu'aîné, avait procédé à la distribution des rôles. Il serait Renaud, et son ami Richard. Sa mère, avec sa science des herbes et des plantes, personnifierait l'enchanteur Maugis. Quant à Hermine... Jean-Baptiste n'hésita pas.

— Vous êtes la mère des quatre fils Aymon, marraine.

— A vos ordres, messire, répliqua Hermine, esquissant une révérence.

— Ils sont heureux, murmura-t-elle quelques

instants plus tard en les voyant s'élancer dans la prairie.

Anna-Maria hocha la tête.

— Pour combien de temps ?

Elle agaçait parfois Hermine avec sa façon de toujours redouter le pire. Florent lui avait dit un jour : « Chez mes patients, il est connu que la vie apporte le plus souvent de mauvaises surprises. » Il savait de quoi il parlait. Il revenait trop souvent de ses missions d'études en éprouvant de la colère et de la rage impuissante. « Tu ne peux imaginer... lui disait-il. Le bruit, la poussière, les ordres méprisants. Les pathologies respiratoires forcément liées aux conditions de travail, ce que tout le monde, patronat en tête, refuse de reconnaître. Les femmes saignées à blanc par des hémorragies, qui s'accrochent à leur machine pour ne pas s'effondrer. Les enfants trop petits, chétifs, dont la croissance est freinée, pour ne pas dire stoppée, par la malnutrition. »

C'était ce jour-là qu'Hermine avait pensé : « Il doit bien exister un moyen. »

A présent, debout face à l'abbatiale de Laval-Dieu, dont elle admirait toujours la beauté trapue, parfaitement intégrée au paysage de la vallée, Hermine songeait que les théoriciens du patronat et du socialisme se fourvoyaient peut-être en campant sur leurs positions.

— Tu m'as raconté quelque chose d'intéressant, une fois, au sujet des femmes du fer, réfléchit-elle tout haut en se tournant vers Anna-Maria. Elles aiment leur travail, même s'il est particulièrement pénible.

Son regard se détourna de la main blessée de son amie. Celle-ci avait pris le pli de porter des gants de coton, afin de ne pas faire peur à Sylviane. Pour l'instant le bébé dormait, niché au creux des bras de sa mère.

— Où voulez-vous en venir ? questionna Anna-Maria d'une voix durcie.

Elle n'aurait jamais dû se confier à Hermine. Leur amitié ne parvenait pas toujours à combler le fossé qui les séparait. Elles n'avaient pas eu la même vie ni les mêmes souvenirs. Hermine posa une main apaisante sur son bras.

— C'est une réalisation dont le docteur Delizée m'a parlé à une ou deux reprises. Cela va sans doute te sembler utopique. Dans quelques entreprises, ouvriers et direction travaillent *ensemble*. Comprends-tu ? Ce ne sont plus deux blocs hostiles, opposés, mais un seul groupe. Les ouvriers touchent une part des bénéfices. Ceux-ci alimentent des caisses de retraite et de secours mutuels. Pourquoi me regardes-tu en souriant ainsi ?

— Seriez-vous révolutionnaire, vous aussi ? Je souris parce que j'imagine la tête que ferait la Veuve si elle vous entendait.

L'ardoise des toits de l'église était assortie au ciel. La pluie ne tarderait pas. Une de ces pluies de printemps, brutales et brèves, qui exaltaient les odeurs du sous-bois tout proche. Hermine n'avait plus besoin, dorénavant, de demander à Juliette quel temps il ferait. Elle possédait ses propres repères. En janvier dernier, elle avait emmené Julien et Jean-Baptiste au sommet de la colline afin de découvrir quel serait le vent dominant pour l'année. A la nuit tombée, les garçons, ravis, avaient brandi fièrement leurs torches tandis que Juliette, initiatrice de l'expédition, leur racontait qu'elle avait toujours sacrifié à cette tradition au cours de la nuit du 25 janvier, le jour de la conversion de saint Paul. Et la cuisinière de leur citer le dicton : « Celui qui l'emporte, celui qui souffle le dernier, soufflera le plus souvent dans l'année. » Cette année, le vent dominant venait du nord. « Mauvais, avait estimé Juliette en faisant la grimace. Les prix vont monter. »

Hermine songeait à tout cela, en admirant la tour carrée de l'abbatiale. Anna-Maria ne disait rien. Elle serrait très fort l'anse de son panier d'osier, qui contenait sa récolte de reines-des-prés. Lorsqu'elle se retourna enfin vers son amie, ses yeux brillaient.

— Dites, vous ne plaisantiez pas ? Cette histoire d'union entre les patrons et les ouvriers, ça existe vraiment ?

— Demande au docteur Delizée, répondit Hermine. C'est lui qui m'en a parlé.

Anna-Maria esquissa un sourire.

— Le docteur... c'est l'époux qu'il vous aurait fallu.

— Tais-toi !

Hermine, interdite, se reprocha aussitôt la violence avec laquelle elle avait intimé silence à Anna-Maria. Celle-ci, d'ailleurs, ne paraissait pas choquée ni bouleversée.

— Ne le prenez pas mal, poursuivit-elle. Ce que j'en disais, c'est pour vous.

Elle ne pouvait savoir quel écho douloureux ses paroles avaient éveillé dans le cœur d'Hermine.

« Si tu m'aimes... », disait de plus en plus souvent Florent. Il reprochait à Hermine de se complaire dans une situation fausse. Que pouvait-elle lui répondre qu'elle ne lui eût déjà dit ? Elle était prisonnière, et ils le savaient tous les deux.

Hermine frissonna. Le vent s'était levé. Les arbres gémirent.

— Rentrons, murmura-t-elle.

La promenade avait perdu tout son charme.

— Surprise !

Lillie Wasberge tendit à Séverin un ouvrage broché. Sur la couverture, le nom de Séverin Lecœur était souligné d'un liseré rouge.

— *Ode à l'absente*, lut-il d'une voix enrouée.

Il se retourna vers sa maîtresse.

— Lillie ! Quel cadeau merveilleux ! Comment avez-vous fait ?

Elle n'avait pas l'intention de lui confier qu'elle avait réglé de ses propres deniers l'édition à compte d'auteur de la plaquette de poèmes. Elle voulait que Séverin lui soit redevable de cette reconnaissance de son talent. Peu importait qu'elle ait triché pour parvenir à ses fins. C'était la règle du jeu. Que le meilleur gagne... Pour elle, les jeux de l'amour et de la guerre avaient toujours été étonnamment proches.

Elle désirait Séverin pour elle seule. Cependant, elle savait qu'elle ne devait surtout pas le lui laisser voir.

Séverin ne s'attachait qu'aux personnes inaccessibles. Pour cette raison, Lillie refusait de s'installer chez lui et tenait à conserver son indépendance financière. Son amant lui offrait des bijoux et des fourrures, mais elle assumait seule l'entretien de sa maison. Comme un dernier garde-fou élevé pour se protéger de Séverin. Elle avait tout donné à son premier amour et, pourtant, elle l'avait perdu. Depuis, elle ne pouvait s'empêcher d'être défiante.

Elle sourit à Séverin qui ne se lassait pas de découvrir ses œuvres imprimées.

— A présent, je vais me sentir tout à fait intégré au Cénacle, s'écria-t-il.

Il était émouvant et désarmant. Elle aurait désiré ne pas l'aimer, pour être moins vulnérable. Un obscur démon la poussa à demander :

— Dites-moi… qui est l'absente ?

Chacun des poèmes écrits par Séverin était un cri d'amour. Il soutint le regard de Lillie.

— Elle… ma femme.

Lillie crispa les mâchoires. Surtout, ne pas lui montrer qu'il avait le pouvoir de la faire souffrir. D'ailleurs… il aimait peut-être toujours son épouse, mais il avait choisi de vivre auprès d'elle. Il était temps de lui donner un enfant, se dit-elle. Une fille, de préférence.

Puisqu'il avait déjà un garçon, en France.

28

Hermine, qui regardait la pelouse descendant en pente douce vers la Meuse, songea qu'elle aimait par-dessus tout ce paysage serein et paisible. Elle éprouvait le sentiment de se ressourcer au moulin. Malgré les soucis que faisait naître chez elle l'état de santé préoccupant d'Elodie.

Marie et Paul l'avaient appelée la veille pour lui faire part de leur inquiétude. Le téléphone, cette invention magique, leur permettait de communiquer plus aisément à présent que La Lombarde et le moulin Pratte en étaient équipés. Mathilde avait bien protesté, les premiers jours, en proclamant haut et fort qu'elle n'était pas à la disposition d'un boîtier noir, très laid au demeurant. Elle avait vite compris, cependant, que l'invention de monsieur Bell lui évitait nombre d'allers et retours en ville, et était devenue sa première utilisatrice.

Hermine suivit d'un regard pensif la silhouette de sa mère qui cueillait des roses.

— Que se passe-t-il exactement ?

Son oncle se racla la gorge.

— Elle n'est pas violente, non, mais nous avons le sentiment que sa raison s'égare peu à peu.

La jeune femme inclina la tête.

— J'en ai déjà parlé avec le docteur Delizée. Il avait évoqué l'éventualité d'un placement, mais je ne puis envisager cette solution qu'en dernier recours.

Marie consulta sa montre.

— Florent ne devrait pas tarder. Nous nous sommes permis de lui demander de venir pour qu'il nous donne son avis. Cela ne te dérange pas, j'espère, Hermine ?

Confuse, elle pensa qu'elle avait déjà beaucoup exigé de Paul et Marie en les laissant s'occuper d'Elodie. Son oncle et sa tante, toujours discrets, ne lui avaient jamais posé de questions au sujet de sa vie privée. En revanche, Raphaël lui avait un jour lancé : « Combien de temps comptes-tu jouer à la funambule, Hermine ? Florent ne se satisfera jamais des miettes que tu peux lui accorder. »

La brutalité de son cousin avait choqué Hermine. Elle avait pris peur. Florent lui aurait-il fait des confidences, par hasard ? Raphaël, lisant la détresse dans les yeux de la jeune femme, s'était adouci. Non, Florent n'était pas homme à se raconter. Raphaël était assez attentif au moindre changement d'humeur de sa cousine pour pressentir ce qu'elle éprouvait. « Les situations fausses ne te conviennent pas, Hermine », avait-il ajouté. Il avait raison, tous deux le savaient.

Hermine, chassant ce souvenir, sourit à Paul et à Marie.

— Non, cela ne me dérange pas, au contraire. Florent saura nous conseiller utilement.

Il lui venait le désir subit de jeter bas les masques, de poser la main sur la main de son amant et d'annoncer calmement à sa famille : « Voilà. Nous nous aimons. » Ce n'était pas la pensée du scandale qui la retenait, mais la crainte de perdre son fils.

Avec un bel ensemble, tous trois regardèrent du côté d'Elodie.

— Elle se réfugie de plus en plus souvent dans un monde qui lui est propre, déclara doucement Marie. Elle parle d'un certain Matthieu, que personne ne connaît. Les domestiques ont un peu peur d'elle. Heureusement, Emilienne ne se laisse pas impressionner.

Hermine avait remarqué, elle aussi, ces troubles du comportement. Elle ne parvenait plus à nouer de conversation véritable avec sa mère, et celle-ci ne s'intéressait même plus à Julien.

— A propos, enchaîna-t-elle, où est donc passé mon fils ?

— Ne t'inquiète pas. Marion l'a emmené chercher des œufs à la ferme. Ils passeront prendre Raphaël au moulin à couleurs sur le chemin du retour.

Julien adorait les cousins du moulin, ainsi qu'il les nommait. Il fallait même le surveiller de près pour qu'il n'aille pas plonger les doigts dans les godets de terres à couleurs.

— Bonjour.

Florent était passé par le jardin. Il se tint immobile devant le moulin durant plusieurs secondes.

Les regards d'Hermine et de Florent se prirent. Leur amour était palpable. Marie, gênée, toussota. Florent s'avança vers ses hôtes.

— Vous permettez, dit-il après les avoir salués.

D'une main ferme il entraîna Hermine vers la Meuse.

— Nous ne pouvons plus continuer ainsi, lui jeta-t-il. Je veux t'épouser, vivre avec toi. Tu sais que j'aime ton fils. Je crois qu'il m'aime bien, lui aussi. Alors, explique-moi pour quelle raison tu ne te résous pas à sauter le pas.

Elle comprenait ce qu'il éprouvait, le partageait. Et, en même temps, elle avait peur. Peur de la réaction de Séverin, qui pouvait être imprévisible. Peur de celle de Mathilde. Elle se sentait lâche.

Elle tourna un visage défait vers son amant.

— Laisse-moi encore un peu de temps, je t'en prie.

Il secoua la tête.

— Combien de fois m'as-tu déjà adressé cette prière, Hermine ? Je ne peux plus attendre. J'ai terminé mon enquête sociale et j'ai envie, à présent, de me consacrer à nouveau à la médecine sur le terrain. Ouvrir un cabinet dans la campagne. J'ai besoin de respirer un peu, après avoir passé toutes ces années à rédiger des rapports sur les conditions de travail.

— Tu as des possibilités dans les Ardennes. Tu y es déjà connu et...

Le visage de Florent se durcit. Il s'écarta. Lorsqu'il reprit la parole, il le fit d'une voix mate.

— Pour te voir entre deux portes, t'entendre appeler « madame Lecœur » et te savoir inaccessible, là-haut, dans ton château ? Me crois-tu capable de vivre toute ma vie dans ton ombre, Hermine ?

Il s'était mal exprimé, il le comprit tout de suite en notant la pâleur soudaine de la jeune femme. Il ne savait pas à quel point elle avait souffert de la jalousie maladive de Séverin.

— Laissez-moi, ordonna-t-elle d'une voix glaciale.

— Certes non, ce serait trop facile, répliqua-t-il. Je t'aime et...

Un hurlement l'interrompit. Hermine et Florent se retournèrent vers la tonnelle. Elodie, qui avait cessé de cueillir des roses, déversait une bordée d'injures sur le pauvre Julien qui rentrait de la ferme tout barbouillé de boue. Tétanisés, les Pratte ne prononçaient pas un mot. Hermine s'élança, serra son fils contre elle avant de se retourner vers Elodie.

— Cela suffit, maman, lui lança-t-elle sèchement.

Elodie passa la main devant ses yeux. L'espace d'un instant, Hermine eut le sentiment que sa mère ne se rappelait plus qui elle était ni où elle se trouvait. Son regard clair exprima la panique. Une peur nue, incontrôlable. Ce fut très fugitif. Elle se reprit, adressa un sourire désarmant de candeur à sa fille.

— Il fait très beau, aujourd'hui, n'est-ce pas ? Le temps idéal pour canoter sur la Seine.

Médusée, Hermine la regarda s'éloigner vers le moulin. Elle se pencha vers Julien.

— Ce n'est rien, mon chéri. Grand-mère est seulement très...

Elle cherchait ses mots.

— Très fatiguée, conclut Florent à sa place, et elle a eu peur de tacher sa robe. Va donc te débarbouiller avec Mariette, mon garçon.

Ils échangèrent un regard éloquent.

— Je suis désolé, murmura Florent. Je me suis mal exprimé tantôt.

— Laissons cela.

Hermine paraissait épuisée. Elle se retourna vers son oncle et sa tante.

— Qu'allons-nous faire ?

Florent leur expliqua, à mots prudents, qu'Elodie s'enfonçait doucement dans la nuit. Elle risquait d'être de plus en plus souvent sujette à des accès de violence, c'était pour cette raison qu'il fallait envisager son placement dans une institution spécialisée. A ces mots, Hermine perdit pied.

— Je ne peux pas, j'aurais le sentiment de l'abandonner, murmura-t-elle.

Paul fit un pas en avant.

— Il faut songer à ton fils, Hermine. J'aimerais vous parler en particulier, Florent.

Les deux hommes s'éloignèrent vers le fleuve. Marie posa une main apaisante sur le poignet de sa nièce.

— Nous avons fait tout ce que nous pouvions, Hermine. A présent, cela devient vraiment difficile de garder ta mère au moulin. Emilienne est la seule à ne pas avoir peur d'elle.

« Et moi, qu'est-ce que je ressens exactement ? se demanda Hermine. Je me sens coupable, parce que nous n'avons jamais été très proches, ma mère et moi. »

En contrebas, en bordure de Meuse, Florent et Paul évoquaient deux conspirateurs. Ils tournèrent à plusieurs reprises la tête vers elle. N'y tenant plus, la jeune femme descendit les rejoindre.

— J'ai le droit de savoir, moi aussi, affirma-t-elle d'un ton belliqueux.

Paul et Florent échangèrent un coup d'œil. Après avoir soupiré, Paul se résolut à expliquer ce qu'il venait de raconter au médecin. Il avait appris par son frère, Eugène, qu'Elodie avait connu une grave déception sentimentale. Son fiancé, Matthieu Provost, l'avait abandonnée quelques semaines avant leur mariage. La rumeur discrète qui courait sur Elodie était vraie. Sa mère n'était pas veuve, ainsi qu'elle l'avait toujours prétendu. Paul baissa la tête.

— Ce mot de bâtarde, qui l'avait déjà poursuivie durant l'enfance, il a fallu que Matthieu Provost le lui lance au visage. Elodie ne s'en est jamais remise. Elle a toujours été fragile nerveusement. Depuis quelques années, depuis votre retour en France, en fait, il semblerait qu'elle ait basculé dans la nuit.

Hermine se rappelait. Toutes ces années durant lesquelles elle avait deviné qu'Elodie n'allait pas bien. Elle avait conscience que son père aimait sa mère et que celle-ci se laissait aimer. Elle se souvenait de crises de larmes, de scènes. Elle regarda Florent.

— Cette histoire peut-elle être à l'origine des troubles actuels de ma mère ?

Il hocha la tête.

— Il s'agit plutôt en l'espèce de démence. Comment savoir, cependant, si le choc subi par Elodie jeune fille n'est pas à l'origine de ce qu'elle vit maintenant ? Les études en la matière sont balbutiantes et...

— Je ne veux pas placer ma mère dans un asile, coupa Hermine.

Elle avait envie de pleurer et ne voulait pas laisser voir à Florent qu'elle pouvait être vulnérable.

— Il n'est pas question d'asile, la rassura Florent.

Elle savait, cependant, qu'elle aurait toujours peur désormais. Et si Mathilde acceptait de garder Elodie à La Lombarde ? Florent, consulté, fit la moue. Il faudrait que sa mère ait ses appartements privés, qu'elle se tienne éloignée de Julien, qu'elle pouvait effrayer.

— Ne t'inquiète pas, ajouta son oncle. Il n'y a pas d'urgence.

Elle ne voulait pas leur laisser la charge de ce fardeau. Elle serait volontiers rentrée à La Lombarde pour réfléchir plus à son aise à la situation, mais Julien ne l'aurait pas compris, il était si joyeux de venir passer la journée au moulin.

Florent salua Hermine puis Paul.

— Si vous voulez bien m'excuser, je dois retourner du côté de Rimogne voir un garçon dont l'état de santé me préoccupe.

« Et moi ? avait envie de crier Hermine. Vous ne

vous souciez donc pas de moi ? » Elle était injuste, elle le savait. Elle se borna donc à incliner la tête. Elle irait lui rendre visite le lendemain. Chez lui.

Raphaël s'avançait à leur rencontre. Elle lui sourit. Il serra la main de Florent, un peu gauchement. « Ne la faites pas souffrir », aurait-il voulu lui recommander. Il n'aimait pas le visage figé de sa cousine. Elle semblait être non seulement très fatiguée mais aussi traquée.

Mathilde se leva avec peine de son fauteuil. Elle avait pris froid sur le quai de la gare et ne parvenait pas à se défaire d'une toux désagréable. Carrière, qu'elle avait fini par convoquer à La Lombarde, sur les instances d'Hermine et de Fabrice, avait suggéré un séjour à Arcachon, dans la ville d'Hiver. Proposition rejetée d'un superbe : « Vous êtes fou, mon ami ! Je ne suis tout de même pas tuberculeuse. »

Mathilde écarta d'une main lasse les documents jonchant son bureau et marcha jusqu'à la fenêtre en avancée d'où elle apercevait les ateliers de la Forge au Loup.

— Les carnets de commandes sont pleins, expliqua-t-elle à Hermine. Et je ne vois pas comment nous pourrions développer la production.

— Avez-vous réfléchi à ma suggestion ?

Mathilde s'immobilisa pour observer sa bru.

— Je me demande parfois si nous ne nous ressemblons pas, vous et moi, laissa-t-elle tomber après un long silence. La première fois que je vous ai vue, j'ai songé que vous étiez une jolie fleur exotique qui n'apporterait rien à mon fils. Et puis... eh bien, la suite de l'histoire m'a donné tort. Finalement, vous avez plus œuvré pour la fabrique que Séverin ne le fera jamais.

Hermine, profondément émue, détourna la tête. Elle pressentait que Mathilde allait lui faire une déclaration importante et, d'une certaine manière, elle l'appréhendait.

— Les temps changent, reprit Mathilde d'une voix affermie. Regniard me le répète à l'envi. Il s'est bonifié, lui aussi. Ce doit être sous l'influence de sa fille. Oui, je crois que vous avez raison. Nos concurrents, qui campent sur leurs positions face aux syndicats, courent à la catastrophe. Regardez ce qui s'est passé dans les Ardennes au cours de ces derniers mois. Ces attentats anarchistes révèlent un profond malaise social. Nous ne pouvons plus diriger les entreprises comme il y a vingt ans.

— De plus, nos ouvriers aiment leur travail, glissa Hermine.

Un lent sourire éclaira le visage émacié de Mathilde Lecœur.

— Et vous, vous les aimez.

Elle se demandait encore par quelle alchimie étrange l'osmose entre la jeune fille élevée en Indochine et les boulonniers ardennais s'était réalisée, mais plus personne dans la vallée n'aurait eu l'idée d'appeler Hermine Lecœur l'« étrangère ». Elle avait été adoptée par ces hommes et ces femmes rudes à la peine. Ce que Séverin n'avait jamais réussi à faire.

— Vous avez carte blanche, poursuivit Mathilde.

A vous de faire accepter vos projets de participation par notre banquier.

Cette proposition était si inespérée qu'Hermine contempla sa belle-mère d'un air incrédule.

— Je ne sais pas ce que l'avenir me réserve, expliqua Mathilde d'une voix lasse. Vous êtes la seule à pouvoir reprendre les rênes de la fabrique. Autant vous donner le maximum de cartes en ma possession.

— Que dira Séverin ? questionna Hermine.

Mathilde haussa les épaules.

— Je crois que Séverin a choisi de s'éloigner depuis assez longtemps pour que nous ne nous souciions plus de lui.

Elle avait raison, elles en étaient l'une comme l'autre conscientes. Tout comme Hermine savait que Mathilde venait de lui offrir un cadeau empoisonné. En lui permettant de concrétiser son idée de participation, née de ses discussions avec Florent et Anna-Maria, et de ses lectures, elle la retenait prisonnière à Brohant.

29

C'était une auberge nichée dans la verdure, au bord de la Semoy. Cernée de buissons de roses, les fenêtres enguirlandées de vigne vierge, elle offrait le refuge idéal aux couples discrets. Hermine ne voulait pas s'arrêter à cette idée. Tout ce qu'elle désirait pour l'instant, tout ce dont elle avait besoin, c'était des bras de Florent autour d'elle, de son corps pesant sur elle et de cette merveilleuse sensation que plus rien d'autre n'existait.

Il lui avait écrit une lettre particulièrement émouvante se terminant par : « Nous ne pouvons plus continuer ainsi », et elle l'avait rejoint là où il lui avait fixé rendez-vous, de l'autre côté de la frontière. Ils n'avaient pas évoqué l'avenir. Ils s'étaient simplement étreints avant qu'il ne l'emporte dans la chambre. Chaque fois qu'elle retrouvait Florent, Hermine éprouvait un tel sentiment de plénitude qu'elle avait envie de pleurer. De joie, d'émotion, de bonheur. De peur, aussi, de souffrir lorsqu'ils se sépareraient.

— Te rappelles-tu ? lui dit-il, le soir venu, alors qu'ils avaient marché le long de la Semoy, sous un enchevêtrement de feuillages.

De grosses roches plates émergeaient à fleur d'eau. Florent tendit la main à Hermine. Relevant sa robe, elle le suivit de pierre en pierre, manquant glisser à plusieurs reprises. Ils atteignirent une petite crique recouverte de gravier fin comme du sable gris. Hermine avait ses bottines trempées.

— Délace-les, suggéra Florent.

Elle ôta ses chaussures et ses bas avec une impudeur tranquille sous le regard durci de son amant. Elle se découvrait une autre Hermine, un peu provocante, impatiente de gémir sous des caresses de plus en plus audacieuses. Etait-ce à cause de la forêt, très proche, qui tissait autour d'eux un réseau de liens magiques ? Juliette, qui savait tout, affirmait que l'Ardenne était un pays de sortilèges. Hermine aimait à le croire.

Florent but son cri de plaisir sur ses lèvres. Il la contempla, follement désirable dans le désordre de ses vêtements.

— Je pars lundi, lui annonça-t-il d'une voix changée.

Elle se redressa. Dans la semi-obscurité, ses yeux brillaient.

— Lundi ? répéta-t-elle avec cet air d'enfant perdue qui suscitait, chez Florent, le désir fou de la protéger avant de la cacher dans quelque lieu secret connu de lui seul.

Il ne pouvait plus supporter de la voir regagner cette grande bâtisse, de la rencontrer de loin en loin, en redoutant toujours de croiser le chemin d'une relation. Pourquoi ne comprenait-elle pas ce qu'il ressentait ?

Les bras croisés devant la poitrine comme pour mieux se protéger de ces reproches, de cette rancœur, elle le regardait.

— Qui te dit que je ne ressens pas la même chose ? déclara-t-elle enfin d'une voix sans timbre, avant d'ajouter : Toi, au moins, tu es libre.

Et d'énumérer, en comptant sur ses doigts, comme une gamine. Un, Séverin. Parce que, malgré leur séparation de fait, ils étaient toujours mariés. Deux, Julien. Elle n'abandonnerait jamais son fils. Trois, Elodie. Avec l'accord distrait de Mathilde, elle avait installé sa mère dans une chambre confortable de l'aile ouest ouvrant sur la forêt. Elodie passait ses journées à coudre des robes vaporeuses et à charmer Fabrice, qui s'était institué son mentor. Pour l'instant, elle était calme. Quatre... Cette fois, Hermine hésita. Quatre, Mathilde. Sa belle-mère était de plus en plus affaiblie par une mauvaise bronchite. Carrière avait fait venir une infirmière.

— Imagines-tu ? reprit-elle en relevant la tête.

Florent n'avait pas l'intention de se laisser attendrir. Telle qu'il la connaissait, elle trouverait toujours d'excellentes raisons pour ne pas partir. A croire qu'elle aimait encore son époux, ce Séverin Lecœur peu apprécié dans la région. Cette idée faisait naître en lui un désir de meurtre.

— Tu me rejoins à la gare lundi matin. Départ à neuf heures, déclara-t-il d'un ton sans réplique. Avec

Julien et avec Elodie si tu le souhaites. Peu m'importe. Je prendrai en charge toute ta famille. Du moment que nous sommes ensemble.

Elle avait tant envie de rêver à un avenir partagé qu'elle promit. Oui, elle viendrait. Parce qu'elle l'aimait. Ils regagnèrent l'auberge à pas lents. L'hôtesse leur servit des cailles aux myrtilles, des écrevisses ébouillantées dans du vin blanc, une fricassée de pommes de terre, suivies d'un gâteau roulé aux framboises. Ils avaient choisi de dîner dans le jardin, sous un grand cerisier qui semblait les protéger des ombres de la nuit. Hermine ne put réprimer un frisson lorsque l'obscurité noya tout le jardin. Florent posa la main sur la sienne.

— Je suis là, lui dit-il.

Elle avait peur, sans parvenir à mettre un nom sur ses craintes diffuses. Peur que le bonheur ne se dissipe dans les brumes qui montaient de la Semoy.

Le lendemain, elle rentra à La Lombarde. Elle était bien décidée à tenir la promesse faite à Florent, quelles qu'en soient les conséquences. Juliette, bouleversée, l'accueillit devant les écuries.

— Madame Hermine... Madame Mathilde est en train de passer, là-haut. Une pneumonie.

— Seigneur ! s'écria Hermine en sautant du coupé.

Germain, le palefrenier, dételа. Il suivit d'un regard songeur la silhouette d'Hermine qui courait vers La Lombarde.

— On va vivre une nouvelle époque, mes beaux, annonça-t-il à Titus et Pollux.

Hermine, haletante, s'arrêta quelques instants dans le hall pour reprendre son souffle. Le docteur Carrière s'avança à sa rencontre.

— Vous voilà, dit-il simplement.

Son visage était las. Hermine le scruta.

— Que se passe-t-il exactement ? D'après Juliette, ma belle-mère est au plus mal.

Il abaissa les paupières en signe d'assentiment.

— C'est hélas la vérité. Il n'y a plus rien à faire. L'infection s'est propagée à une rapidité incroyable. Montez vite, pendant qu'elle est encore lucide.

Elodie et Fabrice se trouvaient dans la grande chambre d'angle aux rideaux tirés pour préserver un peu de fraîcheur dans la pièce. Hermine fut frappée par l'altération spectaculaire des traits de Mathilde. Elle ne parvenait pas à réfléchir de façon cohérente, tout était allé trop vite. Elle se pencha au-dessus de la mourante, lui serra la main. Mathilde agrippa ses doigts.

— Hermine, tenez bon, pour Julien, lui chuchota-t-elle d'une voix sifflante.

Elle ferma les yeux. Hermine, affolée, se retourna vers Carrière.

— Docteur...

Il esquissa un signe d'impuissance. Quelques minutes plus tard, Mathilde Lecœur expirait. Elle n'avait pas lâché la main d'Hermine.

Juliette se retourna vers Hermine. Les règles avaient été respectées. Les religieuses franciscaines étaient descendues des Hauts-Buttés pour procéder à la toilette de Mathilde. La défunte, vêtue d'une de ses robes noires, reposait sur son lit. Juste après que le docteur Carrière eut constaté la mort de la maîtresse de maison, Juliette avait ouvert la fenêtre de la chambre afin que l'âme de Mathilde puisse s'en aller. Horloges et pendules avaient été arrêtées, les miroirs, les tableaux sous verre, la collection de cristallerie avaient été drapés de noir. Juliette, toujours elle, avait veillé à ce qu'un cierge, celui de la Chandeleur, soit allumé dans la chambre mortuaire. Ses conseils avisés s'étaient avérés précieux pour Hermine qui ignorait la plupart des usages en vigueur dans la région.

Hector s'était chargé d'aller « porter le deuil aux abeilles ». C'était une vieille coutume certainement édictée dans le but d'établir un lien entre la famille de la ruche et la maisonnée. A la demande d'Hermine, il avait emmené Julien, pétrifié par l'atmosphère inhabituelle régnant dans la maison. A croire, en effet, que toute vie avait cessé à La Lombarde... Hector et Julien avaient attaché un morceau de tissu noir aux ruches, situées au fond du parc. Pendant qu'ils s'acquittaient de cette tâche, les cloches de Brohant sonnaient à la volée. Il y avait d'abord eu neuf coups très espacés, qui s'étaient répercutés dans le vallon. A cet instant, Hermine n'avait pu retenir ses larmes. Elles avaient mis longtemps, pourtant, Mathilde et elle, pour s'apprécier. La jeune femme ne pouvait s'empêcher de se culpabiliser, malgré les reproches de Juliette. Si elle n'était pas partie, si... « Quand la mort doit faire son œuvre, nous autres n'y pouvons rien changer », l'avait-elle interrompue avec son franc-parler habituel. Cette fois, elle regardait Hermine avec insistance.

— Ce n'est pas tout ça. Vous avez tout réglé avec monsieur le curé pour l'enterrement, vous et moi avons prévu ce qu'il fallait pour le repas, mais... quand est-ce qu'*il* va se décider à venir ?

Elle n'avait pas besoin de préciser qui elle désignait sous ce pronom. *Il*, c'était, bien entendu, Séverin, prévenu par un télégramme d'Hermine du décès de sa mère. Il ne s'était pas manifesté, n'était pas encore arrivé, ce qui excitait fort la curiosité dans la vallée. Se pourrait-il, chuchotait-on de maison à maison, qu'il ne vienne pas aux obsèques de sa mère ? Ce serait là un grave manquement aux règles en vigueur dans la société ardennaise.

— Je ne sais pas, répondit Hermine avec lassitude.

Depuis la veille, tout Brohant défilait à La Lombarde. Des femmes, essentiellement, venues bénir le corps de la maîtresse de la fabrique. Des ouvrières en cheveux, un châle noir jeté sur les épaules, qui s'avançaient dans la chambre mortuaire sur la pointe des pieds. L'épouse du préfet, ainsi que celle du banquier Villière et aussi les femmes des manufacturiers du département. A chaque fois, il fallait faire un brin de conversation, raconter, de nouveau, combien le déclin de Mathilde avait été rapide. Hermine n'en pouvait plus.

Le surlendemain, Séverin n'étant toujours pas arrivé, elle ne put s'opposer à la mise en bière. Elle avait glissé elle-même entre les mains jointes de Mathilde son chapelet de nacre. Toute la maisonnée suivit le cercueil, porté par des volontaires. Regniard et Hector étaient du nombre. Juliette veilla à ce que la dernière personne sortie laisse la porte de la maison ouverte. Hermine ne songea même pas à lui demander le pourquoi de cette tradition. Elle se rongeait d'inquiétude au sujet de Séverin. Fabrice et elle menaient le deuil et encadraient Julien, d'une gravité exceptionnelle dans son costume sombre. Le cortège s'étirait, interminable, derrière le cercueil. A croire que toute la vallée s'était dérangée. Toute la vallée, mais pas Séverin. Lui était-il arrivé quelque chose ? Hermine ne savait plus que penser.

Elle ne garda qu'un souvenir confus de la messe. Les effluves montant de la profusion de bouquets et de couronnes lui donnaient le vertige. Julien, Fabrice et elle portaient un cierge allumé. Au moment de l'offrande, alors qu'elle regagnait son banc, elle trébucha. Un bras se porta aussitôt à son secours. Elle releva la tête, croisa le regard de Raphaël. Elle se sentit soulagée de le savoir là, tout près d'elle.

En sortant de l'église de Brohant, elle remarqua les hommes qui se tenaient sur le seuil du cabaret. Ils étaient nombreux, en effet, ceux qui ne seraient entrés à aucun prix dans un édifice religieux. En revanche, ils suivirent tous le cercueil jusqu'au cimetière, et c'était curieux de voir cette assemblée disparate, dans laquelle on reconnaissait aussi bien le préfet ou des élus locaux que des chauffeurs de boulons et des « clôteux ». Mathilde aurait aimé assister à ce spectacle, pensa-t-elle. Il ne manquait plus que son vieil ennemi, Jean-Baptiste Clément, celui qu'elle nommait le communard.

Les fossoyeurs, qui étaient venus à La Lombarde avec leur gaule longue de deux mètres pour mesurer la taille du cercueil, avaient déjà creusé la fosse. Il s'agissait d'une tombe provisoire, avant que soit édifiée une chapelle funéraire. Laissant Fabrice tenir la main de son fils pour effectuer le signe de croix, Hermine se retourna vers Anna-Maria qui portait un panier de rameaux de buis et de genêts cueillis dans le jardin. Elle posa un brin de buis sur le cercueil, imitée par Paul, Marie et Raphaël qui l'avaient accompagnée jusqu'au cimetière. Le curé jeta la première pelletée de terre. Une course précipitée sur le gravier du cimetière le fit sursauter. Hermine aperçut alors Séverin, tête nue, le visage à l'envers, qui accourait vers eux.

— Pourquoi ne m'a-t-elle pas attendu ? gémit-il.

Fabrice l'entraîna un peu à l'écart. Plusieurs personnes lancèrent un regard chargé de défiance au fils Lecœur. Une cérémonie si belle, si émouvante, il n'allait tout de même pas tout gâcher par son arrivée intempestive ? D'ailleurs, où était-il, durant tout ce temps ? Hermine se rappela brusquement qu'on était lundi lorsque Séverin expliqua, d'une voix entrecoupée de sanglots, qu'il s'était absenté durant plusieurs jours. Florent était parti. Et elle n'avait pas tenu sa promesse.

30

Hermine repoussa les liasses de papiers entassées sur le bureau de Mathilde et chercha le regard de Fabrice.

— Pourquoi a-t-elle agi ainsi ? Le savez-vous, mon oncle ? Séverin ne me pardonnera jamais.

Fabrice se leva, un peu lourdement, et vint lui tapoter l'épaule. Il avait vieilli depuis la mort de sa sœur, survenue un mois auparavant, mais son soutien à Hermine ne s'était pas démenti. Elle l'avait particulièrement apprécié lorsque Séverin avait compris qu'il était évincé de la succession.

— Pourquoi ? répéta Hermine. Elle ne m'avait jamais parlé de son intention.

Fabrice plissa les yeux.

— Je crois pouvoir dire que Mathilde vous étudiait. Sa décision s'est précipitée quand elle a pressenti que son état était désespéré. Vous aviez dû vous absenter, ma chère enfant, vous en souvenez-vous ? Mathilde a fait venir maître Barzac de toute urgence.

Elle lui a dicté son testament en présence de Juliette et d'Hector qui ont signé comme témoins.

— Vous auriez dû la dissuader d'agir ainsi, lui rappeler que Séverin s'estimerait forcément lésé.

Fabrice soutint paisiblement le regard de la jeune femme.

— Je ne le pouvais pas, puisque je pensais, moi aussi, que vous représentiez la meilleure chance pour la fabrique. Le banquier Villière et Regniard lui avaient d'ailleurs tenu le même discours. Les ouvriers vous suivront, ils vous font confiance. Ils savent qu'avec votre mari la boulonnerie aurait couru à sa perte.

Et elle ? Ils faisaient bon marché de ses aspirations, de sa vie, même. Elle avait reçu une lettre de Florent deux semaines auparavant. Il lui disait qu'il avait bien compris, en apprenant la disparition subite de Mathilde Lecœur, qu'elle n'avait pas pu le rejoindre à la gare le lundi. En revanche, il l'attendait jusqu'au 10 septembre en gare de l'Est. Passé ce délai, il saurait qu'elle avait fait son choix.

Fait son choix... comme il y allait ! Elle avait dû, après la lecture du testament faite par maître Barzac, affronter la colère de son mari. Séverin, blanc de rage, avait tempêté, menacé de faire casser le testament, jusqu'à ce que son oncle intervienne. Mathilde n'avait pas spolié son fils puisqu'il toucherait une pension mensuelle conséquente et héritait de nombreux immeubles situés à Charleville. La fabrique et La Lombarde allaient à Julien. Hermine en assurerait la gestion jusqu'à la majorité de son fils.

Fabrice avait alors tendu un pli cacheté à son neveu en lui disant qu'il contenait les dernières volontés de Mathilde. Lorsqu'il avait achevé de le lire, Séverin, toujours mortellement pâle, était parti en claquant la porte de La Lombarde derrière lui.

— J'ai toujours peur, reprit Hermine. Cela ne lui ressemble pas d'avoir lâché prise aussi rapidement. Ne peut-il revendiquer des droits sur Julien ?

Fabrice secoua la tête.

— Je ne pense pas qu'il le fera. Mathilde connaissait bien son fils et a su le dissuader de tenter quoi que ce soit contre vous. En utilisant le seul langage qu'il connaisse, celui de l'argent. De toute manière, il a tempêté par bravade, mais il n'a pas la moindre envie de reprendre les rênes de la fabrique. Il sait bien qu'il manque d'étoffe. Pour lui, il est beaucoup plus confortable de continuer à mener la vie qu'il s'est choisie, près de sa...

Gêné, il cherchait ses mots.

— Près de sa maîtresse, acheva Hermine pour lui.

— Mathilde n'a jamais pardonné à cette femme d'avoir eu le front de venir se présenter à La Lombarde. La liaison de Séverin est de notoriété publique. Il n'a pas intérêt à tenter de provoquer un scandale. Celui-ci se retournerait fatalement contre lui.

— Il n'empêche que j'ai peur, insista Hermine.

Elle avait peur non seulement de Séverin, mais aussi de cette responsabilité écrasante qui pesait sur ses épaules. Serait-elle à la hauteur ? Quelle serait la réaction de Florent lorsqu'elle lui écrirait qu'elle ne pouvait pas le rejoindre pour l'instant ?

Fabrice lui sourit.

— Il est tout à fait normal de douter, de vous interroger.

Et Florent. Comprendrait-il qu'il lui était impossible de partir ? L'air lui manquait soudain à cette idée.

Elle soutint le regard attentif de Fabrice.

— Il n'y a pas d'autre solution, n'est-ce pas ?

Il secoua lentement la tête.

— Je crains que non, ma chère enfant.

Elle s'avança jusqu'à la « vigie », contempla le paysage durant plusieurs minutes avant de se retourner vers Fabrice.

— *Elle savait.* Et elle ne voulait pas que je parte.

— De quoi parlez-vous donc ? répondit le frère de Mathilde de son ton le plus innocent.

Florent ne comprendrait pas, ne lui pardonnerait pas. Elle en avait soudain l'absolue certitude. Elle aurait voulu hurler son désespoir et sa détresse. Et puis, brusquement, Elodie surgit dans le bureau. Elle possédait la faculté dérangeante de se mouvoir sans faire de bruit, ce qui occasionnait quelques problèmes avec Juliette qui laissait tomber bruyamment ses casseroles chaque fois qu'Elodie apparaissait ainsi dans *sa* cuisine.

Son regard était vide.

— Le bonheur n'existe pas, énonça-t-elle d'une voix détachée.

Hermine se détourna pour dissimuler ses larmes.

Florent, mon amour,

Je sais que cette lettre me sera retournée sans être ouverte, comme les trois autres que je vous ai écrites.

Je sais aussi que vous vous estimez trahi, mais comment aurais-je pu agir autrement ? Je finis par penser que le bonheur n'est pas fait pour moi. Il ne se passe pas un jour, pas une nuit, sans que j'espère un signe de vous. Il suffisait de me laisser encore un peu de temps.

Mais non, il y aurait toujours eu quelque chose pour m'empêcher de partir. Peut-être parce que j'ai peur, parce que j'aime la vallée.

Et pourtant, je vous aime, Florent ! Vous, c'est le rêve, les heures volées passées à s'aimer. Et puis, il y a mon sens du devoir, mon désir de bouleverser beaucoup de choses à la fabrique, le besoin que j'ai de rester auprès de mon fils.

Il est si difficile de tout concilier.

Florent, je ne vous écrirai plus. Mais je continuerai de vous aimer.

Hermine cacheta la lettre sans la relire. On l'attendait à la fabrique. La boulonnerie Lecœur avait déposé deux nouveaux brevets au cours des derniers mois. La participation mise en place stimulait les compétences et les capacités d'innovation. Elle se rappelait ce qu'Anna-Maria et Juliette lui avaient souvent expliqué. Les boulonniers aimaient leur travail. De son côté, Hermine désirait faire de la fabrique Lecœur une entreprise pionnière.

Elle s'approcha de la fenêtre, contempla le ciel durant quelques instants. De gros nuages se poursuivaient, là-bas, vers les Hauts. Il avait plu toute la nuit. Une odeur d'humus et de champignon montait de la forêt. Anna-Maria avait promis d'y emmener les garçons. Tout était bien, se dit Hermine. Leur place, à Julien et à elle, se trouvait à La Lombarde. Même si cette décision la désespérait.

Appuyé au bastingage, Florent contemplait la côte crayeuse qui se rapprochait. Son cœur était lourd. Il ne parvenait pas à oublier les caresses et les serments échangés. Hermine l'aimait, il en était intimement persuadé. Peut-être aurait-il dû la revoir ? Il avait préféré trancher dans le vif, il ne supportait plus cette situation. Il avait tenté, ainsi, de l'inciter à prendre une décision. Il aurait dû deviner qu'Hermine n'était pas femme à se laisser impressionner par un ultimatum. Il lui avait renvoyé chacune des lettres qu'elle avait écrites à son domicile parisien, situé allée des Brouillards. Ce faisant, il avait eu conscience de la blesser à mort, mais il était si désespéré, alors, qu'il aurait souhaité lui rendre coup pour coup.

« Et maintenant... », se dit-il, en sortant de la poche de sa veste la dernière lettre que sa concierge lui avait glissée dans la main quelques heures auparavant. Il pouvait, bien sûr, la décacheter et la lire. A quoi bon ? Il partait pour plusieurs mois confronter les résultats de ses enquêtes en matière d'hygiène du travail avec ceux de ses collègues britanniques et ne reviendrait pas de sitôt. Il valait mieux, d'ailleurs, qu'il en fût ainsi. Lentement, il ouvrit les doigts. La lettre s'envola gracieusement par-dessus le bastingage avant de s'immobiliser à la crête des vagues. Elle disparut d'un coup, engloutie. Florent se détourna. Désormais, il ne croirait plus en l'amour.

31

1914

Le cœur battant, Sylviane plongea derrière un buisson et s'aplatit le visage contre terre. Elle avait beau connaître plusieurs chemins pour rapporter du tabac de contrebande de Belgique, elle avait bien failli, cette fois, se faire prendre. Dieu merci, le douanier n'avait pas de chien ! Elle-même n'en utilisait plus pour passer des quantités plus importantes de tabac depuis que Toupie, son ratier noir et blanc, à qui la liait une affectueuse complicité, avait été tué par le molosse d'un douanier. La règle en vigueur était particulièrement atroce : quand un chien était pris chargé de paquets de tabac, il suffisait au gabelou de lui trancher une patte et de la rapporter triomphalement au bureau. Il touchait alors une prime. Ce procédé révoltait Sylviane.

C'était une nuit claire, pâle et glacée. Le temps idéal pour les « fraudeux », les contrebandiers qui, comme Sylviane, passaient en Belgique acheter du café et du tabac. La jeune fille bougea de façon à peine perceptible. Elle avait froid. On devait s'inquiéter, à la maison. Sa mère lui interdisait bien de passer du tabac, mais Sylviane n'avait jamais écouté personne. « Cette enfant a le diable au corps », disait son père, Antoine. Tout était plus facile lorsqu'il vivait encore.

Plus un bruit. Le douanier avait dû renoncer. Elle releva la tête, lentement, avec d'infinies précautions, se coula sur un chemin connu d'elle seule. La nuit l'enveloppa. Son ballot pesait lourd, soudain, autour de sa taille. Sylviane n'avait pas peur. La forêt, les Hauts étaient son élément depuis que, toute petite, elle y jouait en compagnie de son frère et de leur mère. Elle ressentait tout de même la fatigue lorsqu'elle escalada le mur de La Lombarde pour se glisser à l'intérieur du parc. Elle était chez elle, enfin ! Elle avait déchiré le bas de sa jupe dans sa course, mais peu lui importait. Elle avait autour de la taille une large ceinture suffisamment matelassée de tabac pour s'acheter du tissu neuf. Elle sursauta en pénétrant dans sa chambre. Sa mère, droite comme un « I », la toisa.

— Sylviane, je t'ai déjà dit cent fois... commença-t-elle d'une voix lasse.

Anna-Maria avait vieilli depuis la mort d'Antoine, survenue trois ans auparavant. Ses cheveux sombres grisonnaient aux tempes et ses yeux étaient emplis de tristesse.

La jeune fille haussa les épaules avec insouciance.

— Maman, ne t'inquiète donc pas pour moi ! Le gabelou qui m'arrêtera n'est pas encore né.

— Il n'empêche que tu as été retardée. Il faut croire qu'ils t'avaient pistée. On raconte qu'ils s'embusquent à proximité des Baraques et qu'ils se déguisent en pêcheurs pour mieux repérer les fraudeux. Tu seras bien avancée, quand tu te retrouveras en prison.

— Ils ne m'auront pas, protesta Sylviane. Je ne passe jamais au même endroit. Et si, une nuit, j'étais suivie de trop près, je pourrais toujours me débarrasser de ma charge.

Anna-Maria ne put réprimer un sourire. Elle avait été impétueuse, elle aussi, et rebelle. La vie s'était chargée de lui rogner les ailes. A l'âge de Sylviane, elle-même était déjà mariée. Cela lui paraissait si loin. Lorsqu'elle se rendait, de temps à autre, sur la tombe d'Angelo, elle devait fouiller sa mémoire pour retrouver la trace de son visage. Antoine l'avait rendue heureuse et avait peu à peu estompé ses autres souvenirs. Antoine... il était son aîné, bien sûr, de vingt bonnes années, mais elle n'aurait jamais imaginé qu'il parte aussi vite, aussi brutalement.

C'était un accident stupide, comme tous les accidents. Antoine avait décidé d'abattre un vieux chêne fendu en deux par la foudre. Que s'était-il passé alors ? Son mari avait-il fait une erreur d'estimation ou avait-il glissé sur le sol humide alors qu'il venait de donner le dernier coup de hache à l'arbre ? Anna-Maria se rappelait seulement le grand cri, d'horreur et de douleur, qui avait résonné sous la futaie. Et puis, plus rien. Un silence mortel. Elle avait couru sous le couvert, la peur au ventre, la peur au cœur. Germain, le palefrenier, et Hector la suivaient. Elle n'aurait voulu voir personne. Elle pressentait que tout était fini. Elle avait hurlé en le découvrant, écrasé sous le chêne. Elle avait hurlé tout en lui fermant les yeux : « Antoine, Antoine, mon chéri... » Les mots d'amour qu'elle s'était refusée à lui dire de son vivant, de crainte qu'ils n'attirent sur eux quelque vengeance invisible, elle les chuchotait à son cadavre.

Jean-Baptiste, appelé en toute hâte de la fabrique, avait été le seul à pouvoir convaincre sa mère de se relever, de regagner le pavillon. Hermine les avait rejoints en route. Les deux amies s'étaient étreintes. « Viens à la maison », avait proposé Hermine. Anna-Maria, farouche, avait refusé. Elle allait organiser la veillée chez eux, au pavillon. Il fallait juste prévenir Sylviane, qui apprenait la couture à Charleville. Si Hermine... « Je m'en occupe », avait décidé celle-ci.

Anna-Maria gardait un souvenir confus des journées qui avaient suivi. Les larmes coulant sans cesse sur ses joues pâlies se mêlaient dans sa mémoire aux larmes de cire des cierges allumés dans l'église de Brohant. Jean-Baptiste soutenait sa mère et sa sœur, enfermées dans leur chagrin.

Elle se rappelait très nettement, en revanche, l'apparition de Giovanni Andresi sur le trajet vers le cimetière. Il approchait des soixante-dix ans, mais elle l'avait vu immense, dans sa cape noire. « Des larmes de sang... je te les avais promises, fille de rien ! » avait-il jeté à Anna-Maria alors qu'elle passait à sa hauteur.

Déjà, Jean-Baptiste esquissait le mouvement de

s'élancer vers lui. Anna-Maria avait retenu son fils : « Laisse. » Donne-t-on quelque importance à un animal nuisible ? Anna-Maria ne voulait pas exposer ses enfants. Ils avaient passé leur chemin, sans accorder un regard au vieil Andresi.

Elle soupira, contempla sa fille qui soupesait d'un air satisfait sa ceinture lourde de paquets de tabac de la Semoy, si prisé par les notables de Charleville. Elle en avait glissé aussi dans son chignon et avait garni ses bas de boîtes d'allumettes.

— Ne tente pas le diable, Sylviane, je t'en conjure. Nous avons suffisamment de quoi vivre et un toit. Pourquoi désires-tu toujours plus ?

La jeune fille rejeta sa chevelure sombre en arrière d'un geste chargé de défi. Elle était belle, songea Anna-Maria avec un pincement au cœur. Presque trop belle.

Une ombre mélancolique voila les yeux bleus de la jeune fille, si semblables à ceux d'Antoine. Elle n'avait jamais parlé à sa mère de l'humiliation éprouvée quatre ans auparavant, alors qu'elle avait accompagné Hermine, Julien et Jean-Baptiste à l'aérodrome de Villers-Semeuse pour assister à l'arrivée du Circuit de l'Est. Julien était passionné d'aviation. Il avait trouvé le moyen d'approcher son héros, Roger Sommer, qui fascinait les foules.

Hermine devant saluer plusieurs officiels, Sylviane s'était retrouvée à un moment seule dans les tribunes. Aussitôt, un jeune homme fringant – tout à fait ce que son père aurait nommé un gandin – s'était précipité vers elle en lui demandant la permission de s'asseoir à ses côtés. Elle avait acquiescé d'une brève inclinaison de tête, en redoutant de commettre un impair. Elle savait en effet que, même si ses parents avaient veillé à ce qu'elle reçoive une bonne éducation, il lui manquait ce vernis mondain que possédaient les jeunes filles qui s'empressaient auprès de leurs nouveaux héros, les aviateurs. Elle était fière, pourtant, de la toilette qu'elle avait confectionnée elle-même, d'après un modèle de Paul Poiret découvert dans une revue parisienne prêtée par Hermine. La robe, rouge et noir – « A-t-on idée, pour une jeune fille ? » avait marmonné Juliette, qui donnait son avis sur tout –, était assortie à la capeline noire dénichée à *La Ville de Paris*, le magasin chic de la Grand-Rue, à Charleville.

Son compagnon s'était montré fort disert. Il lui avait parlé du meeting, avant d'enchaîner sur l'article de Fernand Hommeja paru quelques semaines auparavant et consacré à Roger Sommer. Elle l'avait lu, bien sûr ? Non ? Peut-être venait-elle d'arriver dans les Ardennes ? Sinon, il ne comprenait pas pour quelle raison il ne l'avait pas encore aperçue dans les salons de la préfecture. Sylviane avait alors brûlé ses vaisseaux : « Vous ne pouviez pas m'y rencontrer puisque je n'y ai jamais été invitée. Nous ne devons pas fréquenter les mêmes milieux, vous et moi. Je suis fille de jardinier, voyez-vous. » Elle avait débité cela d'un trait et avait réprimé un sourire en voyant le visage de son interlocuteur se décomposer. Il s'était détourné, avant de prendre congé par un bref salut. Sylviane avait fait bonne figure ; pas question, en effet, de s'effondrer dans la tribune. Mais, de retour chez elle, dans le pavillon du jardinier, elle n'avait pu retenir ses larmes. Décidément, sa mère devait avoir raison. Même si l'amitié d'Hermine et de Julien n'avait jamais été prise en défaut, les Lecœur et les Ferrand appartenaient bel et bien à deux mondes différents. Et rien n'y pourrait changer quelque chose.

A moins que... Depuis cet été-là, Sylviane rêvait d'une revanche éclatante.

— Dors vite, reprit Anna-Maria. Demain, l'ouvrage t'attend.

C'était bien le discours favori de sa mère. Le travail, toujours, le sens du devoir...

Jean-Baptiste lui ressemblait. Après de solides études achevées à l'école pratique de commerce et d'industrie inaugurée à Charleville en 1906 – contrairement à ce qu'il souhaitait, Anna-Maria et Antoine avaient catégoriquement refusé qu'il travaille à la fabrique –, il avait fini par obtenir gain de cause en allant trouver sa marraine. Entré à dix-huit ans dans l'atelier Marengo, il avait commencé comme chauffeur de four à boulons avant de gravir les échelons.

A vingt-deux ans, il avait déposé son premier brevet : une machine à décolleter et à fileter. En véritable homme du fer, il cherchait sans cesse à innover, en se basant sur l'expérience des ouvriers. Désormais, il dirigeait l'atelier Marengo et il se chuchotait avec de plus en plus d'insistance que madame Hermine l'avait pressenti pour succéder à Regniard, qui partirait en retraite le 1er décembre. Bien entendu,

Jean-Baptiste restait muet sur ce sujet, comme sur tout le reste. « Mon frère devrait se faire moine », pensait parfois Sylviane. Il semblait n'être affecté d'aucun défaut, ce qui était particulièrement difficile à admettre pour une fille aussi vivante, aussi impétueuse que Sylviane.

Sans se soucier de vérifier si sa mère se trouvait toujours dans sa chambre, elle se débarrassa de ses vêtements maculés de boue avec une impudeur tranquille. Elle chercha son reflet dans la psyché. Elle était belle, tout le monde le lui répétait depuis l'enfance, et fermement décidée à faire de sa beauté un instrument de pouvoir. Quel mal y avait-il à ça ? se dit-elle, levant haut les bras pour faire glisser sa chemise de nuit sur son corps frissonnant. Demain, elle retournerait en Belgique chercher du tabac aux Baraques. Elle avait besoin d'argent, de beaucoup d'argent, pour s'acheter les tissus, les chapeaux et les souliers dont elle rêvait. Pour ressembler à une dame.

Le vent s'était levé. Le vent venu des Hauts, qui provoquait régulièrement une crise de rhumatisme chez Juliette. La cuisinière, qui était devenue au fil des années une sorte de gouvernante, allait encore être de très mauvaise humeur, songea Hermine en souriant. Elle avait tout au moins réussi cela. Ils composaient une famille, unie par des liens indéfectibles tenant plus à l'amitié qu'à la parenté. Il y avait Julien, son fils, Raphaël, son cousin, son oncle et sa tante, Fabrice, qui avait fêté ses soixante-quinze ans le mois précédent. Et puis Jean-Baptiste, Anna-Maria, Sylviane, Juliette et Hector.

Elodie était morte en 1910, l'année du meeting aérien de Villers-Semeuse qui avait suscité une vocation d'aviateur chez Julien. Sa disparition était une délivrance puisqu'elle ne reconnaissait plus personne et refusait de s'alimenter. Hermine était parvenue à la garder à La Lombarde, même si ses accès de démence devenaient de plus en plus fréquents et incontrôlables. Les derniers temps, Raphaël venait souvent au volant de sa Renault réconforter sa cousine, désespérée de ne pouvoir éveiller un souvenir dans la mémoire en lambeaux de sa mère. Son soutien ne s'était jamais démenti. A quarante-six ans, toujours célibataire, il se consacrait au moulin à couleurs et à sa famille. Marion, contrairement au souhait de son père qui la voyait assez bien jouer le rôle de bâton de vieillesse, avait rencontré un marchand de biens à l'Exposition universelle de 1900. Elle avait épousé Hervé Saint-Gilles quelques mois plus tard et ils étaient partis s'installer à Saint-Quentin. Ses lettres révélaient un bonheur paisible. Hermine se surprenait parfois à le lui envier.

Elle n'avait jamais reçu de nouvelles de Florent et avait cessé de lui écrire à partir de 1895. Tel qu'elle croyait le connaître, elle savait qu'il ne lui pardonnerait pas sa défection. Elle s'était consacrée à son fils et à la Forge au Loup pour tenter d'oublier son amour perdu. Grâce au soutien du banquier Villière, elle avait pu mettre sur pied la participation aux bénéfices qui lui tenait tant à cœur. L'Exposition universelle de

1900 avait constitué un point d'orgue pour la fabrique. La délégation Lecœur comprenait des ouvrières et des ouvriers fiers de présenter leurs réalisations. Des boulons, bien sûr, mais aussi des ferrures et des tire-fond destinés à fixer les rails de chemin de fer.

« Maman, lui disait à l'époque Julien, je crois bien que tu es devenue aussi chauvine que Juliette. A t'entendre, rien ne vaut la fabrique.

— C'est la meilleure du pays, répondait-elle alors, avec une parfaite mauvaise foi. »

Elle aurait souhaité que Julien reprenne le flambeau. Mais, après avoir suivi les cours de l'école des arts et métiers, son fils avait annoncé son intention d'apprendre à piloter. Julien étant passionné d'aviation, il aurait été tout à fait vain de s'opposer à son rêve. Séverin lui-même avait fini par le comprendre.

Hermine se détourna de la fenêtre. Après une longue période d'hostilité provoquée par les dispositions testamentaires de Mathilde, les relations avec son mari avaient fini par se détendre. Séverin venait de temps à autre dans la vallée. Il était toujours le même, fragile et angoissé sous son allure désinvolte, et ne cherchait même plus à dissimuler son manque d'intérêt pour la Forge au Loup. Hermine avait toujours mis un point d'honneur, cependant, à le tenir informé de ses projets et de ses investissements. Il affichait aussitôt un air suprêmement ennuyé : « Ma pauvre amie, vous savez bien que je n'y entends rien. Finalement, ma mère avait peut-être raison. »

Le sujet était clos. Il enchaînait sur la poésie, qui le

fascinait toujours autant, puis parlait de Julien en disant : « Vous l'avez bien élevé. » Il n'évoquait jamais sa vie à Dinant. N'était-ce pas mieux ainsi ? De toute manière, il n'y avait plus guère que Julien pour les unir. Julien, et quelques souvenirs.

32

Août 1914

Juliette, les poings sur les hanches, se planta devant Hermine. Elle arborait son visage des mauvais jours, sa « face de carême », comme Hermine lui disait en riant.

— Qu'est-ce que vous attendez, madame Hermine, pour partir ? Les maudits arrivent, vous ne voyez pas les convois de réfugiés belges qui débarquent ? Il n'y a aucune pitié à attendre des barbares, c'est moi qui vous le dis.

Hermine avait renoncé à évoquer ce sujet avec Juliette. Celle-ci devenait partiale dès qu'elle parlait des « boches ». Son fiancé avait été tué quarante-quatre ans auparavant à Sedan. Elle n'avait jamais pardonné aux Bavarois ni aux Prussiens qui avaient laissé d'horribles souvenirs dans les Ardennes durant l'occupation qui avait suivi la défaite de 1870. « Des monstres, je vous le dis », répétait-elle à l'envi. Hermine, cependant, refusait de fuir. Ses parents et elle avaient déjà tout perdu une fois. Elle ne voulait pas abandonner La Lombarde ni la Forge au Loup. C'était l'héritage de son fils qu'elle sauvegardait.

Raphaël était monté jusqu'à Brohant la veille. « J'emmène mes parents à Reims, lui avait-il annoncé. Viens avec nous. » Elle n'avait pu lui dissimuler son affolement. Il croyait donc, lui aussi, qu'il fallait fuir ? Raphaël l'avait vue se raidir. Elle avait regardé Fabrice, immobile dans son fauteuil, Juliette, qui passait son nez à son habitude dans l'entrebâillement de la porte, avant de se retourner vers son cousin. « Je ne peux pas, lui avait-elle dit. Si je pars, ils penseront à juste titre que je les ai abandonnés. Et il m'est impossible d'emmener Fabrice, âgé et malade, sur les routes. » Raphaël s'était incliné à contrecœur. « Promets-moi », avait-il ajouté. Il n'avait pas terminé sa phrase. Les paroles paraissaient vaines, vides de sens, dans le climat de panique qui régnait sur le nord et l'est de la France depuis le 21 août. Julien et Jean-Baptiste étaient partis le 2 août. Inséparables, comme toujours. Julien affichait une assurance, un enthousiasme juvénile que la gravité de son ami d'enfance tempérait. « J'ai peur », avait chuchoté Anna-Maria à Hermine.

Sylviane avait refusé de les accompagner à la gare. Elle haïssait la guerre, cette atmosphère fiévreuse, ces cris revanchards – « A Berlin ! On les aura » – qui se propageaient, comme autant d'incantations destinées à exorciser les craintes et les angoisses. Hermine la comprenait. La guerre... Dieu juste ! Jusqu'au dernier jour, elle avait espéré que les pacifistes réussiraient à arrêter cette spirale infernale. A croire que seules les femmes et les personnes âgées redoutaient la guerre. Parce qu'elles savaient le prix de la vie.

— Marraine !

Sylviane, haletante, fit irruption dans le bureau d'Hermine.

Depuis sa petite enfance, elle avait pris le pli de nommer Hermine comme le faisait son frère, et toutes deux en étaient heureuses.

— Monsieur Regniard vous fait dire qu'ils sont signalés à dix kilomètres, peut-être moins, jeta-t-elle d'un trait. Nos dragons sont partis. Les boches arrivent.

Hermine serra ses mains l'une contre l'autre pour tenter de se calmer.

— Je vais à la Forge au Loup, décida-t-elle. Toi, Sylviane, tu vas prévenir ta mère. Tu lui recommandes de venir à La Lombarde avec ce qu'elle a de plus précieux.

Elle courut à l'office. Juliette se signait avant de trancher le cou d'un poulet.

— Laisse cette bête tranquille, nous avons plus urgent à faire, lui dit Hermine.

Elle lui donna ses instructions d'une voix posée. Juliette et Etiennette devaient emballer l'argenterie et la dissimuler dans une trappe ménagée au fond du cellier. En roulant un tonneau de vin de Bourgogne dessus, la cachette ne serait pas découverte rapidement.

— Prenez garde à vous, surtout, fit Juliette.

Hermine lui sourit.

— N'aie crainte.

Elle n'avait pas peur. Pas encore. Tant qu'elle pourrait agir...

Elle lança César, son cheval le plus vif, sur la route du vallon. Malgré les conseils de Juliette et de Raphaël, elle n'avait jamais conduit de voiture automobile. Elle le regrettait presque. Des femmes et des vieillards à l'air affolé étaient rassemblés devant le lavoir. Hermine ne s'arrêta pas. Elle immobilisa le boghei devant les bureaux de la Forge au Loup. La boulonnerie n'offrait plus cet enchevêtrement de bâtiments sombres qu'elle avait connu à son arrivée dans le vallon, vingt-cinq ans auparavant. Si Hermine avait conservé l'architecture de base, elle avait fait abattre les ateliers les plus vétustes et construire des unités plus petites et plus claires. Elle était fière de l'ensemble.

Charles Regniard l'attendait devant les bureaux. En d'autres circonstances, Hermine aurait souri à la pensée que son vieil ennemi était devenu son meilleur collaborateur. « C'est uniquement pour la fabrique », répondait-il lorsqu'elle le lui faisait remarquer.

Ce jour-là, ils n'avaient pas le cœur à rire l'un et l'autre.

— Nous fermons, n'est-ce pas ? lança Hermine sans s'embarrasser de formules de politesse.

Le visage de Regniard se crispa.

— Des ouvrières sont déjà venues prévenir qu'elles ne pourraient pas travailler. Elles partent vers

Charleville avec leur balluchon sur le dos et leurs gosses à la main.

Hermine soupira. Elle contempla la fabrique d'un air navré. Il fallait préparer une voiture, y entasser les documents comptables, les brevets, la correspondance avec les fournisseurs et les clients. Toute la mémoire des boulonneries Lecœur. Regniard inclina la tête.

— J'y ai pensé, moi aussi. J'avais commencé à trier les papiers.

« Que va-t-il nous arriver ? » aurait voulu lui demander Hermine. Elle ne pouvait pas, cependant, ajouter aux inquiétudes qu'il éprouvait déjà. Sa fille était institutrice à Hautes-Rivières. Il n'était pas allé voir si elle avait besoin de lui pour se consacrer à la Forge au Loup. Cette attitude lui ressemblait. Elle lui tapota l'épaule.

— Occupez-vous d'Adèle. Hector et Germain vont m'aider. Il se trouvera bien quelques volontaires pour charger les caisses dans la carriole.

Elle avait décidé d'utiliser les paniers destinés aux boulons, plus légers à manipuler. Elle s'efforçait de raisonner vite, pour ne pas céder à la panique. Elle assista au départ des ouvrières. La plupart vinrent la saluer et lui souhaiter bonne chance.

— Prenez vos enfants, emmenez tout le monde dans la forêt ou vers la ville, recommandait Hermine.

Une atmosphère étrange régnait sur le vallon. Les fermes, les maisons se vidaient peu à peu de leurs habitants qui partaient sur la route en poussant qui une brouette, qui une charrette. Toute la vallée était en attente. La chaleur lourde accentuait la sensation oppressante de danger, tout proche. Hermine secoua la tête, comme pour chasser les pensées lugubres qui l'agitaient. Il lui fallait remonter à La Lombarde pour calmer toute la maisonnée, qui devait être en ébullition.

Samson, le gardien de la fabrique, que la plupart des ouvriers avaient surnommé « Patte folle » à cause d'un accident qui l'avait rendu boiteux, se proposa pour remonter la carriole à La Lombarde. Hermine ferma elle-même les portes des ateliers après avoir vérifié qu'ils étaient tous vides. Les bâtiments silencieux, désertés, semblaient avoir perdu leur âme. Elle se retourna une dernière fois pour contempler la Forge au Loup avant de grimper dans le boghei. Elle lui avait sacrifié sa vie de femme. Qu'allait-il en advenir, désormais ?

Ils arrivèrent le surlendemain, alors que le canon tonnait du côté de Charleville. Anna-Maria, qui venait de terminer ses confitures de framboises, était allée en porter deux pots à Philo. Celle-ci, veuve depuis deux ans, faisait marcher seule la boutique et était de plus en plus voûtée.

La veille, le 24 août, des réfugiés belges hagards, les pieds en sang, avaient raconté des atrocités à faire frémir. Lasse de voir Juliette se signer à tout bout de champ, Anna-Maria avait fini par décréter que, guerre ou pas guerre, elle ferait ses confitures. De toute manière, ils seraient bien contents de les manger l'hiver prochain. A condition d'être encore en vie…

Derrière les rescapés de Belgique venaient des charrettes remplies de blessés. Hermine, le cœur en déroute, avait soigné ces jeunes gens atteints pour la plupart à la tête et aux jambes, qui étaient partis pour la Belgique moins d'un mois auparavant. La même question les hantait, Anna-Maria et elle : « Mon fils... où est mon fils ? »

Ils surgirent au beau milieu de l'après-midi, en plein soleil. Ils étaient une dizaine, vêtus de gris, et tenaient leur lance à la main. Anna-Maria ne vit pas leur regard, elle remarqua seulement qu'ils éperonnaient leur monture jusqu'au sang. Plus tard, elle apprendrait qu'il s'agissait de hussards du 2e régiment prussien, fiers de leur sinistre surnom de « hussards de la mort ». Ils traversèrent la place du village au trot, sans jeter un coup d'œil à droite ni à gauche, en pays conquis. Cette impression glaça le cœur d'Anna-Maria. Ils agissaient comme s'ils étaient chez eux.

Philo poussa un cri étranglé et lâcha le pot qu'elle tenait. Anna-Maria eut l'impression que le bruit lui faisait éclater les tympans. Déjà, un cavalier fonçait sur Philo. La pauvre femme hurla derechef. Anna-Maria la serra contre elle. Le hussard les considéra durant quelques instants, comme s'il se demandait quel supplice il allait leur infliger, avant de rejoindre ses camarades. Le silence retomba sur la place.

— Ne recommence jamais ça, souffla Anna-Maria à son amie.

Elle se sentait vidée de ses forces.

— Viens avec moi, dit-elle à Philo, ou va t'enfermer dans ta boutique.

Philo ayant choisi cette dernière solution, Anna-Maria courut vers La Lombarde. Ils étaient là. Elle avait peur, soudain, pour Sylviane, pour leur monde préservé. Ils étaient là et ils allaient tout détruire, tout saccager. Cette certitude lui donnait la nausée.

— Moi, je vais dans la forêt. Bien malin celui qui m'y trouvera.

Juliette noua un fichu sous son menton d'un air décidé. Hermine la rattrapa sur le seuil de la maison.

— Juliette, voyons. Vous avez passé l'âge de vivre dans une cabane ou en haut des arbres ! Qui vous soignera si vous tombez malade ?

— Au moins, je resterai libre. Parce que vous allez voir, ils vont nous réduire en esclavage, ces maudits ! Comme en 1870.

Depuis deux jours, en effet, les Allemands s'étaient installés en maîtres à Brohant. En voyant patrouiller l'ennemi sans relâche, Hermine, le cœur serré, avait presque regretté de ne pas s'être enfuie. Il fallait faire face à la situation. En outre, elle était de plus en plus angoissée quant au sort de son fils et de son filleul. Les Ardennes occupées ne recevaient désormais plus de nouvelles du front.

— J'ai peur, lui confia Anna-Maria alors que les habitants de La Lombarde remontaient la côte.

Juliette siffla un « tsst tsst » réprobateur.

— Ils vont nous écraser sous leur botte. Vous avez entendu, madame Hermine ? Des malfaisants. Et ce petit chef qui se pavane comme un dindon, avec sa pomme d'Adam qui bouge sans arrêt comme s'il avait la tremblote.

Tout le monde s'accorda à estimer que la comparaison était heureuse. Et, de ce jour, le petit chef – en fait le commandant d'étape, investi de tous les pouvoirs ou presque – fut surnommé le Dindon.

Quand allaient-ils venir s'installer chez elle ? se demandait Hermine. Elle ne se faisait plus d'illusions. La Lombarde, par sa taille et sa situation, constituait une résidence de prestige idéale pour un officier allemand. Hector, de son côté, s'inquiétait pour les chevaux. « Ils devront me passer sur le corps ! » affirmait-il de son ton le plus belliqueux. Pauvre Hector. A cinquante-cinq ans, s'il avait conservé sa corpulence, il n'était plus, cependant, en mesure d'impressionner plusieurs Allemands solidement armés et déterminés. C'était peut-être cela, le plus difficile à vivre : cette terrible sensation d'impuissance. La certitude qu'*ils* étaient devenus les maîtres.

Hermine n'avait pas rouvert la Forge au Loup. A quoi bon ? L'armée française avait réussi à contenir l'offensive ennemie sur la Marne, mais les Allemands campaient fermement sur leurs positions et considéraient les Ardennes comme des territoires occupés. Prisonniers. Les Ardennais étaient prisonniers sur leur propre terre, dans leur maison. Une réalité difficile à accepter. Impossible, même.

La femme qui se présenta à La Lombarde paraissait épuisée. Son visage émacié révélait plus que n'importe quel discours ses pérégrinations. Elle s'appuyait à une adolescente aux yeux cernés. Leurs vêtements étaient en partie déchirés, leurs mains écorchées.

— Nous nous sommes cachées dans la forêt, expliqua-t-elle. Nous sommes bien à La Lombarde ? Nous voudrions parler à madame Lecœur.

Etiennette, qui leur ouvrit, devait raconter plus tard qu'elle avait tout de suite remarqué la ressemblance. Juliette, pour sa part, pensa simplement que les visiteuses étaient affamées et, avant le retour d'Hermine, partie aux nouvelles chez le maire, leur servit d'autorité un repas froid.

Elles étaient bien élevées, malgré l'état de leurs vêtements, et parlaient un français châtié, teinté d'une pointe d'accent.

— Vous venez de Belgique ? s'enquit Juliette.

La femme inclina la tête sans fournir d'autres précisions.

La porte du hall claqua.

— Monsieur Warnier ne sait rien de plus que nous, grommela Hermine.

Elle s'immobilisa sur le seuil de la cuisine.

— Mesdames ?

La femme se leva. Cette fois, elle semblait inquiète.

— Albertine Pellot, madame. C'est votre époux qui m'envoie. Il m'a confié sa fille, Valérie.

Elle désignait de la main la jeune fille aux cheveux sombres et aux grands yeux noirs, si semblables à ceux de Séverin. Hermine eut l'impression que le sol de la cuisine se dérobait sous ses pieds. Elle chercha secours du côté de Juliette, qui faisait beaucoup de bruit en remuant ses marmites. Elle se mordit violemment les lèvres.

— Valérie ? répéta-t-elle, pour se donner un peu de temps avant de se tourner vers la jeune fille.

Que pouvait-elle faire ? La jeter sur les routes ? Impossible ! D'autant plus que l'adolescente, s'étant levée, était plantée devant l'horloge à gaine qu'elle considérait d'un air intrigué.

— J'ai l'impression de connaître déjà cette cuisine, dit-elle. Mon père me parlait si souvent de La Lombarde.

Brusquement, Hermine sut ce qu'elle devait faire.

— Bienvenue, Valérie, dit-elle à la jeune fille en lui tendant la main.

33

Albertine Pellot repartit le lendemain malgré l'invitation d'Hermine à se reposer à La Lombarde.

— J'avais promis à monsieur Lecœur de conduire Valérie en lieu sûr, j'ai tenu parole. A présent, je veux retourner chez moi.

Les conseils de prudence d'Hermine n'avaient pu la faire fléchir.

— Je trouverai bien le moyen de passer, affirma-t-elle. Pourquoi donc croyez-vous que monsieur Lecœur m'ait confié sa fille ? Mon père, et son père avant lui, étaient contrebandiers. Une vraie dynastie de fraudeux. *Ils* ne m'auront pas. Je connais tous les chemins.

Valérie l'embrassa au moment du départ.

— Dites bien à papa qu'il me donne de leurs nouvelles, recommanda-t-elle à Albertine.

« Que vais-je faire d'elle ? » se demanda Hermine, en l'observant à la dérobée. Elle avait beau chercher, elle ne découvrait pas chez l'adolescente la moindre ressemblance avec Lillie Wasberge. Valérie était une

Lecœur, jusque dans sa façon de soutenir le regard d'autrui sans mot dire. Elle connaissait tout de La Lombarde et était capable de citer le prénom de chacun des membres de la maisonnée. Bizarrement émue, Hermine avait songé que Séverin ne se comportait jamais comme l'on était en droit de s'y attendre.

Contrairement à ce qu'elle avait redouté, Juliette avait réservé un bon accueil à la jeune fille. « Elle ressemble à madame Mathilde, vous ne trouvez pas ? » Il se chuchotait des choses horribles sur ce qui s'était passé en Belgique, notamment à Dinant et à Namur. Albertine s'était bornée à raconter que Séverin était venu la trouver le vendredi 21 août, alors que les Allemands venaient d'attaquer à nouveau la ville au bord de la Meuse. « J'ai peur pour ma fille. Emmenez-la à l'abri, en France », avait-il prié. Albertine avait promis. Alors que Valérie et elle étaient cachées dans les bois, elles avaient entendu les échos du bombardement. Elles étaient restées tapies, tremblantes, jusqu'à ce que le silence retombe. Un silence peut-être encore plus angoissant que tout le reste. Ensuite, le canon, encore, les avait renseignées sur la progression de l'ennemi.

Le 24 août, Hargnies était en flammes. Albertine et Valérie venaient d'arriver à Haybes lorsqu'un mouvement de panique jeta vers elles des hommes, des femmes, des enfants. La petite ville était bombardée. Instinctivement, Albertine avait entraîné Valérie vers la Meuse. Dissimulées dans la barque d'un pêcheur, elles avaient assisté de loin à des scènes de carnage qui devaient les marquer à jamais. Juliette s'était signée à plusieurs reprises en entendant Albertine évoquer d'une voix enrouée le massacre des habitants réfugiés dans les ardoisières, les otages utilisés comme bouclier humain, les maisons portant le drapeau de la Croix-Rouge incendiées, etc.

L'arrivée de Valérie dans un contexte aussi dramatique avait favorisé son intégration. Sylviane l'avait prise sous son aile. Après quelques jours d'observation, Hermine avait fini par sourire à la jeune fille sans réticence. Comme elle l'avait expliqué à Juliette, Valérie n'était en rien responsable de ce qui s'était passé. Il n'empêchait. Même si Juliette avait été bouleversée par le récit d'Albertine, elle se demandait si la fille de Séverin avait sa place à La Lombarde. Hermine, pour sa part, ne songeait plus à se poser de questions. Chaque jour apportait sa série de mauvaises nouvelles.

« Les chevaux, ils vont forcément réquisitionner nos chevaux », répétait Fabrice depuis l'arrivée des Allemands. Le vieux monsieur ne quittait plus la cuisine. Installé dans un fauteuil à haut dossier au coin de l'âtre, il se réchauffait le cœur en regardant s'activer Juliette et Etiennette. Il ne demandait plus si l'on avait reçu des nouvelles de Julien et ce silence soudain brisait le cœur d'Hermine. « Je suis bien content d'arriver à la fin de ma vie, disait Fabrice. Si Mathilde voyait ce qu'il est advenu de la vallée... »

Les ordres commencèrent à tomber dru dès septembre. Chaque jour entraînait de nouvelles perquisitions, de nouvelles réquisitions. « Ils ne veulent pas nos chemises, par-dessus le marché ? » s'indignait Juliette. Hermine, elle, ne disait rien. Elle songeait à la maison, à la fabrique. Et, surtout, elle pensait à Julien et à Jean-Baptiste. Cette angoisse la rapprochait de Valérie. A quinze ans, la jeune fille avait déjà un caractère bien affirmé. « Mon père a promis de venir me chercher. Il le fera, j'ai confiance en lui », avait-elle dit à Hermine. En attendant, il fallait supporter l'isolement complet, la peur et la faim, sans compter les brimades. Les Allemands installés à Brohant avaient pillé, puis réquisitionné toutes les provisions. Rien ne semblait devoir leur échapper. A chaque fouille – et Dieu sait qu'ils multipliaient celles-ci, dans leur crainte de laisser ne serait-ce qu'une arme en possession des habitants –, ils emportaient des bouteilles de vin, un pot de beurre, un jambon... Plus personne n'osait protester depuis que la femme du notaire s'était retrouvée emprisonnée sous l'école de la rue Pasteur, à Monthermé. La notairesse avait en effet manifesté son vif mécontentement en voyant deux Prussiens se saisir de son argenterie et d'une pendulette Louis XVI à laquelle elle tenait tout particulièrement.

On se le tenait désormais pour dit, mais la rage impuissante empoisonnait les cœurs. Heureusement que le maire, monsieur Warnier, se dépensait sans compter pour tenter de protéger ses administrés. Hermine s'était toujours bien entendue avec cet homme affable, propriétaire d'une scierie.

Fabrice repoussa d'une main agacée la *Gazette des Ardennes*, qui paraissait depuis le 1er novembre 1914.

— La lecture de ce torchon me donne la nausée, grinça-t-il. Quand saurons-nous exactement ce qui se passe ?

La *Gazette* avait, en effet, remplacé toutes les autres publications et se voulait l'organe officiel d'une gigantesque entreprise de propagande. Tout au long de ses articles, elle vilipendait la presse parisienne, faisait l'apologie de la douceur de vivre allemande et traînait l'Angleterre dans la boue. Pour économiser le bois de chauffage et le charbon, la maisonnée avait pris le pli de se tenir dans la cuisine. De toute manière, les repas préparés par Juliette étaient, par la force des choses, assez originaux. Elle avait ainsi inventé des gaufres de pommes de terre, confectionnées avec un kilo de pommes de terre, trois tasses de farine, une tasse de sucre, quatre œufs achetés à prix d'or et vingt-cinq grammes de saindoux.

Ce qu'Hermine et les siens redoutaient sans oser se l'avouer se produisit l'avant-veille de Noël. Elie Warnier, sa casquette à la main, se présenta à La Lombarde en fin de matinée. Le vent venu des Hauts soufflait fort ce jour-là, et le maire avait l'air mal à l'aise.

— Madame Lecœur, je suis venu vous dire...

« Julien ! pensa Hermine. Non, je ne veux pas ! » La voyant blêmir, le maire tendit le bras pour la soutenir.

— Rassurez-vous, il ne s'agit pas de votre fils. C'est que, voyez-vous, *ils* ont réquisitionné La Lombarde.

Hermine était si soulagée qu'elle ne comprit pas tout de suite ce qu'il voulait dire.

— Réquisitionné ?

Elie Warnier se racla la gorge.

— Un officier quelconque, je ne suis jamais fichu de retenir leurs noms, va venir s'installer chez vous. Cet après-midi. Il veut fêter Noël dans une vraie maison.

— Fêter Noël, répéta Hermine.

Cela lui semblait si incongru, vu les circonstances. Choquant, même. Le maire esquissa un sourire triste.

— J'ai fait tout ce que j'ai pu, en disant que vous aviez de la famille à charge. On vous laisse vos chambres et un salon. Sans compter la cuisine, puisque ce monsieur prendra le repas du soir à votre table.

— Trop aimable, répliqua Hermine.

Elle était désemparée mais, en même temps, se sentait d'humeur combative. Même si elle craignait de voir sa maison pillée, saccagée, elle était presque soulagée à la perspective de croiser le fer avec l'occupant. Car elle avait la ferme intention de défendre son domaine.

Elle comprit tout de suite, en soutenant le regard clair de Steinitz, qu'il trouvait la situation amusante. Hermine plaisait au Bavarois, cela se voyait à la façon dont il lissait ses moustaches. Hermine eut envie de hausser les épaules. Etait-elle encore seulement belle ? A quarante-quatre ans, elle avait gardé sa silhouette fine et élancée et avait la chance de ne pas avoir de cheveux gris. Sa situation – tout le monde savait que Séverin et elle étaient séparés depuis plus de vingt ans – aurait pu occasionner des propositions déplacées, mais elle avait toujours su maintenir à distance les hommes trop entreprenants. Et l'admiration de cet officier ennemi suscitait en elle un sentiment de gêne.

Ce sentiment se mua en colère lorsque, partie chercher des pommes de terre à Brohant, elle découvrit à son retour un spectacle navrant devant la maison. L'ordonnance de Steinitz, un échalas au visage en lame de couteau portant un nom interminable, avait transformé une table Louis XV en billot et, l'ayant sortie du hall, tranchait dessus des branches de sapin. Le sapin. Le sang monta aux joues d'Hermine. Ils n'avaient tout de même pas osé ? Elle croisa le regard atterré de Juliette, qui se tenait, muette et voûtée, sur le perron, et comprit. Le grand sapin, l'orgueil de La Lombarde, planté par Frédéric Lecœur, avait été abattu. Il trônait maintenant dans le hall.

Hermine, furieuse, s'élança dans l'escalier. Steinitz avait jeté son dévolu sur les appartements de Mathilde. Hermine y pénétra sans même frapper. Le commandant lisait une lettre devant la fenêtre.

— Ah, madame Lecœur, s'écria-t-il en français.

— Mon sapin.

Hermine, haletante, dut reprendre son souffle.

— Qui vous a permis ? jeta-t-elle, le regard brillant de peine et de fureur contenues.

Steinitz plissa les yeux. Il était grand, assez fort et avait des yeux d'un bleu pâle. « Un sale boche, commentait Juliette dès qu'il avait le dos tourné. Ce n'est pas parce qu'il a l'air aimable qu'il faut lui faire confiance. Ce sont parfois les pires. »

Hermine n'était pas loin de partager l'opinion de la cuisinière. D'autant plus que Steinitz se rapprocha d'elle et laissa tomber, d'une voix soudain glaciale :

— C'est la guerre, madame Lecœur. Votre sapin, comme vous dites, a été… réquisitionné pour fêter dignement Noël. Nous avons reçu comme mot d'ordre de « vivre sur le pays ». Vous comprenez bien ce que cela veut dire ?

La sagesse commandait d'incliner la tête et de se retirer, mais Hermine ne l'entendait pas ainsi.

— La guerre n'est pas terminée, commandant, répliqua-t-elle avec fougue.

Avant de claquer la porte derrière elle. Qu'il la fasse emprisonner s'il le désirait ! A cet instant, elle s'en moquait éperdument. Elle n'avait qu'une idée en tête : résister.

A La Lombarde, tout le monde était tombé d'accord : pas question de partager la table de Steinitz. On avait donc décidé de passer la veillée de Noël dans la cuisine. De toute manière, il y ferait plus chaud. Juliette, en reniflant – « Si c'est pas malheureux de voir ça » –, avait préparé un souper particulièrement frugal. Une soupe, dans laquelle on trempait du pain rassis – le boulanger n'avait plus le droit d'ouvrir sa boutique que tous les trois jours ! D'ailleurs, les autorités allemandes répétaient que le pain rassis était bien meilleur pour la santé –, une bouillie de céréales, une recette inventée par Juliette, accompagnée de quelques pommes de terre. Enfin, en guise de dessert, la cuisinière avait confectionné une sorte de rabote garnie de trois pommes offertes par la bonne du curé, mademoiselle Alice.

D'où les tenait-elle ? Juliette n'avait pas osé le lui demander. Tout le monde « rabinait », pour essayer de survivre. Et le maire lui-même, homme intègre entre tous, avait confié à Hermine son sentiment profond : « Voler le boche n'est pas voler. »

Il était impossible de se rendre à la messe de minuit à cause du couvre-feu. L'abbé Antonin avait prévenu les fidèles qu'il dirait la messe le jour de Noël à neuf heures et demie.

Aucun d'entre eux n'osait regarder les autres. Chacun songeait aux absents.

— Prions, suggéra simplement Fabrice.

Hermine, bouleversée, eut de la peine à retenir ses larmes. Elle priait non seulement pour son fils et son filleul, mais aussi pour tous les membres de sa famille disparus. Relevant la tête, elle croisa le regard perdu de Valérie, qui se mordait sauvagement les lèvres pour ne pas éclater en sanglots. De nouveau, comme le jour de son arrivée, elle tendit la main à la jeune fille.

— Tu es ici chez toi, Valérie, lui dit-elle.

Elle le pensait sincèrement. Il fallait abolir entre eux toute trace de rancœur ou d'amertume. A ce prix seulement ils résisteraient.

34

Tous ses sens aux aguets, Valérie s'immobilisa au milieu de la clairière. Avait-elle rêvé ? Elle avait cru apercevoir une silhouette se faufilant derrière le tronc d'un énorme sapin. Elle aimait la forêt, profonde et sombre. Lorsqu'elle était enfant, elle entraînait son père dans de longues promenades au-dessus de Dinant. La plupart du temps, sa mère ne les accompagnait pas. Lillie désirait avoir Séverin pour elle seule et avait souvent confié sa fille à des gouvernantes. Celle qu'elle avait le plus aimée était Albertine. Elle s'interrogeait souvent sur son sort.

Valérie s'essuya les yeux d'un geste rageur. Elle avait peur. En toute logique, son père aurait dû se manifester, envoyer un messager qui aurait forcé le blocus allemand. Pour elle, il était capable de décrocher la lune. Il le lui affirmait, en tout cas, lorsqu'il lui lisait des histoires avant qu'elle ne s'endorme. Valérie avait connu un Séverin tendre et attentionné. Personne ici ne lui en avait soufflé mot, mais elle pressentait qu'Hermine et les autres habitants de La Lombarde ne le voyaient pas sous ce jour.

Hermine et elle auraient dû se détester. Or, elles s'appréciaient. Depuis son arrivée en France, quatre mois auparavant, Valérie avait reçu chaleur et affection. Beaucoup plus que ne lui en avait témoigné sa mère en un peu plus de quinze ans. Elle n'aimait guère évoquer sa mère. Elle s'était toujours sentie coupable de ne pas s'entendre avec elle. Lillie désirait une petite fille modèle n'ouvrant jamais la bouche, ne salissant pas ses vêtements et ne demandant pas sans cesse : « Pourquoi ? » Un défi impossible à relever par Valérie, garçon manqué, impétueuse et vive. Valérie avait besoin d'amour et de tendresse. Dieu merci, son père lui en avait toujours prodigué mais, à côtoyer les habitants de La Lombarde, elle comprenait mieux ce dont elle avait manqué durant l'enfance. Le sentiment d'appartenir à une famille unie.

Elle gardait le souvenir effrayé de terribles disputes opposant ses parents. « Tu ne m'aimeras jamais comme tu as aimé ta femme ! avait jeté Lillie au visage de Séverin. Et pourtant, tu n'as pas su la garder. » Ce jour-là, elle avait cru que son père allait lever la main sur sa mère. Elle avait hurlé, s'était précipitée entre eux deux. Pour elle, Séverin n'avait rien répondu. Mais Valérie avait gardé au cœur une secrète terreur. Cette autre femme ne risquait-elle pas de lui enlever un jour son père ?

Valérie marcha jusqu'au sapin. Une branche craqua derrière elle. Elle se retourna vivement, entrevit une silhouette. Un inconnu se détacha du couvert et s'approcha d'elle à pas prudents. Il portait une barbe en broussaille et paraissait épuisé.

— Ne criez pas, lui dit-il d'une voix lasse. Si jamais vous criez, je ne sais pas ce que je serais capable de faire.

Il la menaçait d'une baïonnette.

Valérie, cependant, n'avait pas peur. Elle fit un pas vers lui.

— Donnez-moi votre arme, dit-elle, en tendant la main.

— Hermine, j'ai quelque chose à vous dire.

Le ton dont usait Valérie était si décidé qu'Hermine avait levé le nez au-dessus de la *Gazette des Ardennes* qui versait de plus en plus dans une propagande germaniste éhontée. Valérie lui avait alors dévidé toute l'histoire. Le soldat français caché dans la forêt, sa décision de l'aider. C'était ainsi que tout avait commencé. Il avait bien fallu mettre toute la maisonnée dans la confidence. Impossible, en effet, soutenait Hermine, de faire courir un danger aux habitants de La Lombarde sans leur avoir expliqué pourquoi ni leur avoir demandé leur avis auparavant. Au côté d'Hermine, Valérie apprenait à devenir une personne responsable. Curieusement, Juliette avait été la seule à émettre une objection : « Ils nous fusilleront tous sans exception si jamais ils découvrent ce soldat », avait-elle remarqué. Hermine s'était tournée vers elle et l'avait affectueusement saisie aux épaules. « Et s'il s'était agi de Jules, votre fiancé ? Imaginez, Juliette. Moi, je me dis qu'au même moment on protège peut-être Julien ou Jean-Baptiste. » Ce dernier argument avait entraîné l'adhésion de tous. Il fallait déjà dénicher une cachette. Hector avait sa petite idée. Dans les écuries, une trappe ouvrait sur un local destiné à servir de resserre d'appoint. Peut-être que cela suffirait pour l'instant ?

— Il faudra trouver autre chose par la suite, enchaîna Anna-Maria. Avec l'ordonnance de Steinitz qui fouille partout.

— Il « foucine », appuya Juliette. L'autre matin, j'ai cru tomber raide morte en le découvrant dans la buanderie, penché au-dessus des lessiveuses d'Etiennette.

Otto, l'ordonnance en question, était fouineur et cauteleux. Personne ne l'appréciait à La Lombarde, mais il en allait de même à l'égard de tous les occupants.

Germain, Sylviane et Valérie se proposèrent pour aller chercher le soldat. Ils œuvreraient par une nuit sans lune, en priant le ciel de ne pas croiser le chemin du *Feldgendarm* et de son chien. Lorsqu'ils revinrent, soutenant le soldat, Anna-Maria et Hermine les attendaient dans les écuries. Les impostes étaient occultées par d'épaisses couvertures brunes, si bien que personne, depuis La Lombarde, ne pourrait distinguer les allées et venues de la lampe-torche qu'Hermine tenait. Ces lampes-torches, pratiquement inconnues dans les campagnes au début de la guerre, avaient fait croire aux réfugiés d'août 1914 à la présence de feux follets se déplaçant dans les fougères. Celle que possédait Hermine lui avait été offerte par Raphaël, quelques semaines avant la guerre. Initiative dont elle s'était déjà félicitée à plusieurs reprises, avec l'instauration du couvre-feu.

Le soldat français, épuisé, leur raconta par bribes son équipée. Blessé au cours de l'offensive allemande du 24 août, il s'était réfugié dans les bois pour échapper aux massacres de La Chapelle et il n'avait ensuite plus retrouvé son unité.

Hermine soupira.

— La resserre ne constitue qu'un pis-aller. Ce maudit Otto ne tardera pas à soupçonner quelque chose. Non, il faut trouver une cachette plus sûre.

Le regard brillant, Anna-Maria s'immobilisa au beau milieu des écuries.

— Un abri, un abri dans la forêt, murmura-t-elle. Antoine m'a souvent raconté que des communards avaient trouvé refuge dans les bois d'Aiglemont, après la semaine sanglante.

Leur protégé se nommait Martial Fleury. Il venait du Périgord. Lorsqu'elle avait croisé son regard, à la fois perdu et déterminé, Hermine avait compris qu'elle mettrait tout en œuvre pour lui venir en aide.

— Tu as raison, dit-elle à Anna-Maria. La forêt représente le meilleur abri dont nous disposions.

N'était-ce pas à cause de la forêt que les Allemands exerçaient une répression si forte sur les Ardennais ? Les bois profonds de la vallée pouvaient abriter ces francs-tireurs qu'ils redoutaient par-dessus tout, après avoir essuyé leurs tirs au cours de l'hiver 1870-1871.

Hermine ne put s'empêcher d'esquisser un petit

sourire moqueur en se glissant dans sa chambre. Les ronflements sonores de Steinitz provenaient de ses appartements. « Si tu savais », pensa-t-elle. Agir lui permettrait de surmonter son angoisse. A ce prix seulement elle parviendrait à ne pas se laisser aller au désespoir.

Curieusement, la présence de Martial à La Lombarde contribua à rendre l'espoir aux habitants de la maison. Ils en avaient bien besoin. Tout au long du printemps, les mesures arbitraires s'abattirent sur les Ardennes occupées. Après que les propriétaires de vélos eurent dû faire une déclaration en règle à la mairie pour le 5 janvier, ce fut au tour des propriétaires de chiens, le 24 avril 1915. On apprit en même temps que la possession d'un chien, qu'il soit berger ou de chasse, vaudrait à son maître le paiement d'une taxe mensuelle de six francs. Si l'animal ne portait pas la plaque attestant le paiement de la taxe, il serait abattu sur-le-champ.

— Quelle injustice ! s'écria Sylviane, furieuse, en remontant du village.

Philo, qui avait dû fermer la boutique parce que son dos cassé en deux ne lui permettait plus de travailler quinze heures par jour, allait être obligée de se séparer de Grognard, son dernier « moteur à puces ». C'était un bon chien noir, de race indéterminée, comme ses prédécesseurs, qui n'avait jamais rechigné à la tâche.

— Que va-t-elle en faire ? questionna innocemment Valérie.

Sylviane lui jeta un regard durci.

— Hé ! Crois-tu qu'elle ait le choix ? Elle va tuer

elle-même son pauvre chien plutôt que de laisser les boches s'en charger.

Sylviane avait beaucoup changé au cours de l'hiver. La jeune fille supportait de plus en plus mal les privations et la restriction de liberté. Sa vie à La Lombarde ressemblait à un tunnel interminable.

Valérie contemplait son amie d'un air horrifié.

— Tuer Grognard, ce brave chien qui déborde d'affection ? Ah, certes non !

Hermine, consultée en hâte, admit bien volontiers qu'il s'agissait là d'une mesure injuste et cruelle. Le coffre-fort contenant les économies fut mis à contribution pour régler la taxe qui sauverait la vie de Grognard. « Pour combien de temps ? » se demandait Hermine, sans oser révéler le fond de sa pensée à Valérie. Ses réserves s'épuisaient.

Le 5 mai, les propriétaires de chevaux apprirent qu'ils devraient les présenter sur la place de la Mairie le lendemain, jeudi 6 mai à quatre heures de l'après-midi avec les harnais et les voitures à quatre roues. Hermine et Valérie, le cœur lourd, accompagnèrent Hector et Germain. Le cocher donnait l'impression de flotter dans ses vêtements. Il caressa longuement César, son préféré, avant de le laisser aller.

— Mon beau, mon tout beau, je ne supporte pas l'idée qu'ils le transforment en chair à canon, l'entendit murmurer Hermine.

Autour d'eux, sur la place de la Mairie, bûcherons et cultivateurs partageaient le même désarroi. Ils n'étaient même pas révoltés. La perte de leur compagnon de labeur les plongeait dans un état proche de l'hébétude.

Ils regagnèrent La Lombarde à pas lents. Hector contemplait d'un air sombre le licol vide de César qu'on lui avait laissé.

— Donnez-moi ça, intervint Hermine, sur le perron.

Elle avait eu peur, soudain, qu'il ne commette un acte de désespoir. Elle prenait conscience de la fragilité masculine. Pour sa part, tant qu'elle pourrait agir, elle ne céderait pas à l'abattement. Elle échangea un regard complice avec Valérie.

— Nous allons nous battre, toi et moi.

Sylviane, consultée, accepta de les emmener de l'autre côté de la frontière. N'était-ce pas le seul moyen de subsister ?

— Madame, vous avez perdu l'esprit, gronda Juliette en voyant Hermine vêtue d'un pantalon masculin appartenant à Julien.

Sylviane, mise à contribution, l'avait ajusté à sa taille. Elle avait coupé pour Valérie et pour elle des vêtements rappelant les pantalons de golf, dans lesquels elles seraient plus à l'aise pour se faufiler sous les fils de fer barbelés.

— Et qu'est-ce que je dirai à Julien, moi, si vous vous retrouvez en prison ou fusillée ? grommela Juliette.

Hermine lui sourit.

— Tu lui diras ce que Steinitz nous répète chaque fois que nous le croisons dans l'escalier : « *Ach*, quel malheur, la guerre ! » répliqua-t-elle. Et maintenant, en route. Notre locataire indésirable et son âme damnée ne resteront pas tous les soirs au quartier général de Charleville.

Ce fut cette nuit-là que l'amitié se noua entre les trois femmes d'origine et d'âge différents. Sylviane connaissait bien les sentiers empruntés par les contrebandiers, mais les Allemands étaient nombreux à patrouiller dans les bois. Elles passèrent cependant sans encombre en Belgique et se ravitaillèrent en pommes de terre, en lard et en tabac. Même si personne ne fumait à La Lombarde, le tabac constituait une précieuse monnaie d'échange.

Dans la baraque de l'épicier, Valérie s'immobilisa devant une feuille de journal qui emballait les carottes à chiquer.

— Le martyre de Dinant, lut-elle d'une drôle de voix étranglée.

Hermine se rapprocha de l'adolescente.

— Nous n'avons aucune certitude, dit-elle doucement.

En septembre, les bruits les plus contradictoires avaient couru sur les exactions commises par les Allemands en Belgique. Depuis, les Ardennais n'avaient plus eu la possibilité de glaner d'autres informations et ce n'était certes pas la *Gazette des Ardennes* qui les renseignerait.

— Laissez-moi lire, voyons, protesta Valérie, en s'emparant de la feuille de journal.

Son visage pâlissait au fur et à mesure qu'elle lisait. Hermine se sentit pleine de compassion en prenant connaissance à son tour de l'article. C'était un citoyen hollandais, monsieur Staller, donc neutre et impartial, qui racontait la destruction de Dinant. Il expliquait que les Allemands étaient revenus dans la cité le vendredi 21 août, après que les Français eurent repoussé une première attaque le 15 août. Ce 21 août, donc, ils pénétrèrent jusqu'au milieu de la ville dans une automobile blindée et mitraillèrent les maisons. Comme il était déjà très tard, de nombreuses personnes furent tuées dans leur lit. Le lendemain, les Allemands bombardèrent la ville et l'investirent le lundi matin. Leur première mesure fut de fusiller séance tenante cent cinquante-trois civils sur la place en face de la prison. En guise de justification, ils prétendirent que les habitants avaient tiré de leurs maisons sur eux. Les représailles n'étaient pas finies : au cours des jours suivants, on fusilla de nouveau plus de cent cinquante personnes, avant d'en arrêter environ cinq cents. Parmi ces prisonniers, transportés à l'abbaye des prémontrés, se trouvaient beaucoup de femmes et d'enfants. Quatre infortunées accouchèrent dans une cellule, sur le pavé de pierre, tandis que les officiers se livraient à des simulacres d'exécution. Les hommes furent finalement mitraillés sous les yeux incrédules des femmes et des enfants.

Le martyre de Dinant n'était pas terminé. Pendant que les soldats se livraient au pillage de la ville, de nombreuses personnes étaient encore exécutées. A Anseremme, dix-huit femmes et deux enfants réfugiés sous un pont furent abattus à la mitrailleuse. A Nefle, le consul d'Argentine fut fusillé sous les yeux de sa femme. D'autres noms, d'autres exemples suivaient. En tout, plus de huit cents personnes. Valérie tituba.

— Ils sont morts, n'est-ce pas ? articula-t-elle avec peine. Mon père, tout au moins. Il ne serait jamais resté tout ce temps sans me faire parvenir de ses nouvelles. Il aurait trouvé un moyen. Il... il a toujours été un père merveilleux.

Ce n'était pas, ce ne serait jamais le moment de confier à Valérie que Séverin n'avait pas été un mari merveilleux. Les rancœurs, le chagrin s'estompaient devant ces faits atroces. Hermine partageait la quasi-certitude de Valérie. Séverin était mort à Dinant au cours de l'été précédent. Comment expliquer, sinon, son silence ?

Elle serra la jeune fille contre elle.

— Pleure, Valérie, lui recommanda-t-elle. Les larmes qu'on retient finissent par nous empoisonner le cœur.

Ni l'une ni l'autre ne prononça le nom de Lillie. Si elle avait survécu, elle devait avoir fui Dinant.

Sylviane toussota.

— Il faut rentrer. Les gardes...

D'un geste décidé, Hermine chargea un lourd sac de pommes de terre sur ses épaules. « Séverin serait horrifié s'il me voyait », pensa-t-elle, avec une sorte de douceur.

Elle se retourna vers Valérie.

— Dépêchons-nous. On nous attend à la maison.

Elles reprirent le chemin des bois. Dans leur dos, les nuages voilaient la lune.

35

Hermine laissa échapper un soupir avant de se tourner vers Juliette qui versait dans les assiettes une sorte de bouillon clair, la panade à l'eau. Pour l'obtenir, elle avait fait tremper des croûtes de pain dans de l'eau tiède, avant de les écraser au pilon. Elle avait ajouté un bon litre d'eau, mêlé le tout et l'avait laissé bouillir une bonne dizaine de minutes avant de le passer au moulin à légumes.

— Si c'est pas malheureux de vous servir ça, ronchonnait la cuisinière. Quand je pense...

— Ne pense pas trop, l'interrompit Sylviane.

Hermine opina du chef.

— Il faut que nous parlions de Martial.

Le matin même, elle avait surpris Otto en train de tourner dans les écuries vides. Avait-il entendu du bruit provenant de la resserre ? Il était urgent d'intervenir avant qu'il ne soit trop tard.

— J'ai toujours dit que votre soldat nous causerait du tort, grommela Juliette. Vous savez bien, pourtant, que depuis le 1er août il est interdit de donner asile à un passant, même parent, d'une autre commune qui n'a pas sa carte d'identité. Le Dindon l'a encore répété pas plus tard qu'hier.

Valérie posa sa cuiller.

— Depuis quand obéissez-vous scrupuleusement aux boches, Juliette ? Je vous croyais leur ennemie.

La jeune fille avait changé, pensa Hermine en l'observant avec attention. Son regard, si semblable à celui de Séverin, s'assombrissait encore chaque fois qu'on évoquait en sa présence les mesures prises par l'occupant. A croire que celui-ci s'ingéniait à multiplier les brimades !

Après la réquisition des chevaux, les pigeons avaient été recensés le 26 mai avant d'être tués le 27. Le 4 juin, les habitants de la vallée avaient appris qu'il leur était interdit de couper et de rentrer du foin sans l'autorisation des autorités allemandes. Le 15 juin, tous les foins récoltés devaient être transportés dans les magasins allemands. Le 17 juin, réquisition de tous les hommes de seize à soixante ans pour faucher les champs. Le 13 juillet, le Dindon avait annoncé que les autorités allemandes réclamaient des ouvriers volontaires pour aller travailler sur les routes. Annonce qui, bien entendu, n'avait pas été suivie d'effets. Dans la foulée, une succession d'interdictions s'était abattue sur les Ardennais. Interdit de former des groupes dans la rue. Interdit de garder par-devers soi des cartes de France ou des Ardennes. Interdit de circuler pendant l'obscurité. Interdit de sortir de la commune sans autorisation. Interdit, sous peine de mort, d'abriter ou de cacher chez soi un étranger. La liste s'étirait, interminable, assortie d'ordres de plus en plus contraignants. *Ils* étaient vraiment chez eux, désormais, comme l'affirmait Anna-Maria, et tenaient les Ardennes en coupe réglée.

La mère de Sylviane releva la tête.

— La seule solution, c'est de cacher Martial dans la forêt. Je l'avais déjà dit. Si Germain et Hector veulent bien m'aider, je sais comment lui construire un abri. Nous le ravitaillerons. D'ailleurs, c'est un homme du bois, il saura se débrouiller.

Elle ne put, cependant, réprimer un frisson à la pensée que l'hiver approchait. Chaque soir, avant de s'endormir, Anna-Maria récitait une action de grâces parce qu'elle était dans un *vrai* lit. Pensée qu'elle se reprochait aussitôt après en se demandant dans quelles conditions dormait son fils. C'était plus fort qu'elle cependant. Vivrait-elle cent ans, elle ne parviendrait jamais à chasser de sa mémoire les mois passés dans une hutte, sur les Hauts.

Les convives se regardèrent. Au-dehors, une pluie rageuse se mit à gifler les volets. Le tic-tac de l'horloge fit sursauter Hermine, perdue dans ses pensées. Elle savait que tous guettaient sa réponse.

— Il ne faut pas que Martial soit repris, déclara-t-elle enfin, lentement.

— C'est bien ce que je craignais. Vous courez encore au-devant des ennuis, grogna Juliette.

Son sourire complice démentait ses paroles de mauvaise humeur.

Raphaël enveloppa d'un regard chargé de mépris le ballet des automobiles, des officiers, des chauffeurs et des laquais qui circulaient et s'affairaient, courant parfois en tous sens, autour du square de la Gare.

Charleville avait été choisie pour héberger le quartier général allemand et les services de l'Empire. Le Grand Quartier, un secteur résidentiel ouvrant sur le square de la Gare, abritait la résidence de l'empereur. Il s'agissait d'une élégante demeure baptisée le château Corneau, en brique rose et pierre d'un délicat jaune clair, située non loin de la gare. Une grande animation régnait en permanence autour du château Corneau et de cinq autres villas du même style occupées par les Allemands. Plus de six cents officiers et plusieurs milliers de subalternes s'étaient installés à Charleville et à Mézières.

Raphaël manqua heurter le docteur Carrière qui sortait du Grand Quartier. Le médecin avait vieilli mais il portait encore beau.

— Monsieur Pratte, quelle bonne surprise, s'écria-t-il en tendant la main à Raphaël. Seriez-vous, vous aussi, en quête d'un laissez-passer ? enchaîna-t-il un ton plus bas.

— En effet. J'enrage de ne pas avoir de nouvelles de ma cousine.

— Ces entraves à la libre circulation sont intolérables. Mais il doit bien y avoir moyen de s'arranger. Madame Lecœur avait des problèmes cardiaques, si je me rappelle bien ?

— Oui, acquiesça Raphaël d'une voix hésitante.

Pauvre Hermine ! Carrière était fort capable de lui

inventer les maux les plus horribles et les plus divers pour la bonne cause.

— Eh bien, je vais lui faire rédiger un *Ausweis* qui lui permettra de venir me consulter à mon cabinet deux fois par mois, poursuivit-il. De cette manière, je pourrai surveiller l'évolution de son état. Disons... le mardi en début d'après-midi.

Cette dernière phase fut assortie d'un coup d'œil appuyé destiné à Raphaël. Celui-ci hocha la tête.

— Ce serait préférable, en effet. Vous vous occupez de tout, docteur ?

— Bien sûr. Attendez-moi donc dans le square. J'ai tiré d'affaire un général souffrant d'une blennorragie attrapée je ne sais où. Il ferait beau voir qu'il n'accède pas à ma requête.

Une demi-heure plus tard, Raphaël, ravi de l'aubaine, glissait dans son portefeuille deux laissez-passer, l'un destiné à Hermine et l'autre lui permettant de se rendre à La Lombarde. Il serra longuement la main du médecin, ne trouvant pas les mots pour le remercier.

— Ne dites rien, surtout, lui recommanda Carrière. Et transmettez mes hommages à madame Lecœur.

Madame Lecœur, tout le monde la nommait ainsi, dans la vallée aussi bien qu'à Charleville. Cela étonnait toujours un peu Raphaël, qui n'avait jamais oublié la jeune fille tendue et farouche découvrant sa famille ardennaise un jour de 1888. Tant d'événements s'étaient succédé depuis, mais il n'avait pas cessé d'aimer Hermine. Songeur, il monta dans sa

Renault et s'engagea vers la sortie de la ville. Il lui faudrait montrer patte blanche à chaque poste de garde, mais peu lui importait. Il avait enfin en sa possession le laissez-passer tant convoité lui permettant de rejoindre Hermine.

La vallée paraissait prise au piège d'un impitoyable carcan. Les policiers allemands contrôlaient les piétons comme les automobilistes à tous les ponts de la Meuse. Celui qui, par malheur, ne pouvait produire de laissez-passer, était aussitôt emprisonné. En cas d'oubli de ses papiers, le contrevenant était frappé d'une amende. De plus, la présence de Guillaume II en ville renforçait la sévérité des contrôles. Sans relâche, des patrouilles se dissimulaient dans les fossés et les prairies, afin de parer à toute attaque terroriste. « Nous sommes bel et bien sous la botte allemande », songea Raphaël le cœur lourd de rage impuissante.

Une atmosphère lugubre pesait sur Brohant. Le contraste avec l'ambiance de kermesse, vulgaire et débridée, de Charleville, était saisissant. Raphaël fut heureusement surpris de découvrir une Hermine amaigrie certes, mais pleine de fougue. Elle lui présenta Valérie.

— La fille de Séverin, précisa-t-elle, avec une pointe de défi dans la voix.

Il l'aimait belle et rebelle, refusant de se plier aux convenances comme aux exigences de l'occupant. Il la serra contre lui.

— Tu m'as manqué.

Il ne voulait pas en dire plus. Pas devant cette jeune

beauté au regard sombre qui semblait déjà tout connaître de lui.

En son honneur, Juliette sacrifia sa dernière tranche de lard, sèche et racornie. Les habitants de La Lombarde ouvrirent de grands yeux en entendant Raphaël décrire la vie à Charleville. La morgue dont faisaient preuve les officiers prussiens n'était rien comparée à la muflerie du Kronprinz Frédéric-Guillaume. Parlant un excellent français qu'il truffait d'expressions argotiques dans le but de s'encanailler, il n'hésitait pas à se mêler à la population carolopolitaine et à lancer crûment aux jeunes filles qui croisaient sa route : « Eh bien, la belle poulette, quand coucherez-vous avec moi ? »

Le regard de Sylviane se mit à briller.

— C'est peut-être le meilleur moyen de ne plus mener cette vie de misère, murmura-t-elle d'une voix rêveuse.

— Tu n'as pas honte de penser ça ?

Une gifle claqua. La mère et la fille se regardèrent, aussi choquées l'une que l'autre. Le silence tomba. Hermine toussota.

— Raphaël, ce ne sont pas des histoires à raconter en présence de jeunes filles.

— Bien sûr, excusez-moi.

Il paraissait au comble de l'embarras. Juliette haussa les épaules.

— Pauvrettes, il faut bien qu'elles soient averties. Finalement, nous sommes peut-être plus tranquilles ici, avec le Dindon et Steinitz.

Sylviane, le regard durci, ne soufflait mot. Elle

songeait qu'elle devait trouver un moyen de partir pour Charleville. Là-bas seulement elle pourrait mener la vie dont elle rêvait.

Anna-Maria, les yeux baissés, tournait autour du bureau. Elle semblait en proie à une grande gêne.

— Qu'est-ce que tu veux me dire ? questionna brusquement Hermine.

Son amie soutint son regard intrigué.

— Je me demandais, comme ça, si vous aviez la même impression que moi. Quand nos garçons rentreront, est-ce qu'ils auront changé tout comme nous ? Nous vivons comme des ours, accrochés à La Lombarde, au petit bout de terre qu'on nous laisse encore cultiver, c'est pas une vie. Je suis sûre que vous n'avez même pas osé parler de Martial à monsieur Pratte.

C'était vrai. Raphaël et Hermine avaient évoqué les membres de la famille, échangé quelques nouvelles. Raphaël, grâce à un réseau d'amis, était plus au fait de la situation réelle que les habitants de Brohant, mais c'était tout. Avait-il senti lui aussi que les gens de La Lombarde formaient un clan ? Lorsqu'il était reparti, Hermine avait songé que son sort était plus enviable. Elle au moins n'était pas seule. Hermine et son cousin s'étaient affrontés au sujet de Valérie. Lorsqu'il avait appris l'identité de la jeune fille, le « farinier à couleurs » n'avait même pas cherché à dissimuler sa réprobation.

« Aurais-tu perdu l'esprit ? avait-il attaqué d'une

voix cassante. Cette fille… tu sais ce qu'elle représente, tout de même ! »

Hermine avait soutenu le regard assombri de son cousin, avant de répondre : « Je sais simplement qu'elle est seule. Comme moi lorsque tes parents, Marion et toi m'avez accueillie au moulin. J'avais ma mère, mais je me sentais aussi solitaire et abandonnée que Valérie. »

Raphaël n'avait pu dissimuler sa gêne.

« Tu es plus généreuse que je ne le serai jamais, Hermine. Ton mari…

— Mon mari est certainement mort, sinon il ne serait jamais resté aussi longtemps sans prendre des nouvelles de Valérie. Oublions le passé, Raphaël. Tu ne crois pas que nous avons suffisamment de problèmes à résoudre ? »

Il avait acquiescé, plus pour lui complaire que par réelle conviction. Lui n'oubliait rien, et surtout pas la façon dont Lecœur l'avait traitée. Il se mêlait peut-être à sa rancune le remords de n'avoir pu empêcher cette union qu'il avait pressentie vouée à l'échec dès le début.

Au moment de prendre congé, Raphaël retint contre lui sa cousine.

— Promets-moi d'être prudente, lui recommanda-t-il.

Elle promit, en se gardant bien de lui confier l'existence de Martial. Ils convinrent de se retrouver chez Carrière la prochaine fois. Sylviane courut vers Raphaël.

— Monsieur Pratte, attendez-moi !

Les battements précipités de son cœur soulevaient son corsage à l'encolure lâche. Elle était belle et savait jouer de son charme. Elle ne resterait pas longtemps à La Lombarde, songea Raphaël. Impression qui se confirma lorsque la fille d'Anna-Maria lui eut exposé sa requête. Elle avait besoin de se rendre à Charleville pour y acheter des étoffes. Ne pouvait-il trouver un moyen ? Demande assortie d'un sourire à se damner.

— J'y réfléchirai, assura Raphaël.

Il connaissait à l'avance le contenu du certificat que rédigerait Carrière. Les Allemands redoutaient tant les ravages de la tuberculose qu'ils accordaient systématiquement des laissez-passer aux personnes affligées d'une toux persistante.

— Tu prendras garde à toi, ne put-il s'empêcher cependant d'ajouter. Charleville est devenue un repaire de boches. Ce n'est pas l'endroit idéal pour une belle fille comme toi.

— N'ayez pas peur pour moi.

Sylviane rejeta en arrière sa lourde chevelure brune d'un superbe mouvement d'épaules.

— Je sais mener ma barque, affirma-t-elle avec assurance.

A cet instant il l'envia presque. Lui se sentait vieux, tout à coup. Inutile.

36

Ayant jeté un dernier regard par-dessus son épaule, Valérie s'enfonça sous le couvert. La forêt procurait une fraîcheur bienvenue en cette journée caniculaire d'août et la jeune fille goûta durant quelques instants le plaisir de fouler le tapis de fougères. Elle se sentait chez elle dans la forêt. C'était le seul endroit où elle retrouvait ses souvenirs d'enfance, ces longues promenades partagées avec son père, pendant lesquelles il lui parlait de La Lombarde. Elle n'avait pas vraiment souffert de sa situation marginale : son père l'avait toujours protégée et une préceptrice s'était chargée de son éducation. Elle avait eu, cependant, très jeune, conscience d'être *différente*. Elle avait connu l'humiliation des conversations s'arrêtant net lorsqu'elle pénétrait dans un magasin, les camarades rencontrées au square qui « n'avaient pas le droit de jouer avec elle », les murmures qui la suivaient, etc. Elle en avait tiré une certaine force. Tant que son père se trouvait à ses côtés, elle ne redoutait rien ni personne.

Elle s'appuya contre le tronc d'un chêne, ferma les yeux. La certitude que Séverin était mort avait failli la faire basculer dans le désespoir. Heureusement, il y avait Martial. La nécessité de cacher le jeune soldat, de lui procurer des vivres, avait aidé Valérie. Elle émit un sifflement modulé, auquel répondit quelques instants plus tard le cri de la hulotte. Elle sourit. Martial était là. Son expérience de bûcheron et l'aide de Germain avaient permis au soldat d'aménager un abri sous un amas de branchages. L'entrée était en partie dissimulée derrière le tronc énorme d'un chêne, mais elle serait vite repérée si les Allemands procédaient à une fouille systématique de l'endroit. Les Allemands... Valérie éprouvait pour eux une haine nue, viscérale. Martial sortit de l'ombre. Anna-Maria lui avait donné de vieux vêtements ayant appartenu à son mari, en velours vert foncé. Son visage s'était émacié et il paraissait las. Valérie lui tendit le pain, un mauvais pain au goût de moisi prononcé, et s'assit à ses côtés sur la mousse tandis qu'il mangeait, à bouchées lentes et prudentes, en homme qui connaît la signification du mot faim. Elle lui parla, aussi, des nouvelles communiquées par Raphaël. Contrairement à ce que prétendait la *Gazette des Ardennes*, les Allemands avaient essuyé des échecs.

— Nous devons tenir, commenta sobrement Martial.

Valérie aurait aimé pouvoir se confier à lui, se décharger sur lui de son trop-plein de questions concernant le sort de ses parents. Lillie avait peut-être réussi à se sauver. Mais son père était mort, il ne pouvait en être autrement. Chaque nuit, elle se réveillait en sursaut, la bouche grande ouverte sur un cri de refus et de révolte qu'elle ne parvenait pas à libérer. Impossible, cependant, de se livrer à Martial. Il avait suffisamment de soucis. Elle se contenta donc de lui rappeler les consignes de Germain. Ne pas s'approcher du village ni des baraques de la frontière, attendre que Sylviane ou elle-même revienne lui apporter de quoi subsister. Quoique Sylviane... Elle fit la moue. Depuis qu'elle se rendait à Charleville une fois par semaine, la fille d'Anna-Maria n'était plus la même.

Martial tendit à Valérie un recueil de poèmes soigneusement enveloppé dans un morceau de toile cirée destiné à le protéger de l'humidité.

— Je vous rends votre livre. Je l'ai lu à la lueur de ma lampe électrique, au fond de ma cabane. Vous ne pouvez pas savoir le bien que ça m'a fait.

— Gardez-le, proposa spontanément Valérie.

Martial secoua la tête.

— C'est gentil à vous, mais inutile. Je l'ai tellement lu et relu que je le connais par cœur. Autant faire plaisir à un autre soldat égaré.

Il tentait de plaisanter, mais Valérie ne sourit pas. Elle contempla la forêt d'un regard empreint de désespoir.

— Combien de temps allez-vous vous terrer comme une bête pourchassée, Martial ? Et nous... combien de jours, de semaines ou de mois allons-nous tenir, entre les réquisitions et les contributions de guerre ?

Le jeune homme se rapprocha de Valérie et lui posa la main sur l'épaule, d'un geste à la fois timide et maladroit.

— Vous vous battez, d'habitude. Il ne faut pas baisser les bras, Valérie. Pas vous.

Sans bien savoir comment, elle se retrouva le visage pressé contre sa veste. Il n'y avait pourtant aucune équivoque entre eux. Elle le considérait comme un ami ou encore comme un grand frère. Elle renifla.

— Excusez-moi, Martial. Faites bien attention à vous.

Elle s'enfuit, sans regarder en arrière. Elle n'était pas forte, contrairement à ce qu'elle avait toujours pensé. Seulement, son orgueil l'empêchait, en temps ordinaire, de laisser voir à quel point elle avait peur.

Sylviane redressa la tête, de façon à peine perceptible, avant de jeter un coup d'œil à son reflet dans la vitrine. Il n'y avait pas à dire, sa robe bleue lui allait bien et mettait son corps souple en valeur. Elle était belle, les regards chargés de désir des *Feldwebel* le lui disaient crûment. Mais la piétaille ne l'intéressait pas. Elle désirait rencontrer un homme qui possédât suffisamment de pouvoir pour lui offrir la vie dont elle rêvait. Si elle l'avait su, sa mère lui aurait brisé son manche à balai sur le dos. Peu importait à Sylviane. Elle refusait de mourir à petit feu à La Lombarde, en espérant une hypothétique victoire des Alliés. Elle avait soif d'autre chose. Charleville occupée ressemblait à un caravansérail pris de folie. Soldats et permissionnaires se promenaient le long des allées ou sous les arcades de la place Ducale, tandis que des commerçants offraient à leur convoitise une montagne de victuailles et de marchandises. Sylviane s'immobilisa devant une charrette débordant de pâtisseries. La faim était devenue une sensation familière. Elle haussa les épaules, passa son chemin. Un petit vent frisquet venu de la vallée remontait la rue du Moulin. Elle éprouva la tentation de pénétrer à l'intérieur d'un café pour se réchauffer, recula. Elle avait peur, soudain, qu'on ne la confonde avec les quelques jeunes femmes, au visage peint, qui trébuchaient sur les pavés en se pavanant au bras de galonnés. Les « femmes à boches », comme on les appelait, étaient haïes et méprisées. Malgré son désir profond de changer de vie, Sylviane n'était pas prête à sauter le pas.

Elle recula, tandis que la gêne lui faisait monter le rouge aux joues. Dans son mouvement, elle heurta un inconnu qui s'excusa dans un français impeccable. Sylviane se retourna, lentement. Elle se sentit réchauffée par le regard de l'homme qui lui faisait face. Sanglé dans son uniforme d'officier, il avait une belle prestance. Il claqua les talons.

— Mademoiselle, laissez-moi vous offrir une douceur, suggéra-t-il.

Elle aurait dû prendre son air le plus offusqué et partir prestement. C'était, du moins, l'attitude qu'Anna-Maria ou Hermine aurait adoptée. Au lieu de cela, Sylviane sourit à l'officier aux yeux clairs.

— Je ne sais si je dois, murmura-t-elle.

D'autorité, il lui donna le bras.

— Je connais un magasin où l'on peut manger autant qu'on le désire.

Elle fit un pas en arrière. Que croyait-il donc ? Qu'elle allait se jeter à son cou pour assouvir sa faim ?

Il lut son indignation sur son visage, partit d'un grand rire contagieux.

— Je suis très maladroit, j'en ai peur. C'est de votre faute, aussi : vous êtes trop jolie.

Trop jolie ! Il y avait longtemps qu'on ne lui avait adressé pareil compliment. Comment l'aurait-on pu, d'ailleurs, alors que la plupart des jeunes gens de la vallée avaient été envoyés au front ? L'homme qui se tenait à côté d'elle, même s'il était un ennemi, était bien vivant. « Offrez-moi une chance de vivre autre chose, de ne plus être prisonnière à Brohant », songea Sylviane avec ferveur. Elle posa délicatement le bout de ses doigts gantés sur le bras de l'officier. Elle avait choisi.

37

1916

Hermine détourna la tête pour éviter de regarder du côté du vallon. Hector, qui l'accompagnait, toussota.

— Vous ne pouviez pas agir autrement, madame Hermine.

La mesure édictée par l'ennemi était tombée le 25 novembre 1916 : « Toutes les clefs devront être sur les portes des usines demain dimanche pour dix heures du matin. » Déjà, en mars 1915, l'occupant avait fait ouvrir les usines et emporté l'outillage léger.

Hermine, accompagnée de Regniard et d'Anna-Maria, avait parcouru les ateliers en s'efforçant de dissimuler l'émotion qui l'étreignait. La fabrique silencieuse avait perdu son âme. Parmi les ouvriers partis pour le front, où se trouvaient son fils et son filleul ? Etaient-ils seulement encore en vie ? Elle s'était détournée de la photo accrochée dans le bureau de Regniard, représentant Mathilde Lecœur devant l'atelier Marengo. Elle ne pouvait se défaire de l'idée d'avoir failli à sa tâche.

Lorsqu'elle s'était résignée à laisser la clef sur la porte de chaque atelier, conformément aux instructions de la kommandantur, elle n'avait pu dissimuler ses larmes. Valérie l'attendait au-dehors, en compagnie de plusieurs ouvrières venues soutenir la « patronne ». L'une d'elles tendit à Hermine un bouquet de genêts. Ce geste la bouleversa. Florent lui avait fait remarquer un jour que les genêts correspondaient bien au caractère des gens de la vallée : rugueux en apparence avec plein de soleil au fond du cœur. Florent. Il y avait longtemps qu'elle s'était efforcée de ne plus penser à lui. En vain. Valérie avait alors glissé son bras sous celui d'Hermine.

« Vous me raconterez la fabrique. Et puis vous me parlerez de Mathilde, la grand-mère de Julien.

— C'est *aussi* ta grand-mère, s'était entendue dire Hermine. »

Quelque part, le fait d'exprimer cette parenté avait soulagé Hermine. Valérie s'inscrivait dans la continuité Lecœur, même si elle portait le nom de Wasberge.

Dès le lendemain, le pillage avait commencé. Les voitures à chevaux avaient emporté les machines désoclées et avaient chargé tout ce qui avait constitué la fabrique Lecœur sur des trains de marchandises à destination de l'Allemagne. Ce jour-là, Charles Regniard s'était saoulé et tout Brohant l'avait vu arpenter le vallon en marmonnant des insultes. Hermine avait beau savoir que les Allemands avaient dépouillé de la même manière les fonderies de la société Hardy-Capitaine de Nouzonville, la Manestamp de Charleville, les établissements Faure de Revin, Raphaël avait eu beau lui répéter que chez Arthur Martin, tout avait été brisé sur place – quatre cents tonnes de châssis, dix-huit tonnes de modèles étalons en zinc, quarante-cinq tonnes de modèles en fonte –, rien n'y faisait. Il lui semblait qu'elle n'avait pas su préserver la Forge au Loup. Et, chaque fois qu'elle devait descendre dans le vallon, son humeur s'en ressentait.

— Que vont-ils encore inventer ? reprit Hector, visiblement désireux de lui changer les idées.

L'année 1916 marquait la certitude de l'ennemi d'être installé. *Ils* étaient les maîtres et ne cherchaient même plus à justifier leur occupation. Quant aux Ardennais, leur but premier était de survivre. La population souffrait de malnutrition et d'épuisement. « Les Français n'aiment pas travailler », pérorait le Dindon sur la place de Brohant. Et, certainement pour leur donner du goût à l'ouvrage, il énumérait toute une série d'ordres. Si les communes refusaient de payer les amendes de plus en plus lourdes infligées pour chaque manquement à la discipline, tous les habitants jusqu'à soixante-dix ans seraient envoyés dans un camp de prisonniers en Allemagne. Les soldats et les gendarmes allemands avaient reçu l'ordre de tirer sur toute personne qui ne s'arrêterait pas au commandement de « Halte ». La commune devait procurer des herbes sèches et des litières. Elle devait aussi fournir des volontaires pour travailler dans les scieries et à des tâches de menuiserie et de terrassement. Les hommes âgés de dix-sept à quarante-huit ans se trouvant sous les drapeaux en France, les autorités allemandes considéraient tous les hommes de dix-sept à quarante-huit ans comme des prisonniers. La commune devait livrer cent mille kilos de foin aux autorités allemandes, etc.

Hermine soupira.

— Le plus difficile encore, c'est d'être coupé du reste de la France. Si seulement...

Elle n'acheva pas sa phrase, elle n'en avait pas besoin. Lorsqu'elle se rendait à Charleville en utilisant le laissez-passer que Raphaël lui avait procuré, c'était uniquement dans l'espoir d'obtenir quelques nouvelles du front. L'atmosphère régnant en ville lui donnait la nausée. Le docteur Carrière, qui partageait son sentiment, s'arrangeait la plupart du temps pour venir la chercher à la gare : elle détestait côtoyer les uniformes haïs. En général, elle retrouvait son cousin dans le cabinet du médecin où tous trois tenaient des conciliabules. On parlait de Verdun, bien sûr, mais on évoquait aussi la grande offensive sur la Somme et l'entrée en guerre de la Roumanie aux côtés des Alliés, le 27 août 1916.

Le docteur Carrière tenait une comptabilité précise et détaillée de tous les mouvements de trains transitant par Charleville. A deux reprises déjà, il avait confié des papiers à Hermine en lui demandant de les acheminer à l'un de ses contacts, en Belgique. Auparavant, Hermine aurait chargé Sylviane de cette mission. Mais, au grand scandale de Brohant, la fille d'Anna-Maria avait quitté La Lombarde pour s'installer chez un officier allemand. Hermine avait résolu de passer elle-même la frontière en compagnie de Germain. A cinquante-cinq ans, le palefrenier n'avait rien oublié de ses ruses de contrebandier et leur équipée s'était déroulée sans encombre. Contrairement aux prédictions de Juliette qui envisageait toujours le pire.

Cette fois, le docteur Carrière ne demanda rien de ce genre à Hermine. Il lui tendit simplement un article de journal plié en quatre. Il s'agissait du *Figaro* daté de la semaine précédente.

— « Nouvel exploit aérien du lieutenant Julien Lecœur », lut-elle à mi-voix.

Elle tourna un visage bouleversé vers le médecin.

— Seigneur ! Il est vivant ! Oh ! si vous saviez...

— Je l'imagine aisément, répondit Carrière après s'être raclé la gorge. N'oubliez pas que j'ai participé à sa mise au monde.

Hermine pleurait, sans même prendre la peine de s'essuyer les yeux. Elle lut une seconde fois l'article, retenant que les avions de chasse comme celui que pilotait Julien avaient été utilisés, à Verdun, pour mitrailler les colonnes ennemies. Tel qu'elle connaissait son fils, elle savait qu'il était beaucoup plus heureux aux commandes de son Spad qu'au fond d'une tranchée. Elle songea alors à Jean-Baptiste, qu'elle avait toujours associé à Julien dans ses prières. Comment son filleul, homme du fer et de la forêt, parvenait-il à supporter les terribles conditions d'existence des fantassins ?

— Ils survivront, murmura doucement Carrière, comme s'il avait eu le pouvoir de lire dans ses pensées. De la même manière que nous. Même si notre combat est différent. Nous, nous sommes plus ou moins condamnés à l'impuissance.

Elle eut envie, à cet instant, de lui parler de Martial, finit par y renoncer, sans bien savoir pourquoi. Peut-être parce qu'elle désirait se prouver qu'elle était capable de se débrouiller seule.

Elle quitta le médecin rassurée.

— Nouvel exploit du lieutenant Julien Lecœur, se répétait-elle à mi-voix, tout en marchant à pas pressés sous les arcades de la place Ducale.

Charles de Gonzague, avec son manteau et son grand chapeau de mousquetaire, semblait poser un regard perplexe sur l'animation régnant en ville. Les uhlans, les *Feldgendarm* et les ordonnances se côtoyaient sans vraiment se mélanger. La place Ducale parlait allemand, ce qui révoltait Hermine. Elle pressa le pas, s'élança sur la chaussée pour gagner la gare plus vite, par un lacis de petites rues connu seulement des habitués. Toute à son indignation, elle n'avait pas remarqué la limousine noire venant de la rue du Moulin. La voiture freina violemment. Le chauffeur passait déjà la tête à la portière pour invectiver Hermine, mais une jeune femme en fourrure jaillit de la voiture.

— Marraine, s'écria-t-elle, c'est bien vous ? Vous m'avez fait peur.

Hermine recula, s'adossa à un pilier de la place. Elle détailla Sylviane sans indulgence. La fille du jardinier, habituée à courir les bois, avait bien changé. Vêtue d'un tailleur de lainage bleu nuit réchauffé par une cape de petit-gris, elle arborait un sourire un peu forcé.

— Bonjour, Sylviane, articula posément Hermine.

— Vous êtes certaine que tout va bien, insista la jeune femme. Vous êtes si pâle. Comment va ma mère ? Je suis allée la voir deux fois, mais elle a refusé de me recevoir.

Le regard d'Hermine se durcit. Elle fixa la limousine arrêtée le long du trottoir. Le chauffeur, impassible, attendait au volant.

— Tu es montée chez ta mère en pareil équipage ? Ne t'étonne pas si elle t'a fermé sa porte. Que t'est-il donc arrivé, Sylviane Ferrand ? Il y a un peu plus de vingt-cinq ans, ta mère a fui les assiduités d'un petit chef qui terrorisait les ouvrières pour gagner leurs faveurs. Cette décision a brisé sa vie, mais elle n'aurait pas supporté l'idée de céder au chantage du contremaître. Mais toi, tu as choisi, délibérément, de partager la vie d'un ennemi. Comment veux-tu qu'Anna-Maria te comprenne ? C'est impossible.

Le ravissant visage de Sylviane, maquillé avec discrétion, s'était défait. « Que nous est-il arrivé ? » songea Hermine, douloureusement. Elle revoyait Sylviane revenant de ses incursions dans la forêt en compagnie de Julien et de Jean-Baptiste, barbouillée de jus de myrtille. Elle se souvenait de l'enfant rieuse, adulée par son père, qui tendait les bras vers lui avec une sorte d'avidité.

— Personne n'a cherché à me comprendre non

plus, répondit enfin Sylviane. J'étouffais à La Lombarde. Encore plus depuis le début de la guerre. J'ai toujours rêvé d'autre chose.

Hermine soutint le regard de la jeune femme avant de fixer ostensiblement le fanion ennemi ornant le capot de la limousine.

— Et cette vie que tu mènes, désormais, te satisfait ? questionna-t-elle d'une voix neutre.

Sylviane redressa la tête. Sous le chapeau gris les yeux s'étaient faits impénétrables.

— Ça, si vous voulez bien, c'est mon problème, répliqua-t-elle avec une pointe de défi dans la voix.

L'instant d'après, regrettant déjà son éclat, elle se suspendait au bras d'Hermine.

— Je voudrais tant que vous ne me détestiez pas, marraine. Vous permettez, n'est-ce pas, que je vous appelle toujours marraine ?

L'hostilité d'Hermine fondit d'un coup. Elle tendit la main, effleura la joue poudrée de celle qu'elle avait en partie élevée.

— Sylviane, ma chérie, comment pourrais-je te détester ? Nous avons tant de souvenirs partagés. En même temps, comprends-nous, ta maman et moi. Il nous est impossible d'accepter cette situation.

Sylviane recula d'un pas. Deux taches rouges marbraient ses pommettes.

— Chacun campe sur ses positions, déclara-t-elle d'une voix dure. C'est la guerre, comme dirait Steinitz. A propos, comment va Martial ?

Un frisson courut le long de la colonne vertébrale

d'Hermine. Un seul mot de Sylviane, et ils étaient tous fusillés.

Elle s'efforça de maîtriser le sentiment de panique qui la submergeait.

— Martial survit, comme nous tous à La Lombarde, répondit-elle froidement.

Elles s'affrontaient à présent du regard. Un échange d'autant plus redoutable qu'elles s'étaient beaucoup aimées.

La pluie se mit à tomber, une averse soudaine, mêlée de neige fondue.

— Je vous reconduis à la gare, proposa spontanément Sylviane.

Hermine secoua la tête.

— Merci, Sylviane. Je préfère marcher. Porte-toi bien.

Elle s'éloigna à pas pressés sous les arcades. Sylviane la suivit d'un regard pensif et mélancolique. Elle avait beau porter des vêtements luxueux et ne manquer de rien grâce à la générosité de Friedrich, elle se sentait tout à coup étrangement démunie. En vraie femme du fer, Hermine Lecœur refusait d'abdiquer face à l'ennemi tout-puissant. Sylviane ne l'en admirait que plus, tout en sachant qu'elle ne possédait pas sa force de caractère. Elle avait choisi la sécurité et le pouvoir. Friedrich lui apportait tout cela. Il était tendre et attentionné avec elle et lui répétait qu'elle était belle. Elle rêvait qu'il l'épouserait après la guerre, même s'il ne lui avait rien promis. Cela lui permettait de supporter la tête haute les regards méprisants ou les insultes dont on la gratifiait lorsqu'elle se risquait seule dehors, sans l'escorte protectrice de son chauffeur. Sylviane ne fréquentait pas les « putes à boches ». Quand il était en compagnie de collègues, Friedrich se gardait bien de l'emmener. Il l'avait installée dans une coquette villa de l'avenue Forest, réquisitionnée par les soins de l'état-major. Là, auprès de son chat Zouzou, elle se persuadait qu'elle était heureuse. A condition qu'elle ne pense pas trop souvent aux siens.

38

Hermine laissa retomber le rideau avant de se retourner vers Valérie.

— Tu es bien sûre de vouloir rester ? J'en serais heureuse, comme nous tous, mais je ne voudrais pas compromettre tes chances de vivre mieux.

— Mes chances, répéta Valérie. Croyez-vous vraiment que j'en aie beaucoup ?

Valérie avait fêté ses dix-huit ans quelques jours auparavant. Pour l'occasion, Juliette avait confectionné un gâteau : la brioche de guerre. Comme les Allemands lui avaient volé tous ses moules en cuivre, elle avait versé les ingrédients (une tasse de crème de lait, une pincée de sel, dix grammes de sucre en poudre, cent grammes de farine, un œuf, un demi-paquet de levure en poudre) dans une boîte en fer-blanc. Réfugiés le plus près possible de la cheminée, les habitants de La Lombarde avaient tenté d'oublier, le temps d'une veillée, leurs conditions d'existence de plus en plus précaires.

Les Ardennais manquaient de tout. Les denrées

alimentaires, les récoltes partaient pour l'Allemagne. Seule la statue de Charles de Gonzague avait échappé à la rapacité des occupants. On murmurait que les Allemands avaient été grugés. Ils avaient cru, en effet, que la statue du duc de Gonzague était en fonte. Ils avaient gratté les dauphins de la fontaine, réellement en fonte, sans chercher plus loin. En revanche, ils avaient prouvé qu'ils avaient la rancune tenace en s'attaquant à la statue de Chanzy, député des Ardennes en 1871, et au buste de Méhul. Méhul, enfant de Givet, et compositeur du *Chant du départ*, repris en chœur par les soldats de l'an II. De la même manière, les cloches du département étaient parties à destination de l'Allemagne, comme tous les autres objets en « cuivre, nickel, étain ». Les paroissiens de Brohant n'avaient pu s'opposer à la saisie de leurs cloches. Seuls ceux de Hautes-Rivières avaient réussi à faire valoir l'ancienneté de leur cloche qui avait échappé à la Révolution. Elle datait de la fin du XVIe siècle et portait une inscription attestant son origine.

— Tu sais que tu es chez toi à La Lombarde, mais j'ai peur pour toi, reprit Hermine. *Ils* sont de plus en plus malfaisants, parce qu'ils ont peur. L'étau se resserre. Ils n'ont pas hésité à réquisitionner les enfants de Brohant et des villages environnants. Que sont-ils *encore* capables d'inventer ?

Valérie secoua la tête.

— Je tiens à rester. Où irais-je, d'ailleurs ?

— Mon oncle et ma tante, réfugiés à Paris,

t'accueilleraient volontiers. Raphaël lui-même te l'a confirmé.

— Pourtant, Raphaël ne m'apprécie guère.

Hermine rougit sous le regard de Valérie.

— Raphaël s'est aigri ces derniers temps. Il n'a pas de réelle réserve à ton égard, mais plutôt à l'égard de Séverin.

« Quelle étrange situation », songea Hermine, amusée malgré elle. Elle se voyait presque obligée de prendre la défense de son époux.

— Je crois que je comprends, déclara lentement Valérie. Mais c'est aussi pour cette raison que je refuse de partir. Ici, j'ai trouvé une famille.

Elle s'était sentie bizarrement émue le jour où elle avait lu son nom et son âge sur l'affichette apposée au-dessus de la porte de La Lombarde. C'était une nouvelle obligation due aux autorités allemandes. Chaque maison devait indiquer le nom et l'âge de chacun de ses habitants. Régulièrement, une patrouille faisait irruption au château après le couvre-feu et procédait au décompte des personnes présentes dans la cuisine. « Décidément, ils nous tiennent en laisse », fulminait Juliette. Elle avait déjà passé trois jours dans la prison de Monthermé, située sous l'école, pour avoir refusé de saluer un Allemand. Cette obligation du salut empoisonnait la vie des Ardennais. Pour ne pas s'y plier, ils marchaient tête baissée, les yeux fixés obstinément sur le sol, au risque de heurter un poteau.

— Bien sûr que tu fais partie de la famille, appuya Hermine en attirant Valérie contre elle.

Elle songeait parfois, en observant la jeune fille à la dérobée : « Séverin, tu peux être fier d'elle. C'est une Lecœur. »

— D'ailleurs, enchaîna Valérie, cette possibilité de quitter les Ardennes contribue encore à enrichir nos ennemis.

C'était vrai. Depuis que, le 10 décembre 1915, la *Gazette des Ardennes* avait informé la population qu'un certain nombre de personnes indigentes non suspectes, surtout des femmes et des enfants, seraient autorisées à quitter le département pour se rendre en France non occupée. Ce n'était pas les plus pauvres qui partaient. Il fallait en effet acquitter le prix du voyage en marks ou en or. Les conditions étaient draconiennes : on ne pouvait emporter que trente kilos de bagages et la somme de cent francs.

Des femmes, des enfants et des vieillards avaient décidé de fuir les Ardennes occupées. A La Lombarde, tous avaient choisi de rester.

— Et puis, il y a Martial, conclut Valérie d'un ton définitif. C'est moi qui monte le plus souvent lui porter à manger.

Il y avait plus de deux ans, maintenant, que le soldat périgourdin se terrait dans la forêt. Ils avaient craint pour sa vie au plus fort de l'hiver, quelques semaines auparavant, alors que le thermomètre était descendu à moins 17 °C. Mais Martial était fort, et sa rage de tenir renforçait sa résistance. Valérie était peut-être la seule, cependant, à savoir qu'il traversait des périodes de désespoir terribles.

— Il n'empêche, murmura Hermine comme pour elle-même. Parfois, j'ai peur.

Elle n'allait tout de même pas accorder foi aux angoisses d'Anna-Maria qui passait de plus en plus de temps à l'église et se ruinait en cierges. Hermine préférait s'activer dans la maison et dans le jardin, et participer aux opérations de contrebande en Belgique. Elle passait régulièrement des messages transmis par le docteur Carrière et en tirait une certaine fierté. Tout, plutôt que de rester passive, à gémir sur leur sort.

Parfois, elle songeait à Florent, et une douleur aiguë lui mordait le cœur. Qu'était-il devenu ? Les Pratte n'avaient jamais eu de ses nouvelles. Il avait disparu de sa vie sans lui envoyer le moindre signe, sans répondre aux lettres qu'elle lui avait adressées. Cela lui ressemblait assez bien. Lorsqu'il avait pris une décision, il s'y tenait. Même si elle le comprenait, Hermine ne pouvait s'empêcher de songer qu'il l'avait rayée de sa vie. C'était un sentiment intolérable.

Ce fut le maire, monsieur Warnier, qui transmit à chaque famille l'ordre de réquisition. Trois jours plus tard, après une visite humiliante, Valérie partit en compagnie de quinze autres jeunes filles de la vallée. Personne ne savait où elles allaient, et le Dindon suivit le convoi d'un œil satisfait. Hermine ne parvenait pas à dissimuler son angoisse. Elle aurait dû insister pour que Valérie quitte le département lorsqu'il en était temps encore.

— Ne vous faites pas tant de bile, lui dit Juliette. La petite est costaud, elle reviendra.

La cuisinière ne paraissait pas ses soixante-dix ans. Elle se démenait pour préparer des repas alors que tout leur faisait défaut. Hermine échangea avec elle un coup d'œil complice.

— Elle vous rappelle madame Mathilde, à vous aussi ?

— Et comment. Pardi ! Les chiens ne font pas des chats ! C'est une Lecœur, vous verrez, elle s'en sortira.

— Le ciel vous entende, Juliette, murmura Hermine.

Elle, toujours vaillante, devait lutter contre le découragement. L'occupation était trop longue, trop douloureuse, son fils lui manquait cruellement. Elle se sentit vieille, brusquement. Sans espoir.

Valérie repoussa d'une main lasse la mèche de cheveux qui s'obstinait à retomber sur son front.

— Je n'aurais jamais pensé que c'était aussi dur, marmonna-t-elle.

Depuis un mois, ses compagnes et elle travaillaient dans les bois de Hautes-Rivières à écorcer les chênes et scier des arbres, comme des bûcherons. Elles rentraient épuisées le soir à leur lieu d'hébergement, une ancienne usine transformée en dortoir. En temps normal, les jeunes filles auraient peut-être supporté leur dur labeur, mais elles mouraient de faim. Leur ordinaire se composait d'un unique repas, le soir. Du riz ou des patates gluantes, accompagnés, les jours fastes, d'une betterave. De quoi regretter les plats de Juliette qui, malgré le rationnement, préparait tout de même des panades reconstituantes.

Renée, avec qui Valérie s'était liée d'amitié, soupira à l'unisson.

— Et encore, nous ne devons pas nous plaindre. Ma sœur, il y a six mois, a été envoyée en colonne près de Rethel. Elle logeait juste à côté d'un casernement de boches. Je ne sais pas si tu imagines tout ce qu'elles ont pu endurer. Elles devaient se cacher les unes derrière les autres pour enlever leurs vêtements, elles n'avaient rien, même pas une couverture, pour se protéger des regards.

— Après ça, on nous rabâchera un nouveau couplet sur la grandeur du Reich. Tiens ! je voudrais...

Elle s'interrompit parce que « Sancho Pança », le commandant de la colonne, marchait sur elles. C'était Valérie qui l'avait surnommé ainsi à cause de son tour de taille plus qu'impressionnant. Pas de doute, il ne devait pas partager l'ordinaire des prisonnières. Il s'arrêta devant Valérie et Renée qui soutenaient Germaine, une de leurs camarades, épuisée.

— Solidarité, nicht bon. Elle marcher seule, lança-t-il, furieux, avant de repousser brutalement Germaine, qui tituba.

La colère submergea Valérie.

— Grandeur allemande, nicht bon, hurla-t-elle, sous les acclamations de ses camarades.

Sancho Pança rougit violemment. Il avança vers

Valérie et, posément, la gifla. Le sang perla à la commissure des lèvres de la jeune fille.

— Une nuit de poteau, lança-t-il.

C'était la punition favorite de Sancho Pança. L'une de leurs camarades l'avait déjà subie, pour avoir essayé de communiquer avec des habitants du village. Valérie soutint froidement son regard. Il finit par s'éloigner à grands pas tandis que deux gendarmes entraînaient la jeune fille vers la clairière.

« Si seulement j'avais moins mal aux épaules », pensa Valérie, en se contorsionnant pour tenter de trouver une position un peu plus confortable.

La nuit avait envahi la clairière. De la lumière éclairait encore le baraquement des Allemands, mais le dortoir de ses camarades était plongé dans l'obscurité. Elle avait soif et faim. C'était terrible, la faim. Son estomac la trahissait, elle se sentait faible, à en mourir. D'autant plus que le vent venu de Belgique transperçait ses vêtements trop légers. Elle crut d'abord qu'elle avait rêvé en sentant le souffle chaud sur sa jambe à moitié nue. Elle avait déchiré l'un de ses bas dans les bois et les gardes-chiourme ne lui avaient pas laissé la possibilité de retourner dans le dortoir. Elle bougea, au risque de se blesser. La corde trop serrée lui sciait les mains.

— Chut ! fit une voix, tout près d'elle. Ne gesticulez pas.

La voix était chaleureuse. Réconfortante.

Valérie se sentit tout de suite en confiance. Et, lorsque l'inconnu l'eut libérée, elle les suivit sans hésiter, son grand chien noir et lui, vers les bois.

39

— Bienvenue dans mon domaine, la belle !

Il s'appelait Renaud, Renaud Godard, et vivait depuis trois ans dans la forêt pour échapper aux Allemands qui le traquaient sans relâche. Ainsi qu'il l'expliqua d'un ton négligent à Valérie, ceux-ci avaient quelque raison de lui en vouloir. Renaud, en effet, comme Martial, avait refusé de se rendre.

Il s'était enfui après les tragiques événements d'août 1914, durant lesquels il avait perdu tout contact avec son unité en portant secours à un camarade blessé. Malheureusement, victime d'une dénonciation, il était recherché par l'occupant qui l'accusait, entre autres méfaits, de faire passer les frontières belge et hollandaise à des aviateurs français ou alliés.

— Mon... commença-t-elle avant de marquer une hésitation puis de poursuivre bravement, mon demi-frère est pilote, précisa Valérie. Nous sommes très fiers de lui.

Réfugiée dans une grotte tapissée de mousse, le

domaine de Renaud, elle serrait ses mains l'une contre l'autre pour tenter de maîtriser leur tremblement. Sur un geste de son maître, le grand chien noir se rapprocha de la jeune fille. Elle enfouit ses mains dans l'épaisse fourrure. Ses yeux se fermaient. Epuisée, elle se laissa tomber sur un matelas d'herbes sèches et s'endormit. Lorsqu'elle se réveilla, elle jeta un regard étonné autour d'elle. La grotte était vide. Elle marcha jusqu'à l'entrée. Tout son corps était courbatu et elle mourait de faim.

— Tenez.

Elle tressaillit. Renaud se trouvait à côté d'elle.

— Je me déplace sans bruit, lui expliqua-t-il tout en lui dédiant un sourire d'excuse. C'est une règle de survie.

Il lui avait apporté du pain frais et deux pommes. Valérie écarquilla les yeux.

— Où avez-vous trouvé ces victuailles ? C'est un vrai miracle.

Renaud sourit.

— Seulement l'affaire de quelques lieues. Les Belges sont beaucoup moins rationnés que nous.

— Je suis née à Dinant, lâcha Valérie tout à trac.

Elle avait éprouvé le besoin soudain de se confier. Tout en dévorant le pain frais à belles dents, elle parla, de son père, de son enfance solitaire à l'ombre de la citadelle jusqu'à ce jour d'été 1914 où sa vie avait basculé. Elle évoqua, ensuite, Hermine et La Lombarde. Renaud ne broncha pas.

— A présent, lança Valérie, dites-moi pour quelle

raison vous êtes venu à mon secours en prenant ce risque insensé. Pourquoi moi ?

Il plissa les yeux. Il pouvait avoir trente ans. La silhouette râblée, vêtue de vert, donnait l'impression de faire corps avec la végétation.

— A ce que je sache, vous étiez la seule accrochée au poteau de torture, répliqua-t-il d'un ton narquois. De plus, j'avais vu cette brute galonnée vous gifler. Or, je n'ai jamais supporté qu'on puisse lever la main sur une femme.

— Ils se croient les maîtres, murmura la jeune fille d'une voix blanche.

Renaud hocha la tête.

— Si vous aviez vu ce qu'ils ont fait subir à ces pauvres diables de prisonniers russes de la vinaigrerie. Ils mouraient littéralement de faim et la dysenterie faisait des ravages parmi eux.

— La guerre a transformé les hommes en bêtes sauvages, murmura Valérie.

Elle se sentait en sécurité auprès de Renaud. Elle le lui dit. Gêné, il eut un haussement d'épaules.

— En sécurité, c'est vite dit. Je suis traqué.

Les Allemands, toujours hantés par leur crainte des francs-tireurs, savaient que la proximité de la frontière favorisait les échanges clandestins. Renaud, à mots prudents, expliqua à Valérie qu'il s'était instauré le guide de nombre de femmes et d'enfants partis chercher du ravitaillement en Belgique.

Il enveloppa la jeune fille d'un regard perplexe.

— Tout cela est bien joli, mais que vais-je faire de vous ?

Elle rougit.

— Je suppose que je ne peux pas rentrer à La Lombarde.

— Certes non. C'est le premier endroit où *ils* iront vous chercher. Et, croyez-moi, s'ils vous y trouvent, ils vous le feront payer cher, et à votre famille aussi.

Vaincue, elle baissa la tête.

— Que puis-je faire ? Passer en Belgique ? Je n'y ai plus personne. Depuis le temps…

Sa voix se brisa. Renaud la contempla à la dérobée et, de nouveau, se sentit ému par l'impression de force et de fragilité qui émanait de la jeune fille. Il savait, pourtant, qu'il n'aurait pas dû l'emmener dans son refuge. Le combat qu'il menait contre l'occupant ne supportait pas la moindre faiblesse de sa part. Or, la présence de Valérie à ses côtés allait fatalement le handicaper, le ralentir, même. A cet instant, peu lui importait. Il ne tolérait pas l'idée de se séparer d'elle, de la voir victime de mauvais traitements.

— Je vous garde, dit-il d'une voix que l'émotion enrouait. Enfin, jusqu'à ce que la guerre soit finie. A moins que la mort ne nous ait rattrapés d'ici là.

Elle haussa les épaules avec insouciance.

— Je n'ai pas peur.

Le visage fermé, Hermine fit front. Non, elle n'avait pas revu Valérie. Oui, elle avait conscience de la gravité de la situation. Une évasion… savait-elle que la jeune fille risquait la déportation en Allemagne ?

— S'il faut croire ce que dit la gazette, il y fait meilleur vivre que par chez nous, grommela Juliette.

Le Dindon faillit exploser. Sa pomme d'Adam se mit à monter et descendre à une vitesse surprenante.

— C'est très grave, éructa-t-il, le visage congestionné.

Il entreprit de soumettre la maison à une fouille systématique. Impassibles, les habitants de La Lombarde assistèrent à la mise à sac de leurs derniers trésors. Seul Fabrice pâlit lorsque les Allemands s'emparèrent d'un cadre en bois doré qui avait jusqu'alors échappé à leur convoitise. Il contenait un cliché représentant Mathilde et ses deux fils. Hermine se rapprocha de son oncle.

— Ne vous tourmentez pas, lui déclara-t-elle. Ils ne peuvent pas briser vos souvenirs.

Le vieil homme lui sourit avec reconnaissance. A près de quatre-vingts ans, il était de plus en plus maigre. « Je m'accroche, affirmait-il avec une pointe d'ironie. Pas question de partir avant d'avoir assisté au retour de Julien. »

Le Dindon et ses sbires ne trouvant pas trace de Valérie, ils repartirent en marmonnant des menaces. Anna-Maria se signa.

— Il va nous le faire payer.

Les représailles ne tardèrent pas. Dès le lendemain, Anna-Maria et Hermine apprenaient qu'elles partaient pour Tournes aider les hommes à remblayer le terrain d'aviation. A cinquante et quarante-sept ans, les deux femmes se retrouvèrent avec six jeunes filles de Hautes-Rivières. On leur avait attribué en guise de logement un grenier à foin doté d'un petit poêle rond en fonte destiné à les chauffer et à leur permettre de faire la cuisine, leur ordinaire se composant de riz et de choux-navets. En guise de lit, elles disposaient d'un matelas bourré de copeaux de bois. A longueur de journée, sous le vent glacial de l'hiver 1917-1918, elles devaient rempierrer la route et le terrain d'aviation et décharger des wagons de cailloux. Elles ne purent rentrer à La Lombarde que le dimanche matin, par le train. Anna-Maria faussa compagnie à Hermine en gare de Charleville.

— Ne vous inquiétez pas pour moi, je reviendrai par mes propres moyens, lui recommanda-t-elle.

Hermine se sentait trop épuisée pour protester. Elle regagna sa maison comme un automate, répondit à peine aux exclamations horrifiées de Juliette et de Fabrice.

— Excusez-moi, marmonna-t-elle. Je suis épuisée.

Juliette la suivit d'un regard navré. Elle monta dans sa chambre, se laissa tomber sur son lit après s'être débarrassée de ses vêtements. Les galoches qu'elle portait avaient blessé ses pieds, elle avait les mains en sang et un point au côté.

— Dormir, murmura-t-elle, la tête sur l'oreiller.

Pendant ce temps, à Charleville, Anna-Maria se dirigeait sans hésiter vers la maison de la « poule à Schreiner ». Elle sonna un bon moment avant qu'on ne lui ouvre. Sylviane ne put dissimuler sa stupeur en découvrant sa mère sur le perron.

— Maman, balbutia-t-elle aussitôt avant de penser à son frère. Qu'est-il arrivé ? Entre, voyons.

Anna-Maria lui jeta un regard horrifié.

— Dans cette maison de débauche ? Tu as perdu la tête, ma fille. C'est déjà bien assez que je sois obligée de venir sonner à ta porte. Si ç'avait été pour moi, Dieu m'est témoin que j'aurais préféré mourir à petit feu plutôt que de venir implorer ton aide. Mais c'est de madame Hermine qu'il s'agit. Nous avons été envoyées toutes les deux à Tournes casser des cailloux. Moi, ma foi, je résiste, j'ai connu pire. Mais elle, la pauvre âme, j'ai bien peur qu'elle ne survive pas à une troisième semaine de ce régime. Il faut que tu fasses quelque chose pour elle.

— Tu te souviens de mon existence, à présent ? ironisa Sylviane. Je croyais que j'étais devenue une pestiférée.

Anna-Maria recula. Elle était très pâle et paraissait près de s'évanouir. Cette faiblesse soudaine était si surprenante chez cette femme qui était toujours restée maîtresse d'elle-même que Sylviane prit peur. Elle s'élança vers sa mère.

— Maman, murmura-t-elle d'une voix méconnaissable.

Déjà, Anna-Maria s'était reprise.

— Ne t'inquiète pas, je suis solide, répéta-t-elle, bien qu'elle fût toujours très pâle. C'est madame Hermine. Je ne veux pas qu'elle retourne là-bas.

Sylviane jeta un coup d'œil par-dessus son épaule. L'*autre*, l'Allemand tant maudit, était-il dans la maison ? se demanda Anna-Maria. Elle ne voulait pas se trouver en face de lui, elle savait qu'elle ne parviendrait pas à se contenir.

— Je te promets de faire tout ce que je pourrai, dit Sylviane très vite.

Ses yeux étaient emplis de larmes. Elle enchaîna :

— Pour Jean-Baptiste…

— Ton frère se bat contre l'occupant ! lança Anna-Maria avec force.

Les deux femmes s'affrontèrent du regard. La première, Sylviane baissa les yeux.

— Je suis désolée, murmura-t-elle. Je n'aurais jamais voulu que cela se passe ainsi.

— Ma fille, on ne peut pas vivre avec des regrets, coupa Anna-Maria. Tu as choisi, alors, basta.

Elle fit demi-tour, sans la gratifier d'un salut. Sylviane, le cœur déchiré, demeura debout dans l'encadrement de la porte, suivant des yeux la silhouette vêtue de noir de sa mère. Friedrich la rejoignit. Il portait une veste d'intérieur en velours qui accentuait sa carrure imposante.

— Sylviane, *Liebling*. Quelle idée de m'abandonner pour cette vieille femme !

Il l'attira contre lui d'un bras possessif. Au fil du temps elle avait perdu peu à peu ses illusions. S'il l'entretenait sur un grand pied, le baron Friedrich von Schreiner ne l'épouserait jamais. Pour la simple raison qu'il était nanti d'une épouse et de deux enfants, en Silésie. Sylviane jouait pour lui le rôle du repos du guerrier. Il l'aimait peut-être, à sa manière, ou, plutôt, il avait été séduit par sa beauté et sa liberté d'allure. Nombre d'Allemands fantasmaient à propos des « petites Françaises ». Elle-même, l'aimait-elle ? Elle craignait bien que non.

— Cette vieille femme était ma mère, lui dit-elle, après l'avoir mis d'excellente humeur.

Friedrich était gourmand de la vie et de l'amour. Parfois, Sylviane éprouvait un sentiment de puissance proche du vertige dans ses bras. Elle le dominait, s'arrangeait pour toujours mener le jeu. Mais, cette fois, les règles étaient faussées. Friedrich détenait les atouts maîtres.

— Vraiment ? fit-il. Et que voulait-elle donc ?

Elle raconta, en insistant sur l'âge d'Anna-Maria et d'Hermine et sur leur état de santé.

Les yeux de Friedrich s'étrécirent.

— Ta chère maman aurait dû venir plus tôt. J'aime assez l'idée d'avoir un moyen de pression sur toi.

Elle était prise au piège. Elle avait eu soin, jusqu'à présent, de ne lui demander aucune faveur et de jouer la fille libre, sans attache.

Elle soutint froidement son regard.

— Rassure-toi, je ne te demanderai plus rien, lança-t-elle avec une désinvolture bien imitée. C'est seulement que ma marraine a eu le cœur malade et je ne voudrais pas qu'elle meure à la tâche à casser des cailloux. Comme elle est une personnalité très connue du département, cela serait du plus mauvais effet pour l'image de marque de l'occupant.

Friedrich sourit.

— Tu es une avocate très convaincante, *Liebling*. Pour le moment.

Il y avait comme une menace voilée dans sa dernière phrase. Sylviane résolut de ne pas y attacher d'importance. Elle se contenta d'écrire sur une feuille de papier les noms d'Hermine et de sa mère. Friedrich saisit la feuille, la plia avant de la glisser ostensiblement dans son portefeuille. Tel qu'elle le connaissait, il ne dirait rien de plus. Le surlendemain, Friedrich lui déclara d'un air négligent :

— Tes protégées ont regagné leur foyer. Tu ferais bien de leur recommander la prudence, cependant. L'une d'elles avait entonné hier le premier couplet de *La Marseillaise* !

Sylviane sourit. Elle se sentait fière d'elles. Même si elles avaient choisi des camps différents, elles appartenaient toutes les trois à la même famille.

40

Valérie ouvrit les yeux, s'étira sur le matelas d'herbes sèches avant de se tourner vers son compagnon. Renaud dormait encore. Lui, toujours aux aguets, semblait écrasé de fatigue. Un sourire creusa une fossette dans la joue de Valérie. Ils s'aimaient. Ils avaient observé, pourtant, une longue période de chasteté, difficile vu les conditions précaires dans lesquelles ils vivaient. Elle se serait amusée, parfois, de la façon prudente dont il évitait de la toucher si elle n'avait pas éprouvé les mêmes désirs que lui. La grotte dissimulée par un réseau dense de halliers qui constituait leur refuge évoquait un abri des premiers âges. Entre deux incursions en Belgique pour porter des renseignements sur les mouvements des troupes allemandes et chercher du ravitaillement, Renaud et Valérie vivaient de chasse et de cueillette. La jeune fille, déjà habituée à parcourir les bois depuis l'enfance, avait appris à poser les collets et à tendre des lacets faits de crins de cheval dans de petites haies qu'elle édifiait elle-même à l'aide de branches touffues. Stanley, le grand chien noir, l'accompagnait toujours. Avec lui, elle se sentait en sécurité.

Une nuit, profitant d'une absence de Renaud, parti en Belgique guider une colonne de femmes et d'enfants, elle n'avait pu y tenir et était descendue à Brohant. Son expérience de la vie clandestine lui avait permis de se faufiler sans encombre à l'intérieur de La Lombarde plongée dans l'obscurité. Elle avait évité avec soin l'aile occupée par Steinitz, s'était glissée dans la chambre d'Hermine. La maîtresse de maison ne dormait pas. Assise dans un fauteuil à demi défoncé qui, pour cette raison, avait échappé au pillage, elle avait souri à Valérie. « Ma chérie, je savais que tu viendrais », avait-elle chuchoté.

Les deux femmes s'étaient étreintes. Hermine avait vieilli, ses cheveux dorés étaient striés de mèches blanches, mais son regard était toujours aussi vif et pénétrant.

« Je ne pouvais pas donner de mes nouvelles, avait balbutié Valérie, riant et sanglotant à la fois. Tout le secteur était quadrillé.

— Je sais, ma chérie, je sais. Il faut d'ailleurs me promettre de ne plus revenir, sauf en cas d'absolue nécessité. C'est beaucoup trop dangereux pour toi.

— Mais vous ? N'avez-vous pas été inquiétée ? »

Hermine avait détourné la tête. Elle n'oublierait jamais l'expérience partagée avec Anna-Maria à Tournes ni la solidarité des jeunes filles de leur groupe, qui les avaient soutenues, jour après jour. « C'est du passé », avait-elle dit fermement. Nous avons survécu.

Elle avait traversé, après sa libération, une période de découragement et de désespoir. Elle avait bien cru mourir d'épuisement, sur la route de Tournes, et le fait d'avoir survécu l'emplissait de confusion. Pourquoi elle ? Les quelques nouvelles colportées par le bouche-à-oreille évoquaient une boucherie innommable dans les tranchées. On racontait que celles-ci étaient nettoyées à l'arme blanche, que les rats y pullulaient, que les hôpitaux étaient débordés.

Chaque jour, Hermine et Anna-Maria allaient prier à l'église pour leur fils et pour tous les jeunes gens pris au piège dans l'engrenage mortel de la guerre. Leur expérience en colonne n'avait pas altéré leur combativité, bien au contraire. Certaines nuits, elles se glissaient hors de La Lombarde à la barbe de l'occupant et montaient, par des sentiers connus d'elles seules, jusqu'aux Hauts-Buttés où elles prenaient en charge les espions alliés déposés par un avion. Ils étaient déjà plusieurs à avoir été hébergés dans la hutte de Martial, avant de partir, en Thiérache ou en Argonne, effectuer leur mission.

« Il faut ménager votre cœur, répétait le docteur Carrière à Hermine. Il a été mis à mal par ce travail insensé au bagne de Tournes. Si l'on m'avait dit un jour que vous casseriez des cailloux ! » Ils avaient échangé un regard amusé. Se souvenait-il, lui aussi, de la jeune femme timide de dix-neuf ans qui tentait de trouver sa place à La Lombarde entre un mari jaloux et une belle-mère toute-puissante ? Ils avaient tous tellement changé.

« Viens manger quelque chose, avait proposé

Hermine. Je ne puis te proposer de prendre un bain, Steinitz serait fatalement alerté, mais... » La jeune fille avait ri avec insouciance. « Elle est belle, avait pensé Hermine. Et, curieusement, peut-être plus heureuse qu'elle ne l'avait été à Dinant ou à La Lombarde. »

« Ne vous inquiétez pas pour moi, Hermine. Il m'arrive de me baigner dans la Semoy, lorsque Renaud et moi allons chercher du bois de lune. » Elle avait expliqué, alors, que des civils étaient réquisitionnés par les Allemands pour aller couper du bois en Belgique. Durant la nuit, ils retournaient sur leur chantier et jetaient dans la Semoy une partie du bois coupé pendant la journée. Des complices récupéraient en aval ce bois au clair de lune. D'où son nom romantique. Au passage, elle avait longuement évoqué Renaud, l'homme qui l'avait sauvée. L'homme qui l'aimait et qu'elle aimait, même si tous deux s'efforçaient de ne pas le montrer.

Hermine avait souri. « Ne laisse pas passer le bonheur si Renaud t'aime et que tu l'aimes aussi, ma chérie. » Ce disant, elle ne pouvait s'empêcher de songer à Florent. Elle ne l'avait pas rejoint à Paris et le regretterait jusqu'à son dernier jour. Pourquoi n'avait-il pas compris, de son côté, qu'il lui était impossible d'agir autrement ?

Valérie avait rougi.

« Pensez-vous réellement ce que vous dites, Hermine ?

— Tout à fait, ma chérie. A condition d'aimer

vraiment. L'amour constitue un bien trop précieux pour le laisser échapper. »

La jeune fille avait compris, à cet instant, qu'Hermine ne faisait pas allusion à son époux mais à un autre homme. Cette preuve de confiance l'avait profondément émue.

« Viens, avait enchaîné Hermine, nous allons bien trouver quelque chose à manger. Si ce maudit Otto n'a pas razzié les dernières réserves de Juliette.

— Je vous ai apporté un lièvre. Juliette saura l'accommoder au mieux. »

Hermine avait joint les mains. « Un lièvre ! J'ai bien peur que nous ayons oublié jusqu'à son goût. Merci, Valérie. Mais c'est de nouvelles que nous avons encore plus besoin. Les Allemands nous paraissent plus fébriles qu'en 1917. A moins qu'il ne s'agisse d'une illusion. En tout cas, les mouvements de troupes s'intensifient. La gare de Charleville représente une véritable plaque tournante. »

Valérie avait alors raconté ce qu'elle savait. Renaud rapportait des journaux de ses incursions en Belgique. Ceux-ci leur permettaient de suivre l'évolution du conflit. Les Allemands lançaient offensive sur offensive, en Picardie et dans les Flandres. La situation des Alliés demeurait critique.

« Parfois, il me semble impossible que mon fils me revienne », avait murmuré Hermine d'une voix lointaine. Vite, elle s'était ressaisie, avait entraîné à pas de loup Valérie vers l'office. Après avoir soigneusement caché le lièvre et donné à la jeune fille le peu qui leur restait de farine et de matière grasse, distribuées par le ravitaillement américain, ce qui permettait à l'occupant de piller sans vergogne toutes les ressources agricoles des Ardennais, Hermine avait serré Valérie dans ses bras.

« Je t'en supplie, prends soin de toi, ma grande.

— Vous aussi, Hermine. »

Les deux femmes s'étaient regardées. « Je vous aime, avait murmuré Valérie. » La Lombarde constituait son véritable foyer, elle aurait voulu y vivre en compagnie de Renaud, y voir grandir leurs enfants. Quelle folie, se dit-elle. Renaud l'aimait-il seulement ?

Elle s'était enfuie dans la nuit très vite, sans se retourner. Hermine, sur le seuil de l'office, avait esquissé un signe de croix. « Protégez-la, mon Dieu, je vous en prie. » Valérie avait déjà disparu.

Emue par ce souvenir encore récent, elle poussa un léger soupir. Cette fois, Renaud se réveilla. Il posa une main possessive sur la hanche de la jeune fille.

— Valérie, ça va ?

— Oui, murmura-t-elle.

La nuit précédente, ils avaient laissé de côté toute prudence et s'étaient enfin avoué leur amour. Renaud s'était senti à la fois heureux, soulagé et angoissé. Il avait tenté d'expliquer ce qu'il éprouvait à Valérie.

« A présent, vois-tu, il va falloir redoubler d'attention.

— Pourquoi ?

— Parce que l'amour rend peu précautionneux. Je pense sans cesse à toi. Fatalement, je vais commettre des erreurs.

— Je peux partir, si tu veux », avait-elle proposé en le défiant du regard.

Il l'avait attirée contre lui. « Petite folle ! Je veux te garder à mes côtés, toujours. A la fin de la guerre... »

Il avait parlé, longuement, de la scierie paternelle, dans la vallée de la Semoy. Son père était mort en 1916, certainement de honte et de désespoir de voir l'entreprise familiale exploitée par des Allemands. Renaud était fermement décidé à la remettre sur pied, à placer ses pas dans ceux de ce père tant aimé. Une ombre avait voilé le regard de Valérie. « Moi, je suis désormais sans racines. Je ne suis qu'une bâtarde, sans... »

Il l'avait fait taire d'un baiser.

« Tu seras ma femme. Madame Renaud Godard. Cela te convient-il ?

— Cela peut aller. »

Il avait souri tendrement avant de l'enlacer. C'était ainsi que leurs fiançailles avaient été scellées. Sur un matelas de mousse et d'herbes sèches, au fond de la grotte, avec pour seul témoin Stanley, qui montait la garde du côté des halliers. Ce jour-là, Renaud et Valérie avaient décidé d'oublier l'étau qui se resserrait autour d'eux. Il n'y avait plus d'ennemi, plus de danger. Rien qu'un homme et une femme qui s'aimaient. Eperdument.

« Je n'aurais jamais dû l'emmener avec moi », songea Renaud. L'expédition était beaucoup trop dangereuse. D'autant qu'il fallait faire vite. Les Allemands étaient prêts à tout pour mettre la main sur le pilote qui avait atterri sur le plateau des Hauts-Buttés.

Il importait de le trouver avant eux pour le mettre à l'abri.

Renaud se retourna. Valérie le suivait sans problème apparent, attentive à ne pas faire craquer la moindre brindille. Avec son chignon défait et ses joues rosies par le vent, elle évoquait pour lui une ravissante divinité celte, peut-être cette mystérieuse Arduinna. Il faisait froid sur le plateau. Son père avait coutume de dire : « Sur les Hauts, neuf mois d'hiver, trois mois de mauvais temps. » Il fallait y être né pour avoir envie d'y rester. Renaud, lui, voulait vivre libre dans son pays.

— Où a-t-il bien pu passer ? marmonna-t-il.

L'ennemi avait-il réussi à intercepter le pilote ? Du bruit montait de la vallée. Des soldats, des cyclistes, une auto. Lorsqu'ils convergeraient vers le plateau, Renaud et Valérie devraient fuir. Et vite ! Il plongea sous le couvert des chênes. Ils auraient dû voir l'avion depuis le temps qu'ils arpentaient le plateau. A moins que… Il fit brusquement demi-tour, entraîna Valérie par la main.

— Viens.

Une seule personne devait être au courant si le plan initial avait été modifié. Celle qui ravitaillait au péril de sa vie les soldats réfractaires cachés dans la forêt ardennaise. Celle qui aidait sans relâche les résistants en hébergeant les blessés et en jouant à l'occasion les agents de liaison. Mère Marie-Angèle, religieuse franciscaine de l'hospice des Hauts-Buttés, âme de la résistance dans cette forêt de liberté.

Le ciel était clair, là-bas, vers la Belgique. Valérie frissonna.

— Tu connais cette expression anglaise : « Quelqu'un est en train de marcher sur ma tombe. » C'est tout à fait ce que j'éprouve.

— Tais-toi, jeta Renaud.

Sa voix était empreinte de désespérance. Il avait peur, terriblement. Rien ne se passait comme prévu. Il lui semblait que les sentiers montant aux Hauts-Buttés dissimulaient des présences hostiles. Ils n'étaient plus loin, pourtant. Il apercevait même le clocher de l'église. Il entraîna Valérie dans les fougères en lui recommandant de rester à l'abri. Brusquement, tout se précipita. Stanley s'élança sur le chemin en poussant un grondement sourd. Une nuée d'Allemands grimpait la côte.

— Stanley, non, cria Valérie en sortant du couvert.

Elle courut derrière le chien. Renaud n'eut pas le temps de la retenir. Pétrifié, il vit les Allemands la mettre en joue. Il hurla, sans qu'aucun son ne sorte de sa bouche. Valérie s'immobilisa une, peut-être deux secondes, avant de s'effondrer contre la pierre du lavoir.

Il vit celui qui paraissait être le chef de la colonne s'approcher du corps inanimé de la jeune fille, son arme à la main. A cet instant, une silhouette vêtue de noir, mère Marie-Angèle, jaillit de derrière le lavoir.

— Permettez, déclara une voix ferme, à présent que vous avez fait votre œuvre de mort, cette personne nous appartient.

Renaud, tétanisé, le cœur déchiré, s'effondra sur le

sol couvert de fougères. Valérie était morte, par sa faute ; il n'avait pas été capable de la protéger. Anéanti, il rebroussa chemin vers la Croix-Scaille tandis que les Allemands encerclaient l'église. Il allait mener une guerre à outrance pour venger celle qu'il aimait. Sans Valérie à ses côtés, il avait perdu tout goût de vivre.

41

La religieuse sourit au messager qui venait de lui apporter des faux papiers destinés à ses protégés. Combien de jeunes soldats, de réfractaires, avait-elle cachés depuis août 1914 ? Elle avait renoncé à en tenir le compte. L'étau, cependant, se resserrait autour des Hauts-Buttés. Les Allemands avaient vite compris l'importance stratégique du plateau, plaque tournante entre la France et la Belgique, et multipliaient les rondes et les patrouilles. Il était de plus en plus difficile aux sœurs franciscaines de ravitailler les proscrits, d'autant qu'elles avaient bien de la peine à nourrir les pensionnaires indigents de l'hospice. Le plus souvent, les pissenlits, cuits et recuits, constituaient l'ordinaire. Les ressources de la ferme, construite par l'abbé Wimet, âme des Hauts-Buttés, pour fournir des légumes, du lait, des œufs et de la viande aux personnes âgées de l'hospice Saint-Antoine, étaient pillées sans vergogne par l'occupant. Mais cette année 1918 verrait la fin de la guerre. Tout le monde le répétait, voulait y croire. A commencer par Raphaël Pratte, qui apportait régulièrement des nouvelles rassurantes.

L'arrivée des Américains avait rendu le moral aux Ardennais, épuisés par une guerre trop longue, trop insupportable. Résistant de toutes leurs forces à l'occupant, ils avaient payé un lourd tribut et aspiraient à la paix.

Mère Marie-Angèle se pencha vers son visiteur. Il portait un veston de cuir et une casquette. Ainsi vêtu, il était pratiquement méconnaissable. La religieuse devait parfois faire un effort de mémoire pour se rappeler le jeune homme réservé qui accompagnait ses parents et sa sœur chaque 13 juin, au pèlerinage à Saint-Antoine. Comme nombre d'Ardennais, les Pratte montaient tous les ans aux Hauts-Buttés vénérer la relique de saint Antoine offerte en 1883 par l'évêque de Poitiers à l'église toute récente, puisque consacrée en 1876. Quel âge pouvait-il avoir à présent ? Il devait avoir dépassé les cinquante ans. On chuchotait sous le manteau qu'il ne s'était jamais marié à cause d'une peine de cœur. Avec ses cheveux grisonnants et sa silhouette élancée, Raphaël Pratte était pourtant encore séduisant.

— Pourriez-vous transmettre un message à votre cousine ? demanda mère Marie-Angèle avec un sourire contraint. Je m'en serais acquittée avec plaisir, mais La Lombarde et l'hospice sont placés sous haute surveillance. Comme si l'on pouvait nous suspecter de quoi que ce soit !

— Ma mère, si l'on savait le nombre de blessés que vous avez secourus, sauvés…

— Chut ! Voulez-vous bien vous taire. Je n'ai fait que mon devoir. Dites bien, donc, à madame Hermine, que nous avons ici une jeune personne qui lui est proche.

Raphaël sursauta.

— Valérie ? Elle est vivante ? Mais...

Deux semaines auparavant, des informations, distillées par les religieuses des Hauts-Buttés, étaient parvenues jusqu'à La Lombarde. Les sœurs avaient enterré Valérie Wasberge, résidant en temps ordinaire chez les Lecœur, évadée d'une colonne de travail. La jeune fille, âgée d'à peine dix-neuf ans, avait été abattue alors qu'elle refusait de se rendre. On l'avait inhumée dans le cimetière derrière la ferme. Hermine, Anna-Maria, Juliette et Hector étaient montés à pied se recueillir sur la tombe de la jeune fille après avoir obtenu un laissez-passer. Ce jour-là, les pensionnaires de l'hospice prétendaient avoir entendu hurler dans les bois.

La supérieure plissa les yeux.

— Une femme a bel et bien été enterrée, mais qui vous dit qu'il s'agissait de Valérie ?

Raphaël se sentit perdre pied.

— Qui ? Mais vous, ma mère.

Mère Marie-Angèle secoua la tête.

— J'ai dit que la femme était morte et qu'il fallait l'enterrer au plus vite. En revanche, je n'ai jamais prononcé le nom de Valérie.

Elle disait vrai. Raphaël contempla la supérieure avec un mélange de stupeur et d'incrédulité.

— Pourquoi ne pas nous l'avoir appris plus tôt ? Et comment avez-vous fait ?

— Par l'un de ces hasards que j'ai renoncé à comprendre, une vieille pensionnaire âgée de quatre-vingt-douze ans est morte la nuit précédant l'embuscade. Je n'avais pas encore prévenu les autorités allemandes. Je cherchais à intercepter le pilote avant l'ennemi quand le drame s'est joué. Je me trouvais derrière le lavoir, là où chaque jour nous déposons un peu de nourriture pour les proscrits. Lorsque je me suis précipitée avec deux autres sœurs pour me porter au secours de Valérie, je croyais que la jeune fille était morte. Les Allemands s'y sont d'ailleurs trompés. Elle était si pâle. En revanche, quand nous l'avons allongée sur une table, dans l'hostellerie, j'ai entendu le pouls qui battait faiblement. L'idée de la substitution s'est alors imposée à moi. J'ai caché Valérie dans une chambre minuscule sans fenêtre. La porte était dissimulée par une bonnetière qu'il fallait déplacer pour y accéder. Valérie a déliré durant plusieurs jours avant qu'un médecin ami, le docteur Ballard, ne vienne une nuit de Monthermé extraire les balles qui provoquaient l'infection.

— Puis-je la voir ? demanda Raphaël.

La supérieure secoua la tête.

— Ce serait de la dernière imprudence, vous le savez aussi bien que moi. Vous avez déjà un laissez-passer délivré par ce cher docteur Carrière pour venir rendre visite à votre prétendu cousin, monsieur Bonnot.

— Comment va notre homme ?

— Sa tête donne de plus en plus de signes de faiblesse. C'est un bien pour un mal, vu son grand âge : il ne risque pas de dénoncer l'imposture. C'est égal. Je prie chaque jour le Seigneur pour qu'Il nous accorde la paix le plus vite possible. Vous, monsieur Pratte, qui êtes plus au fait des nouvelles que nous, que pouvez-vous nous dire ?

— Partout, les Allemands reculent. Vous savez, je pense, que nombre de réfugiés venus de Saint-Quentin ont trouvé asile en Ardenne. Ma cousine héberge d'ailleurs une famille de l'Aisne. Depuis février 1918, on assiste au pillage, à destination de l'Allemagne, des biens que les évacués ont laissés derrière eux. Lorsque je vois ces trains et ces péniches emporter vers le nord et l'est les souvenirs de toute une famille, je me dis qu'ils ne nous auront rien épargné.

Il y avait de la peine et de l'amertume dans sa voix. Mère Marie-Angèle ne s'y trompa pas.

— Qui avez-vous perdu, mon fils ? questionna-t-elle doucement.

Raphaël poussa un long soupir.

— Ma sœur, Marion, que vous avez certainement connue. Elle est toujours venue en aide à son prochain. Elle y a laissé sa vie. Je ne sais si vous avez entendu parler des conditions épouvantables de détention des prisonniers russes, dans l'Aisne ?

Tête baissée, il raconta. Des réfugiés de Saint-Quentin, encore sous le choc de ce qui s'était passé quelques semaines auparavant, s'étaient fait l'écho de cette femme, sa sœur, madame Saint-Gilles, révoltée par le martyre des Russes. Les Allemands, les considérant comme des sous-hommes, les nommaient *Stücke*. Vêtus de haillons bien trop légers contre le froid et le vent, frappés sans relâche, les Russes étaient affamés, au point de tenter d'arracher l'écorce des arbres pour s'en nourrir. Ils travaillaient au dépôt de munitions de Lilet dans des conditions particulièrement dangereuses, puisqu'une explosion avait déjà provoqué la mort de plusieurs prisonniers français. Mourant de faim et de soif, ces Russes suscitaient la compassion des Français et ce malgré la menace de représailles de la part de la police militaire.

En guise de protection contre le froid de plus en plus vif, ils portaient un sac à charbon. S'ils tombaient d'épuisement, ils étaient battus à mort.

Situation ne pouvant qu'indigner les habitants de Saint-Quentin, où nombre de Russes avaient été transférés au cours de l'hiver 1917-1918 pour travailler à des activités de terrassement. Il était certainement plus facile de s'échapper en ville qu'à la campagne.

— Quelques prisonniers russes trouvèrent refuge dans les caves de Saint-Quentin. Ma sœur, l'épouse d'un marchand de biens, cacha chez elle un avocat moscovite réduit à l'état de *Stück*. Lorsqu'il fut retrouvé grâce au zèle de la police militaire, les Alliés se rapprochaient de Saint-Quentin. Il fallait faire un exemple. Ma sœur et l'avocat furent abattus sur place, sur les marches de la maison. Assassinés chacun d'une balle dans la tête.

La voix de Raphaël venait de se briser.

— Mon pauvre garçon, murmura mère Marie-Angèle.

Il lui semblait parfois qu'elle ne pourrait pas supporter d'autres récits atroces de tragédies sanglantes. La paix... Combien de temps encore faudrait-il l'appeler de toutes ses prières ?

— Mes parents ignorent que ma sœur est morte, et je ne sais pas s'ils sont eux-mêmes encore en vie, reprit Raphaël. Cette maudite occupation ! Nous sommes prisonniers en France, dans notre propre pays, aussi sûrement que si les Allemands nous avaient parqués derrière des clôtures de fil de fer barbelé.

— L'image est juste, approuva la religieuse. Grâce à Dieu, nous sommes encore capables de résister.

— Jusqu'à quand ? soupira Raphaël.

La mort de Marion l'avait marqué à jamais. Plus rien ne serait pareil, désormais. Mais à qui pourrait-il se confier, si ce n'était à Hermine ?

Par réflexe de survie plus que par réelle envie, Renaud aspira une longue goulée d'air frais en atteignant le terre-plein de la citadelle de Sedan qui dominait la Meuse. Son arrestation, moins d'un mois auparavant, à l'entrée de Monthermé, ne l'avait pas vraiment surpris. Depuis la mort de Valérie, il avait perdu le goût de vivre et ses réflexes s'étaient émoussés. Il aurait préféré être abattu d'un coup ou exécuté. Le conseil de guerre en avait décidé autrement. Ayant participé à des actes d'espionnage et organisé des filières d'évasion, l'insoumis

Renaud Godard, déjà évadé à deux reprises, devait être interné dans un lieu d'où toute fuite serait impossible.

Il bruinait, ce matin-là. Septembre annonçait déjà novembre. La citadelle apparaissait sinistre, inexpugnable. Renaud éprouva à cet instant la certitude qu'il n'en sortirait pas vivant. Sans Valérie à ses côtés, sans la forêt, que valait la vie ? Les gardes allemands armés de gourdins vociféraient des ordres contradictoires. Après avoir compté les nouveaux prisonniers, ils leur distribuèrent un brassard rouge portant un numéro en lettres noires. Ils les entraînèrent ensuite au pas de course vers des cellules humides et puantes, déjà pleines à craquer. Renaud eut un mouvement de recul. Il ne pourrait pas respirer dans cette atmosphère fétide, au milieu de toute cette crasse. Déjà, l'air de la forêt lui manquait. Une bourrade violente le projeta en avant. Il s'effondra sur les genoux, tandis qu'une volée de coups de gourdin s'abattait sur ses épaules et sur sa tête.

Une main charitable l'aida à se relever. Elle appartenait à l'un des prisonniers effrayants de maigreur qui s'était levé de son bat-flanc.

— Bienvenue en enfer, mon vieux, dit-il d'une voix cassée à Renaud.

Et, parce que son compagnon de cellule lui souriait, Renaud se surprit à penser qu'il allait peut-être encore essayer de survivre un peu. Ne serait-ce que pour résister à ces brutes qui avaient assassiné Valérie.

42

Hermine leva vers le ciel un regard chargé d'espoir.

— Chaque fois que j'entends un avion, je me dis qu'il s'agit peut-être de Julien. Notre cauchemar va bientôt être terminé, il ne peut en aller autrement.

— Nous avons tous trop souffert, appuya Anna-Maria. Et encore, ce n'est rien comparé à nos enfants.

Son visage se durcit car il y avait *aussi* Sylviane. Sa fille n'avait pas donné signe de vie depuis le jour où Anna-Maria était allée la trouver, et celle-ci préférait qu'il en fût ainsi. Elle ne pouvait s'empêcher, cependant, de s'inquiéter pour sa cadette. Qu'adviendrait-il d'elle le jour où l'ennemi quitterait la ville ? Ils remontaient vers l'Allemagne en longues colonnes et, chaque fois qu'ils les voyaient, les Ardennais avaient l'espérance au cœur. Ils en avaient bien besoin. Saignés à blanc par près de cinquante mois d'occupation, affamés, épuisés, ils se demandaient s'ils survivraient à un nouvel hiver.

L'arrivée de réfugiés du Nord et de l'Aisne avait posé de nouveaux problèmes de ravitaillement, mais les habitants de la vallée les avaient accueillis avec générosité. « On partagera le peu qu'il nous reste, voilà tout », avait commenté Juliette. Sèche et ridée comme une vieille pomme, la cuisinière avait perdu son embonpoint. Fabrice flottait dans ses vêtements et ne quittait plus son fauteuil au coin de l'âtre. Tremblant dès qu'il esquissait un mouvement, il se cramponnait à sa canne et ne participait plus guère aux conversations. « J'attends », répondait-il lorsqu'on lui demandait s'il désirait quelque chose. L'horloge de la cuisine, dont il ne restait plus que le balancier, la gaine ayant été brisée à coups de hache par un Prussien pris de boisson après avoir fait un sort aux meilleures bouteilles de Bourgogne, rythmait cette attente. Les enfants reviendraient, tout le monde voulait y croire. Valérie n'avait-elle pas survécu ?

C'était Raphaël qui avait ramené de nuit la jeune fille lorsque mère Marie-Angèle avait estimé qu'elle pouvait effectuer la longue marche par les bois. Pâle et amaigrie, mais vivante, Valérie avait fait le tour de la maison appuyée au bras d'Hermine. « Je n'aurais jamais espéré rentrer un jour », avait-elle murmuré avant de se laisser tomber, épuisée, sur le lit.

Il ne restait presque plus rien du mobilier de La Lombarde. Steinitz et Otto avaient fait emporter les meubles Empire des pièces que le commandant occupait, avant de prendre la direction du front. Les deux Allemands étaient partis à la cloche de bois, selon l'expression de Juliette, ce qui avait empêché Hermine de leur dire ce qu'elle pensait d'eux.

Anna-Maria estimait pour sa part que cela valait beaucoup mieux. Ils avaient eu suffisamment d'ennuis.

Parmi les réfugiés venus de l'Aisne, Maryse Charbonneaux, une jeune femme d'une trentaine d'années, sa mère et ses deux enfants, s'étaient intégrés sans problème à La Lombarde. Il avait fallu monter dans les bois couper des fougères pour confectionner des paillasses à tout le monde, l'occupant ayant poussé la rapacité jusqu'à réquisitionner les matelas. « Si c'est pas malheureux, marmonnait Anna-Maria. Alors que nos fils couchent dans la boue des tranchées. »

Parfois, elle se disait qu'elle avait trop de haine en elle, que celle-ci finirait par exploser. Elle ne pardonnait rien, tenant dans sa tête le compte de toutes les exactions subies. « Il faudra bien qu'ils paient pour tout le mal qu'ils ont fait », murmurait-elle. Et Hermine de soupirer : « Ma pauvre, tu te fais encore des illusions. Tout ce que je demande, c'est qu'ils partent, que cette maudite guerre s'achève enfin. Tous nos jeunes à la vie gâchée, Seigneur, je me sens parfois si vieille. Inutile. » Elle s'empourprait, alors, parce qu'elle ne pouvait s'empêcher de songer à Florent. A l'idée qu'il ait pu disparaître sans qu'elle l'ait su, le cœur lui manquait.

— Hermine.

Valérie se tenait dans l'encadrement de la porte. Hermine sursauta.

— Cache-toi, voyons. Il suffirait d'une dénonciation.

Elle avait peur pour tous ceux qu'elle aimait. On racontait en effet que les Allemands, acculés, multipliaient les exactions. Les réquisitions et les condamnations continuaient de tomber, impitoyables.

— Renaud, murmura la jeune fille. Il faut prévenir Renaud. S'il me croit morte, il est capable de perdre le goût de vivre.

« On ne meurt pas d'un chagrin d'amour », eut envie de lui répondre Hermine. Elle s'en abstint, cependant. Elle se défiait encore de l'amour et avait tendance à penser que tous les hommes risquaient de se comporter comme son mari. Plusieurs semaines auparavant, l'arrestation de Renaud Godard et son internement à Sedan avaient fait grand bruit. On chuchotait que l'on mourait vite au bagne de Sedan et que les Allemands s'y débarrassaient des fortes têtes. Personne encore n'avait pu s'évader de la citadelle, mais quelques prisonniers avaient été transférés à Vilvorde, en Belgique, on ne savait pour quelle raison, et deux Ardennais avaient réussi à s'échapper.

— Je te promets de faire intervenir mes amis, ma chérie. En revanche, je ne sais s'il pourront faire quelque chose.

— Il m'a sauvée, insista Valérie.

Hermine hocha la tête.

— Je sais. Je ne l'ai pas oublié.

Elle ne précisa pas, cependant, que les prisonniers de Sedan disparaissaient à une rapidité effroyable. On racontait que les plus faibles étaient transportés à l'amphithéâtre où on leur administrait une mystérieuse piqûre. Plus personne ne les revoyait. Où se trouvait la frontière entre vérité et mensonge ? Les Ardennais avaient connu tant d'atrocités qu'ils ne s'étonnaient plus. En revanche, ils se révoltaient toujours et c'était ce trait de caractère qui réconfortait le plus Hermine.

— Tiens bon, répéta Renaud à mi-voix.

Devant lui, son ami Louis titubait. Rien de surprenant à cela : depuis la veille, quatre-vingts prisonniers de la citadelle avaient été embarqués à bord d'un train partant pour une destination inconnue. « Les crassiers de la Chiers, avait murmuré Louis. Les gars, cette fois, c'est la fin. » Si Sedan était appelé le camp d'extermination ou camp de la mort lente, les crassiers de la Chiers avaient une réputation encore plus effroyable.

Louis, qui savait tout, avait expliqué à ses camarades qu'il s'opérait un va-et-vient tragique entre Longwy, où ils se dirigeaient, et Sedan. On renvoyait à Sedan les prisonniers à demi morts d'épuisement par le travail harassant exigé d'eux et l'on expédiait à Longwy des prisonniers encore frais et assez bien portants. Logique poussée jusqu'à l'absurde d'un système qui refusait de considérer les prisonniers de guerre comme des êtres humains. Les quatre-vingts bagnards de Sedan étaient arrivés en gare de Longwy à la tombée de la nuit. Renaud, l'homme des bois, s'était senti écrasé pas les cheminées des hauts fourneaux. Tout était noir, désespérant.

Les prisonniers franchirent un portail gardé par des

sentinelles et se retrouvèrent enfermés dans une sorte de hangar glacial.

— Tu as vu la hauteur des barbelés ? chuchota Louis à Renaud. Au moins quatre mètres.

— Ils ont peur qu'on n'apprécie pas le confort de leur hospitalité, tenta de plaisanter Renaud. Bon sang, je suis gelé.

Il avait faim, aussi, et soif. La faim, il l'apprivoisait à peu près. La haine l'aidait à tenir. Se venger. Etrangler à mains nues la sentinelle qui faisait les cent pas devant la porte. Et se sentir mieux. L'interprète, un petit homme replet, leur tint un discours menaçant. Ils dormiraient jusqu'à cinq heures, partiraient travailler à six heures. Interdit de parler, de communiquer avec les civils, de s'éloigner du groupe, sous peine de mort.

— Interdit de vivre, peut-être aussi ? commenta Serge.

Avec Louis, tonnelier à Renwez, et Renaud, ils formaient un trio frondeur. « Si nous devons mourir vite, autant emmerder les boches au maximum », proclamaient-ils volontiers. Souhait des plus irréalistes.

Le sommeil fut long à venir. Allongés à même le ciment, dans une usine dont les machines étaient certainement parties à destination de l'Allemagne, les Français égrenaient leurs souvenirs. Demain, leur semblait-il, plus rien ne serait pareil. Ils seraient de nouveau entraînés dans l'infernale machine à broyer des hommes du Reich. Louis évoqua, à mots prudents, sa femme et sa fille. Serge était fiancé à sa marraine de guerre, une jeune fille des Charentes prénommée Jeanne. Il l'aimait sans l'avoir jamais rencontrée. Renaud parla de Valérie. Des frissons parcoururent ses amis lorsqu'ils l'entendirent répéter « ma belle brune », d'une voix rauque. Les parois du hangar s'éloignaient, la sentinelle s'évanouissait. Ils étaient ailleurs.

Ils reprirent contact avec la réalité le lendemain matin. Un seul lavabo en zinc doté de quatre robinets ne permettait pas aux quatre-vingts prisonniers de se laver. D'ailleurs, l'eau était glacée. Mieux valait se frictionner énergiquement à mains nues pour tenter de chasser les puces qui pullulaient malgré l'absence de paillasses. Après l'ersatz de café, il fallut subir l'épreuve de l'appel : trois quarts d'heure au garde-à-vous, sous une pluie fine et pénétrante. Ensuite, les prisonniers, regroupés par cinq, s'entendirent intimer *Arbeitskolonne antreten marsch... marsch...* [1]

Il fallut alors courir jusqu'au chantier qui longeait des voies de raccordement. Au bout du chemin, ils butèrent sur un immense crassier constitué par les déchets des hauts fourneaux. Tout à côté du crassier, un train composé d'une trentaine de wagons attendait sur une voie de chemin de fer. L'interprète, vite surnommé le Goret à cause de sa corpulence et de sa voix criarde, expliqua : le premier groupe de cinq, équipé de cinq pioches et de cinq pelles, devait charger le premier wagon de vingt tonnes de crassier. De même le deuxième groupe, et ainsi de suite. Le

1. En colonne de travail, en avant

Goret ajouta avec un petit sourire satisfait que les prisonniers ne retourneraient à leur cantonnement que lorsque le wagon serait totalement chargé.

Renaud, jeune et bien portant avant son arrestation, était capable d'exécuter ce travail, à condition d'être bien nourri, ce qui n'était pas le cas, mais il s'avéra vite que Louis, âgé de quarante et un ans et déjà épuisé par plusieurs mois d'internement au bagne de Sedan, ne résisterait pas longtemps à ce travail de commando.

— Ne vous donnez pas tant de peine pour moi, les gars, leur dit-il, le soir du cinquième jour.

Ses camarades lui firent passer une ration supplémentaire de pain, pourtant peu appétissant, mais qui avait au moins le mérite de remplir un peu l'estomac. Il avait pris froid au cours de l'interminable séance d'appel, dans sa chemise trop légère, et il toussait de façon pitoyable. Renaud se pencha, tenta de réchauffer entre ses mains calleuses les mains glacées de son ami.

— Promets-moi de t'en sortir, mon garçon, lui dit alors Louis d'une voix pressante, et vis, à fond, pour tous ceux qui ne reviendront pas de l'enfer.

Il parla, encore, de sa femme, Louisette, et de sa fille, Emma. Il esquissa un sourire en entendant le canon tonner, au loin.

— Les nôtres, à coup sûr. Nous avons intérêt à tenir.

Le lendemain matin, il était encore plus blême. Il tituba durant l'appel, mais il avait fait promettre à Serge et à Renaud de le dissimuler du mieux possible aux regards des surveillants. « Je ne veux pas repartir pour Sedan sur une civière, je ne résisterai pas au trajet, avait-il confié à Renaud. Autant mourir sur place. Je vous aurai aidés jusqu'au bout. » Ses amis auraient voulu lui dire qu'il se trompait, qu'il tiendrait bon, mais comment trouver le moyen de mentir face à ce visage livide, dans lequel seul le regard, cerné de bistre, paraissait encore vivant.

Louis réussit à franchir, cependant, au pas de course, les deux cents mètres séparant l'usine-hangar du chantier. Il saisit la pelle, la soupesa et puis, brusquement, la rejeta au loin et articula nettement à l'adresse de Serge et de Renaud : « Je m'en vais. » Ses amis, incrédules, le regardèrent s'éloigner vers la clôture de fil de fer barbelé.

— Louis, ne fais pas ça ! hurla Renaud.

Il se précipitait vers le tonnelier. Serge le ceintura.

— Laisse. Il a choisi. Et puis, vous n'allez pas me laisser tomber tous les deux le même jour ?

Il n'y eut pas de sommation ni de mise en garde. Rien d'autre que le claquement sec d'une balle tirée à bout portant.

— Oh non, gémit Renaud.

Une nausée lui tordit l'estomac lorsqu'il vit passer la civière sur laquelle gisait le corps de Louis. Du sang s'écoulait de sa blessure à la tête.

— Il n'en pouvait plus, murmura Serge. Dis-toi qu'il est mort debout, en homme libre de son choix.

Dans leur dos, le Goret vociférait : « Au travail ! »

L'espace d'un instant, Renaud éprouva la tentation d'imiter son ami. C'était si facile : jeter la pelle, marcher droit à la mort. En se disant que le cauchemar serait enfin terminé.

— N'oublie pas, lui souffla Serge, tu as promis à Louis de t'en sortir. Et moi aussi, d'ailleurs. On a peut-être encore nos chances, à condition qu'ils ne tardent pas trop, là-haut. Bon sang, bombardez-les tous ! Faites-leur payer tout le mal qu'ils nous ont fait.

Il pleurait, à présent, de grosses larmes roulaient sur ses joues couvertes de barbe et de piqûres de puces.

Renaud l'entraîna vers le wagon.

— Viens, Serge. Oui, bien sûr qu'on s'en tirera. On doit bien ça à Louis.

Il pensa, presque machinalement, qu'il devait se souvenir de la date à laquelle Louis était mort, pour l'indiquer à Louisette. Le 20 octobre 1918.

43

Novembre 1918

Le bruit de l'explosion fit jaillir d'un même mouvement Hermine et Valérie de la paillasse où elles cherchaient en vain le sommeil. Elles coururent dans le bureau de Mathilde, où se tenait déjà Anna-Maria.

— Je ne sais pas si ce sont les Américains ou les nôtres, mais ils nous offrent un sacré feu d'artifice, commenta Valérie.

Le ciel était rouge. La jeune fille se retourna vers Anna-Maria qui contemplait d'un air farouche l'horizon en flammes.

— La victoire ne semble pas vous réjouir, Anna-Maria.

— J'attends le retour de Jean-Baptiste et de Julien, répondit l'ancienne ouvrière avec un mouvement las des épaules. J'attends que tout rentre dans l'ordre.

Spontanément, Valérie la prit aux épaules.

— Vous pensez à Sylviane comme moi je songe à Renaud. Gardons espoir.

Anna-Maria se dégagea. Son visage était fermé. Dans ces moments-là, Hermine savait qu'il ne fallait pas insister.

— Espoir de quoi ? grinça-t-elle. Quel avenir attend ma fille ? Je préférerais la savoir morte.

— Anna-Maria, tu n'as pas le droit de dire ça.

— Vous n'avez donc pas encore compris que Giovanni, ce maudit, attend son heure. Tout usé qu'il est, à plus de soixante-dix ans, il ne désarme pas. Pas plus tard qu'hier, sur la place de Brohant, il m'a montré le poing. « Tu sais ce qui attend ta fille, la pute à boches, quand son frisé sera parti la queue entre les jambes ! » m'a-t-il lancé. Il fallait le voir ricaner. Tout juste comme dans mes cauchemars.

Cela faisait plus de vingt-cinq ans qu'elle vivait avec la peur au cœur. « Les anges sont jaloux », répétait sa mère à la jeune Anna-Maria lorsqu'elle proclamait qu'elle désirait avant tout être heureuse. Elle avait perdu Angelo, puis Antoine. N'était-ce pas déjà trop ? Pourtant, Giovanni Andresi la poursuivait toujours de sa haine.

— Tant de gens sont morts, poursuivit Anna-Maria d'une voix monocorde.

Et elle énonça, comme elle l'eût fait d'une litanie :

— Le fils Géhu, mort à petit feu au camp de Dixmude, la grand-mère Célestine, la famille Moreau, tuée dans un bombardement, le père Gabriel et tous ceux que j'ai déjà oubliés... Mais pas Andresi. Il s'accroche, le malfaisant. Comme si sa haine le soutenait.

— C'est bien possible, approuva Hermine. Et tu

ferais aussi bien de ne plus penser à lui. C'est lui accorder trop d'honneur.

Elle sut cependant qu'elle ne l'avait pas convaincue à la façon obstinée dont Anna-Maria crispait les mâchoires.

— Retournons nous coucher, suggéra-t-elle. Nous ne pouvons rien faire cette nuit, si ce n'est prendre un peu de repos. Les jours à venir risquent d'être éprouvants.

Le lendemain, le canon tonna sans interruption. Les nouvelles les plus contradictoires circulaient. Les Allemands avaient miné les ponts et les passerelles. Les Américains auraient pris Buzancy, les Français se rapprochaient de Rethel. Le quartier général du Kronprinz aurait levé le camp. A cette annonce, Fabrice décréta qu'il était prêt à sabler le champagne. Las, Otto avait opéré une razzia dans les caves, il ne restait plus rien. Peu importait, en fait. Les avions français survolaient la vallée, tout le monde sortait en agitant les bras. Le 7 novembre, le maire monta jusqu'à La Lombarde annoncer la grande nouvelle : les plénipotentiaires allemands avaient demandé l'armistice la veille. Guillaume, tant honni, devait fuir son pays en proie à la révolution.

— C'est bien son tour, commenta Juliette, vengeresse. Qu'il souffre seulement le quart de ce que nous avons enduré.

Pendant que l'ennemi remontait vers le nord en longues colonnes pâles et épuisées, les habitants de Mézières vivaient terrés dans leurs caves. Furieux de devoir abandonner leur quartier général, les

Allemands avaient fait sauter la citadelle de Mézières, les ponts, la gare de Charleville. Mézières, déjà anéantie par les bombardements prussiens de 1871, sombrait à nouveau dans le chaos.

Le 11 novembre en fin d'après-midi, un motocycliste trempé arrêta son engin pétaradant dans la cour de La Lombarde.

— Arrêtez, voyons, cria-t-il à Hector qui brandissait déjà un grand parapluie dans l'intention de l'assommer. C'est moi, Raphaël Pratte.

Il avait passé la Meuse au milieu des troupes françaises, sur cette motocyclette volée – « récupérée comme prise de guerre », précisait-il avec un large sourire – à un Allemand.

Les habitants de La Lombarde avaient refusé de se plier à l'ordre d'évacuation des occupants, fin octobre. Le Dindon ayant disparu, personne n'était venu vérifier qu'ils avaient bien obéi.

— Hermine, cria Raphaël, nous sommes libérés, enfin !

Elle courut vers lui, s'élança dans les bras qu'il lui tendait. Il éprouva comme un vertige. Il l'aimerait toujours. Cette certitude suscitait en lui un sentiment doux-amer.

— Raconte.

Il embrassa d'abord toute la maisonnée, avant que Juliette ne lui serve d'autorité un verre de goutte, dont la bouteille avait échappé aux fouilles méthodiques d'Otto.

— Tu aurais mieux fait de cacher du café, lui

reprocha Anna-Maria, toujours prompte à manier la critique.

Personne ne releva. On brûlait de savoir.

— Les Allemands ont bombardé Charleville et Mézières jusqu'à hier matin, précisa Raphaël. Les hôpitaux étaient particulièrement visés, mais, Dieu merci, tout est fini à présent. Les Français sont là.

— Nos fils, jeta Hermine, de plus en plus pâle.

Raphaël leva la main en guise de signe d'apaisement.

— Un peu de patience. Imagines-tu le chaos actuel ? Nous avons vécu sous l'emprise allemande pendant cinquante mois. Il faut que tout se remette en place. J'ai écrit à mes parents avant de venir. Ils serviront volontiers d'agents de liaison. Papa a des relations, à Paris.

— Je t'en prie, il faut que nous retrouvions Julien et Jean-Baptiste.

Hermine s'essuya les yeux. Elle ne voulait pas pleurer. Aujourd'hui, 11 novembre, était jour de joie. Même si…

Elle se retourna vers son cousin.

— Emmène-moi à Charleville, lui dit-elle d'une voix pressante. Oui, sur ton engin. Et ne me dis pas que cela ne se fait pas. Il y a urgence.

Tout le monde avait compris où elle avait l'intention de se rendre. Anna-Maria haussa les épaules.

— A quoi bon, Hermine ? Elle a fait son choix il y a trois ans.

Hermine soutint le regard de son amie.

— C'est ta fille.

— Elle nous a reniés.

— Elle a sauvé Hermine, intervint Valérie. Rien ne l'y obligeait.

Anna-Maria détourna la tête.

— Si vous voulez aller risquer votre vie, je ne peux pas vous en empêcher. Moi, en tout cas, je n'irai pas.

— A ta guise, jeta Hermine.

Elle était déçue et ne cherchait pas à le dissimuler. Anna-Maria aurait voulu lui expliquer ce qu'elle ressentait. Tout en redoutant au fond d'elle-même qu'il ne soit déjà trop tard.

Affublée d'un pantalon appartenant à Julien, le chignon roulé sous une casquette et portant un ciré pour se protéger de la pluie, Hermine pouvait passer pour un civil épuisé au teint pâli par la fatigue. D'ailleurs, personne ne songea à leur demander quoi que ce soit. En ville, on s'embrassait, on dansait parmi les décombres encore fumants. Ailleurs, à proximité du pont de Montcy éventré, une femme pleurait, d'émotion ou de joie, comment savoir. Hermine pressa l'épaule de son cousin.

— Hâtons-nous.

Le petit hôtel particulier de l'avenue Forest était déserté. Plus de sentinelle montant la garde, plus de va-et-vient devant la porte, rien que le silence, oppressant, et la porte grande ouverte sur le perron. Raphaël s'engagea le premier à l'intérieur. Il y eut un cri étouffé, une bousculade. Deux silhouettes vêtues de sombre filèrent par-derrière.

— Raphaël, murmura Hermine, en portant la main à son cœur.

Elle était toute pâle sous la casquette. Son cousin lui prit la main. Le rez-de-chaussée était vide. Des malles et des cartons étaient entassés dans le salon. Les deux pillards avaient certainement eu l'intention de vider ce qui restait du mobilier.

— Peut-être est-elle partie avec son officier ? risqua Raphaël.

Hermine secoua la tête.

— J'en viendrais presque à le souhaiter. Qu'elle vive, au moins, même si Anna-Maria ne doit jamais lui pardonner.

Sylviane les attendait dans sa chambre, tendue de satin bleu. Elle portait une robe de soie noire, d'un grand chic. Elle était coiffée avec soin. Elle tenait toujours dans sa main crispée le petit revolver à crosse de nacre avec lequel elle s'était tiré une balle dans la tête. Une seule balle. Sylviane Ferrand n'avait pas oublié les leçons de son père. Sa main n'avait pas faibli. Raphaël tendit à Hermine une feuille de papier qu'il venait de trouver sur la coiffeuse. « Pardon », avait simplement écrit Sylviane. Hermine, bouleversée, lui ferma les yeux. Elle se rappelait Sylviane bébé, rêvant de plier le monde à ses désirs. Elle la revoyait pratiquant la contrebande avec son chien, Toupie, qu'un gabelou lui avait tué. Sylviane n'aurait jamais dû quitter La Lombarde. Là-haut, elle aurait eu la vie sauve.

— Je vais me charger de tout, suggéra Raphaël. Carrière remplira les papiers qu'il faut.

— On ne peut pas la laisser là. Regarde.

La première pierre vint frapper un volet du rez-de-chaussée.

— A mort, la pute du boche ! hurlaient des gamins.

Hermine ouvrit tout grand la fenêtre.

— Partez, elle est morte, cria-t-elle, avant de s'effondrer en sanglots dans les bras de Raphaël.

Valérie s'arrêta à mi-côte pour reprendre son souffle. Ses cicatrices la faisaient souffrir et elle se sentait parfois encore très fatiguée, mais peu lui importait. Elle éprouvait l'impérieux besoin de monter aux Hauts-Buttés, pour remercier une nouvelle fois mère Marie-Angèle et adresser une prière fervente à saint Antoine. Renaud... elle désirait tant qu'il soit vivant. Il pleuvait toujours, à croire que le ciel n'en finirait pas de se déverser sur les Ardennes, mais sa réclusion forcée lui avait tant pesé qu'elle savourait avec un plaisir incrédule le goût de la pluie sur son visage. Le paysage, comme délavé, offrait une palette de couleurs qui aurait pu sembler affadie sans la prolifération généreuse des fougères, les osmondes royales bordant la route. Les souvenirs submergeaient Valérie. Il lui semblait sentir encore la main de Renaud serrant la sienne, avant d'entendre cette injonction, lorsqu'il avait aperçu les Allemands : « Cours ! » Dans sa petite chambre-refuge des Hauts-Buttés elle s'était longtemps débattue contre des cauchemars qui la laissaient en sueur, épuisée. Elle refusait, désormais, de se laisser abattre par les souvenirs douloureux. A condition de retrouver Renaud.

Raphaël, qui s'orientait vers une carrière politique, avait fait rechercher le jeune homme. On avait retrouvé sa trace au bagne de Sedan, puis à Longwy. L'un de ses camarades, un certain Serge, avait indiqué que Renaud était parti en direction de la frontière belgo-luxembourgeoise le jour même de la libération du camp. Il s'était fait rosser à plusieurs reprises par les gardes-chiourme, mais il avait survécu. Valérie se raccrochait à cette unique certitude.

Elle reprit sa marche. Le clocher de l'église apparut au-dessus de la cime des arbres alors que le ciel s'éclairait. Un vol de grues cendrées, haut dans le ciel, s'éloignait vers le sud. Valérie s'emplit les poumons de l'air si particulier des Hauts-Buttés, piquant et brumeux, avant de pousser la porte de l'église, un peu trop grande, peut-être, pour le site, mais parfaitement intégrée au paysage avec son toit d'ardoise et ses murs de pierre qui faisaient le gros dos comme pour mieux protéger la nef des assauts du vent. Elle pria longuement, sans avoir réellement conscience des mots qu'elle prononçait. Elle songeait à ses parents, à Sylviane, à Julien, son demi-frère qui n'était pas encore revenu de la guerre. Et à Renaud.

Lorsqu'elle sortit, le vent était en train de chasser les nuages, vers Monthermé. Elle se hâta vers l'hospice où on lui indiqua que mère Marie-Angèle se trouvait à la ferme. Elle aperçut la silhouette de la religieuse devant la grille du cimetière. Mère

Marie-Angèle discutait avec un homme qui se tenait un peu voûté. Il se redressa brusquement, et Valérie le reconnut.

— Renaud ! s'écria-t-elle.

Ils s'élancèrent l'un vers l'autre. Il la serra contre lui avec fièvre, avant de reculer d'un pas pour mieux la contempler, comme s'il ne parvenait pas à croire à la réalité de sa présence.

— C'est bien toi. Ma brune. Valérie, ma tendre et douce.

Il pleurait, de grosses larmes roulaient sur ses joues portant encore les traces de piqûres et de coups. Il pleurait sur tous ces mois durant lesquels il avait cru qu'elle était morte, il pleurait sur Louis et tous les autres camarades morts aux crassiers de la Chiers ou à Sedan. Il pleurait, aussi, parce que le bonheur existait encore, malgré tout. De nouveau, il l'attira contre lui. Ce fut Valérie qui se haussa et posa ses lèvres sur les lèvres de Renaud. Il eut l'impression que le baiser de la jeune fille faisait exploser en lui une foule de sensations. Il buvait sur ses lèvres la vie qui continuait.

Elle contempla d'un air horrifié sa maigreur, son crâne rasé, ses mains tuméfiées.

— Renaud, que t'ont-ils fait ? murmura-t-elle, en lui caressant le visage.

Il but les larmes qui perlaient aux yeux de Valérie.

— Chut, ne pleure pas, ma belle brune. C'est fini. Il faut vivre. Intensément. Pour tous ceux qui ne sont pas revenus. Je l'ai promis à mon ami Louis, là-bas, près de Longwy. Tu verras, je te parlerai de lui.

Ils se retournèrent, main dans la main, vers mère

Marie-Angèle. La supérieure les bénit d'un geste rapide.

— Soyez heureux, murmura-t-elle avec ferveur.

Le ciel était clair. Il gèlerait cette nuit.

44

Juliette considéra d'un air satisfait le petit salon qu'Etiennette venait d'astiquer de fond en comble Beaucoup de meubles manquaient encore, mais ce n'était pas le plus important. Les garçons étaient vivants et toute la maisonnée avait promis de monter à pied jusqu'aux Hauts-Buttés pour remercier saint Antoine.

La haute silhouette de Jean-Baptiste s'encadrant dans la porte la fit tressaillir.

— Je ne t'avais pas entendu arriver, mon gars. Tu te déplaces comme les chats. Tu cherches madame Hermine. Où veux-tu qu'elle soit ? Dans son bureau.

Un lent sourire éclaira le visage grave du fils d'Anna-Maria.

— Je monte l'y retrouver. A tout à l'heure, Juliette.

Elle le suivit d'un regard attendri. Les quatre années de guerre ne l'avaient pas vraiment changé, si ce n'était qu'il paraissait encore plus réservé qu'avant son départ. Le jour de son retour, Anna-Maria avait manqué s'évanouir. C'était Hermine qui avait accueilli son filleul et lui avait annoncé, avec précaution, la mort de Sylviane. Jean-Baptiste, Dieu merci, n'avait pas détourné les yeux ni soupiré : « C'est peut-être mieux ainsi », d'un air hypocrite, comme le faisaient la plupart de leurs connaissances. Il n'avait même pas cherché à dissimuler ses larmes. « Je l'aimais, avait-il déclaré. Rien de tout cela ne serait arrivé sans la guerre. »

Il ne s'était pas raconté tout de suite. Impossible d'évoquer le cauchemar des tranchées, la peur au ventre, la fièvre des assauts, l'angoisse nue, viscérale, la camaraderie née de la misère partagée. Curieusement, c'était à Renaud qu'il s'était d'abord confié. Les deux hommes étaient des rescapés. Un simple échange de regards leur avait suffi pour comprendre qu'ils étaient frères.

La communication ne s'était pas établie aussi aisément avec Anna-Maria. Murée dans sa douleur, la mère de Jean-Baptiste et de Sylviane s'adressait une foule de reproches. Elle aurait dû se montrer moins intransigeante. Elle savait bien, pourtant, au fond d'elle-même, que c'eût été impossible. Elle pleurait sa fille sans parvenir à comprendre pour quelle raison Sylviane avait agi ainsi.

Naturellement, Jean-Baptiste s'était rapproché d'Hermine. Tous deux s'étaient toujours bien entendus. Elle ne s'était pas risquée, cependant, à le questionner au sujet des années de guerre. Ils avaient à cœur pour l'instant de rouvrir l'usine.

Jean-Baptiste marqua une hésitation avant de pénétrer à l'intérieur du bureau.

— Entre, voyons, s'impatienta Hermine.

Depuis qu'un télégramme de Paul lui avait appris que Julien était vivant, elle débordait de projets. Vivant... Dieu juste, avait-elle assez redouté d'apprendre le pire, en ne voyant pas revenir son fils.

Lentement, les Ardennais sortaient de leur prison. Ils découvraient avec incrédulité à quel point la vie avait changé. Paul et Marie, installés à Paris, avaient hébergé Julien durant ses permissions. Par le biais de la Croix-Rouge, ils avaient adressé plusieurs cartes postales à Hermine indiquant que tout allait bien, mais leur nièce ne les avait jamais reçues. Ils reviendraient au moulin Pratte à la fin de la semaine. Ils ignoraient encore tout de l'exécution horrible de Marion, et Raphaël comme Hermine craignaient de leur infliger un coup mortel.

— Viens voir.

Hermine désigna à son filleul la « vigie », d'où l'on distinguait les bâtiments vides de la Forge au Loup. Le Dindon y avait fait entreposer du fourrage durant les années d'occupation. D'anciennes ouvrières s'étaient déjà proposées pour effectuer les gros travaux de nettoyage

— J'ai besoin de ton aide pour l'estimation des dommages de guerre, tu t'en doutes. Si nous voulons remettre l'usine sur pied au plus vite.

Jean-Baptiste considéra Hermine d'un air intrigué.

— Vous désirez relancer l'entreprise ?

Hermine eut un haut-le-corps. Il n'était pas question pour elle de rester sur cet échec.

— Et Julien, qu'en dira-t-il ? insista le fils d'Anna-Maria

Hermine sourit.

— Julien, à mon avis, s'intéressera toujours aussi peu aux boulons. Pour l'instant, il soigne sa blessure la plus récente dans cette grande maison transformée en hôpital près de Fère-en-Tardenois, mais, dès qu'il pourra revenir à La Lombarde, il n'aura qu'une hâte : voler à nouveau. Julien n'est pas un homme du fer.

C'était la vérité, ils le savaient tous les deux. Jean-Baptiste, cependant, paraissait soucieux. Il finit par se décider à confier ce qui le tourmentait. Les usines ardennaises étaient restées en sommeil pendant près de quatre ans et demi. Il n'y avait plus de machines et l'on ne savait pas ce qu'il était advenu de tous les ouvriers. Pour sa part, Jean-Baptiste avait perdu tant de camarades qu'il se considérait comme un miraculé, même s'il avait été gazé. Les listes des morts et des disparus s'allongeaient aux portes des mairies. Certains, qui avaient évacué, comme ils disaient, ne reviendraient pas forcément dans les Ardennes. Ne racontait-on pas partout que le département était sinistré ? Enfin, les clients avaient forcément trouvé d'autres fournisseurs. Ils devraient être plus compétitifs, plus performants, s'ils désiraient conquérir les marchés.

— Nous n'avons pas le choix, je crois, coupa Hermine.

Le pragmatisme de Jean-Baptiste la décontenançait. En même temps, elle reconnaissait qu'il avait raison. La donne avait changé. Qu'était devenue, d'ailleurs, leur usine de Saint-Pétersbourg ? Elle était perdue pour eux, comme la plupart de leurs biens. Elle pouvait toujours hypothéquer La Lombarde, bien que cette solution lui fasse peur.

— Nous discuterons de tout ceci avec Julien et Raphaël, finit-elle par décider.

Elle tenait aussi à ce qu'une autre personne soit présente : Valérie.

Jean-Baptiste, consulté, acquiesça.

— Elle désire se rendre à Dinant, je crois.

— En effet. Je l'accompagne puisque Renaud a de l'ouvrage avec la scierie de ses parents.

Partout, il fallait faire l'inventaire des dégâts et reconstruire. Le temps pressait. Novembre s'achevait dans la froidure et sous la pluie. La priorité absolue était d'abriter ceux qui avaient tout perdu. Si les habitations de la vallée de la Meuse avaient en général été épargnées, celles de Mézières avaient été détruites à près de trente pour cent et celles de Rethel à quatre-vingt-seize pour cent. Les lignes de chemin de fer du département étaient pratiquement toutes détruites, ainsi que soixante écluses, quatre-vingt-quatorze ponts, sans compter les turbines des centrales électriques. Dans ces conditions, on comprenait pourquoi l'automobile constituait le meilleur moyen pour circuler. Aux risques et périls des occupants de la voiture, pourtant, les routes étant dévastées, boueuses et creusées d'ornières.

— Soyez prudente, en tout cas, recommanda Jean-Baptiste à Hermine.

Elle réprima mal un haussement d'épaules irrité. Ils

l'exaspéraient à se soucier tous ainsi de sa santé. Même si elle avait beaucoup minci et souffrait de palpitations, elle se sentait dans la force de l'âge. Elle n'avait que quarante-huit ans.

— Les années de guerre ont compté double, glissa Jean-Baptiste.

— Pour tout le monde.

Elle lui parla alors de Martial, qu'ils avaient réussi à cacher, à ravitailler durant quatre ans. Le soir même de l'armistice, il était parti pour Charleville après avoir chaleureusement remercié les habitants de La Lombarde. Rien, semblait-il, ne pouvait plus lui arriver après qu'il eut résisté au froid, à la solitude, à la folie. Lui, l'homme sobre, s'était-il laissé aller à fêter la victoire par de trop copieuses libations ? Personne ne le saurait. Il s'était presque jeté sous les roues d'un camion militaire qui traversait la ville. Il avait été tué sur le coup. Tous, à La Lombarde, avaient trouvé le sort du « petit Martial », comme disait Juliette, choquant et injuste. Valérie avait pleuré son ami. Au cours de l'hiver 1914, elle lui avait confié ses révoltes, son désespoir. Il avait su la réconforter avec son amitié pudique. Elle ne l'oublierait jamais.

Hermine tapota l'épaule de Jean-Baptiste. Elle n'osait plus le serrer contre elle comme autrefois. Il l'intimidait, avec son regard empreint de gravité. Elle se demandait avec angoisse si Julien aurait changé, lui aussi. Il lui tardait tant de le revoir.

— Je te charge de veiller sur toute la maisonnée durant mon absence.

Il acquiesça d'un hochement de tête.

Elle s'éloigna en songeant que rien n'était aussi simple qu'ils l'avaient pensé de prime abord. La guerre n'avait pas fini de laisser des traces.

Valérie avait tenu à monter les escaliers menant à la citadelle. Elle avait besoin de respirer un peu.

Dinant portait encore les marques de son martyre. Le pont avait sauté en août 1914, le clocher de la collégiale avait été détruit, de nombreuses maisons éventrées. Valérie avait cherché en vain la maison étroite de sa mère, située rue Sous-les-Roches. La demeure où elle avait grandi, au pied du mont Fat, existait toujours, mais elle avait été totalement pillée. De plus en plus pâle, Valérie était allée sonner à la porte d'Albertine Pellot. Son ancienne gouvernante avait pris un peu de poids, ce qui lui allait bien. « Valérie, mon petit », s'était-elle écriée.

Elle leur avait offert un délicieux breuvage – « Quelle merveille ! du vrai café ! » s'était exclamée Valérie – accompagné de couques de Dinant et de cramique. Bien au chaud dans sa salle douillette, Albertine avait évoqué des événements qu'elle aurait préféré oublier. Oui, le récit qu'avaient lu Hermine et Valérie était exact. Près de huit cents civils avaient été tués par les Allemands fin août 1914. « Assassinés », avait précisé Albertine. A son retour, la ville était toujours sous le choc. Elle avait bien sûr tenté de retrouver les parents de Valérie. Et appris que monsieur Lecœur avait été fusillé en compagnie de dizaines d'autres otages. La mère de Valérie avait été tuée dans sa maison, comme de nombreux habitants de Dinant.

Valérie, muette, avait tenu à revenir sur les lieux de son enfance. A mi-chemin des escaliers menant à la citadelle, elle se retourna pour contempler le site si particulier de Dinant. Elle apercevait le plan en croix latine de la collégiale mutilée, le ruban de la Meuse se glissant là-bas, vers la France, entre les rochers, et les toits d'ardoise.

— Je t'attends ici, murmura Hermine, essoufflée.

Elle se sentait étrangement calme. Le fait d'avoir effectué ce voyage en compagnie de Valérie l'avait aidée à faire la paix avec ses souvenirs. Séverin l'avait fait souffrir, mais, curieusement, il semblait avoir trouvé un certain apaisement dans la ville du bord de Meuse. Peut-être à compter de la naissance de Valérie. Julien était l'héritier, le fils qu'il « devait » en quelque sorte à Mathilde, comme pour mieux se faire pardonner sa désertion et la mort de Thomas. Valérie, elle, avait été réellement sa fille. Et il avait su l'aimer.

Valérie paraissait elle aussi apaisée lorsqu'elle redescendit.

— Même si la vérité est atroce, je préférais savoir ce qui s'est passé, expliqua-t-elle à Hermine.

Bras dessus, bras dessous, elles allèrent se recueillir dans la collégiale avant de rejoindre Raphaël qui était resté dans un café au bord de la Meuse. Valérie serait obligée de revenir. Il y avait une foule de choses à régler, à commencer par le sort de la maison de son père, où elle avait grandi. Albertine serait sa représentante à Dinant.

A l'intérieur du café, devant une tasse de chocolat brûlant, Hermine exposa sa suggestion à Valérie pendant que Raphaël s'était éloigné discrètement. Elle sut trouver les mots pour lui parler d'Elodie, sa propre mère, qui n'avait jamais supporté sa situation d'enfant illégitime. En voyant Valérie rougir, Hermine sut qu'elle avait touché un point sensible malgré l'assurance qu'affichait la jeune fille.

— Si cela te convient, j'aimerais t'adopter, ma chérie. Ce serait le moyen de te donner le nom de ton père, auquel tu as droit.

Valérie, trop émue pour parler, secoua la tête.

— Et Julien ? articula-t-elle enfin. Qu'en dira votre fils ?

Hermine sourit.

— Je crois le connaître suffisamment pour affirmer qu'il ne s'y opposera pas. Julien n'a qu'une passion, voler. Il se moque éperdument de la Forge au Loup et de son devenir. Toi, je crois que tu sauras t'y intéresser.

— Je vais me marier avec Renaud.

— Et alors ? Le monde change. Je te crois tout à fait capable de tout mener de front. Tu as l'étoffe d'une femme du fer, Valérie.

C'était vrai, elles le savaient toutes les deux.

Valérie esquissa un sourire ému.

— Je n'aime pas l'idée que vous songiez à passer la main.

— Pas tout de suite, rassure-toi. Il me faudra

du temps pour t'expliquer les rouages de l'entreprise. D'autant plus que tout est à reconstruire. Jean-Baptiste t'aidera, lui aussi. Il a la fabrique dans le sang.

Raphaël revenait. Ses vêtements étaient trempés.

— Il nous faut rentrer, annonça-t-il.

Valérie se retourna alors que la voiture de Raphaël franchissait le pont de fortune. Les brumes du soir noyaient la ville de son enfance. Il était temps de tourner la page. De l'autre côté de la frontière, Renaud l'attendait.

Julien sourit à l'homme qui avait insisté pour l'accompagner à La Lombarde. Au cours des derniers mois, il avait pu apprécier son dévouement auprès des blessés ainsi que son humanisme.

Sous les cheveux blancs coupés très court, le visage aux traits burinés gardait le hâle d'un séjour prolongé au Maroc. Le docteur Delizée avait consacré près de quinze ans de sa vie à organiser des dispensaires en Afrique du Nord. A son retour en France, en septembre 1914, il avait été horrifié par le manque d'équipements et s'était battu pour constituer une logistique sanitaire. Les soldats français, mal protégés par leur képi garni seulement d'une calotte métallique, étaient à quatre-vingts pour cent blessés à la tête au cours des premières batailles. Ils n'avaient reçu un casque protecteur en tôle d'acier, la bourguignotte, qu'en septembre 1915.

Le médecin s'agita sur le siège du conducteur lorsqu'ils traversèrent Charleville.

— J'ai vécu ici il y a un peu plus de vingt-cinq ans, déclara-t-il.

Lentement, sans regarder du côté de Julien, il raconta qu'il était venu effectuer une mission d'étude dans les Ardennes et qu'il y avait rencontré la seule femme qu'il ait jamais aimée. Au fur et à mesure de ses confidences, Julien voyait se dessiner le profil d'un homme épris de justice, trop intransigeant sans doute pour avoir compris les hésitations de celle dont il était épris. Il parla encore longuement et les deux hommes, dans l'habitacle clos de la voiture, se sentirent unis par un lien aussi fort que l'amitié.

— Il n'est peut-être pas trop tard, déclara doucement Julien alors que la voiture abordait la côte conduisant à La Lombarde.

Son compagnon ne répondit pas. Il n'était jamais parvenu à oublier Hermine. Mais elle, de son côté... Lorsqu'il était parti, l'amour déçu et la rancune lui empoisonnaient le cœur. Il avait voulu fuir tous ses souvenirs. En vain.

Une silhouette jaillit sur le perron de La Lombarde. Elle portait une robe lilas et un paletot gris. Elle s'élança vers la voiture, serra son fils contre elle. De grosses larmes roulaient sur ses joues.

— Maman – Julien recula d'un pas –, tu connais le docteur Delizée, qui m'a sauvé.

Les regards d'Hermine et de Florent se prirent. Un lent sourire illumina le visage d'Hermine.

— Il y a si longtemps, Florent, murmura-t-elle.

Ils se serrèrent la main, gauchement, avant qu'il ne l'étreigne.

Le ciel, couleur d'ardoise, était traversé de longues écharpes claires. La brume voilait le vallon. Les arbres dénudés avaient le ton passé des clichés sépia d'avant-guerre.

Hermine entraîna Florent et Julien vers la maison.

— Venez, leur dit-elle.

Elle se retourna vers Florent.

— L'hiver n'est pas encore là.

Il se pencha, lui baisa la main.

L'automne était la plus belle saison en Ardenne. L'automne d'Hermine serait flamboyant et lumineux.

Comme un chant d'amour.

DANS LA MÊME COLLECTION

Jean Anglade
Un parrain de cendre
Le Jardin de Mercure
Y a pas d'bon Dieu
La Soupe à la fourchette
Un lit d'aubépine
La Bête et le Bon Dieu (essai)
La Maîtresse au piquet
Le Saintier
Le Grillon vert
La Fille aux orages
Un souper de neige
Sylvie Anne
Mélie de Sept-Vents
Le Secret des chênes
La Couze
Jean-Jacques Antier
Autant en apporte la mer
La Croisade des Innocents
Le Rendez-Vous de Marie-Galante
Marie-Paul Armand
La Poussière des corons
La Courée
tome I *La Courée*
tome II *Louise*
tome III *Benoît*
La Maîtresse d'école
La Cense aux alouettes
Nouvelles du Nord
L'Enfance perdue
Edouard Axelrad
Au fil du fleuve
Erwan Bergot
Les Marches vers la gloire
Sud lointain
tome I *Le Courrier de Saigon*
tome II *La Rivière des parfums*
tome III *Le Maître de Bao-Tan*
Rendez-vous à Vera-Cruz
Mourir au Laos
Annie Bruel
La Colline des contrebandiers
Le Mas des oliviers
Les Géants de pierre
Marie-Marseille
Michel Caffier
Le Hameau des mirabelliers
La Péniche Saint-Nicolas
Jean-Pierre Chabrol
La Banquise
Didier Cornaille
Les Labours d'hiver
Les Terres abandonnées
La Croix de Fourche
Etrangers à la terre
L'Héritage de Ludovic Grollier
L'Alambic
Georges Coulonges
Les Terres gelées
La Fête des écoles
La Madelon de l'an 40
L'Enfant sous les étoiles
Les Flammes de la Liberté
Ma communale avait raison
Les blés deviennent paille
L'Eté du grand bonheur
Yves Courrière
Les Aubarède
Anne Courtillé
Les Dames de Clermont
Florine
Dieu le veult
Les Messieurs de Clermont
L'Arbre des dames
Annie Degroote
La Kermesse du diable
Le Cœur en Flandre
L'Oubliée de Salperwick

Les Filles du Houtland
Alain Dubos
Les Seigneurs de la haute lande
La Palombe noire
La Sève et la Cendre
Le Secret du docteur Lescat
Alain Gandy
Adieu capitaine
Quand la Légion écrivait sa légende
Un sombre été à Chaluzac
L'Enigme de Ravejouls
Les Frères Delgayroux
Les Corneilles de Toulonjac
L'Affaire Combes
Michel Hérubel
La Maison Gelder
La Falaise bleue
Tempête sur Ouessant
Hubert Huertas
Nous jouerons quand même ensemble
Denis Humbert
La Malvialle
Un si joli village
La Rouvraie
La Dent du loup
L'Arbre à poules
Les Demi-Frères
Michel Jeury
Au cabaret des oiseaux
Louis-Jacques Liandier
Les Gens de Bois-sur-Lyre
Jean-Paul Malaval
Le Domaine de Rocheveyre
Les Vignerons de Chantegrêle
Jean Markale
Notre-Dame de la Nuit
Dominique Marny
A l'ombre des amandiers
Du côté de Pondichéry
La Rose des Vents
Henry Noullet
Sur la piste de Samrang
La Falourde
La Destalounade
Bonencontre
Michel Peyramaure
Les Tambours sauvages
Pacifique Sud
Louisiana
Frédéric Pons
Les Troupeaux du diable
Claude Riffaud
Mékong Palace
La Crique de l'or
Rêve de Siam
Jean Rosset
Vir'vent
Les Derniers Porteurs de terre
Jean Siccardi
Le Bois des Malines
Les Roses rouges de décembre
Jean-Claude Sordelli
La Dernière Saison
Jean-Michel Thibaux
La Bastide blanche
Le Secret de Magali
La Fille de la garrigue
Le Roman de Cléopâtre
La Colère du mistral
L'Homme qui habillait les mariées
La Gasparine
Violaine Vanoyeke
Les Schuller
Le Serment des 4 rivières
Brigitte Varel
Un village pourtant si tranquille
Les Yeux de Manon
Emma
L'Enfant traqué
Colette Vlérick
La Fille du goémonier
Le Brodeur de Pont-l'Abbé
La Marée du soir

Impression réalisée sur CAMERON par

BUSSIÈRE CAMEDAN IMPRIMERIES

GROUPE CPI

à Saint-Amand-Montrond (Cher)
en mars 2001

N° d'édition : 6861. — N° d'impression : 011456/1.
Dépôt légal : janvier 2001.

Imprimé en France